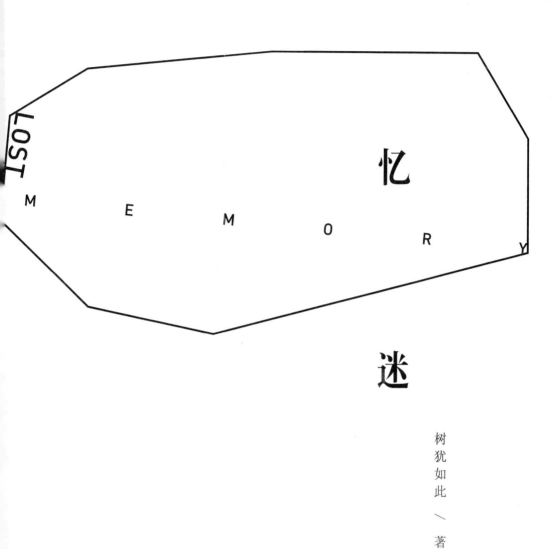

失忆迷途

LOST

MEMORY

树犹如此 ／ 著

重庆出版集团 重庆出版社

图书在版编目（CIP）数据

失忆迷途 / 树犹如此著. — 重庆 ： 重庆出版社,2013.9
ISBN 978-7-229-06514-0

Ⅰ. ①失… Ⅱ. ①树… Ⅲ. ①长篇小说－中国－当代
Ⅳ. ①I247.5

中国版本图书馆CIP数据核字(2013)第097832号

失忆迷途
SHIYI MITU

树犹如此 著

出 版 人：罗小卫
责任编辑：袁 宁
责任校对：杨 婧
装帧设计：玖月工作室

 重庆出版集团 出版
重 庆 出 版 社

重庆长江二路205号 邮政编码：400016 http://www.cqph.com
北京兴湘印务有限公司制版
北京兴湘印务有限公司印刷
重庆出版集团图书发行有限公司发行
E-MAIL：fxchu@cqph.com 邮购电话：023-68809452
全国新华书店经销

开本：710mm×1000mm 1/16 印张：15 字数：195千
2013年9月第1版 2013年9月第1版第1次印刷
ISBN 978-7-229-06514-0
定价：28.00元

如有印装质量问题，请向本集团图书发行有限公司调换：023-68706683

目录

第一章　流落庆城山

时针指向五点钟的时候，盛洁伸了个懒腰，揉了揉早已经疲惫不堪的眼睛，将百叶窗拉开，瞭望了周围高高低低错落的大厦，将电脑关闭，将饮水机、空调、窗户、电灯全部扫尾工作结束，才匆匆忙忙地走出了办公室。

外面大厅的员工也已经开始收拾，迎面见到她，有几个热情地跟她打招呼，她都一一报以回应。

盛洁边等电梯边看时间，距离飞机降落还有1小时30分钟，她想她或许应该换个衣服，打扮打扮再去接机，可今天慵慵懒懒的，偏偏什么也不想做。和老公分别了三个月，他在新加坡的进修课程结束了，答应今天赶回家，她脑子里总在想要提前赶到机场，可拖拖拉拉，最终到了这个时候。

发动车子和开出停车场的动作几乎一气呵成，一路哼着歌，整个人充满愉悦。在等第一个红绿灯时，手机响了起来，她按了蓝牙耳机，好友冰冰的声音，大剌剌地传过来。

"总经理大人，今天有空出来聚聚？我身边有个大专家，特别想采访您！"冰冰说话夸张不已。

从电话里还能听到那边有一个轻细的女声在制止她："你别说得这么夸张，我不是什么专家……"

盛洁听得一愣："采访我做什么？我从不接受下班后的采访，有需要上班时间可以谈。而且今晚是某人进修归来的日子，你又不是不知道。"

冰冰在电话那头边安慰那个女生边对盛洁说："我知道你老公回来，可采访的事也挺急的。"

"你又和哪个记者勾搭上了？"盛洁一如既往地调侃她。

"什么勾搭？嗨，我跟你直说了吧，我表妹是《女人如花》杂志社的编辑，现在专门想出一个'女人传奇'的专栏，让我给她出主意，我一下就想到了你。"

盛洁在这边乐了，打了把方向上了机场高速："我算什么传奇，你别寒碜我了。"

"不不不，我觉得你的故事要是上了杂志，绝对能推动销量。我把你的事迹粗略跟我表妹一说，她激动得非得登门采访你！"冰冰跟着推波助澜，耳机的声音随着她语气的起伏变得时而缓和时而刺耳。

"我今天是没空，现在正在高速路上，直奔机场呢。"盛洁看着前方敷衍着。

"她着急听，而且我觉得，你的故事如果被刊登出去，一是能帮助那些还在感情迷茫中的小女人摆脱心理困境，二是能帮助警惕性不高的女性朋友增强防偷防骗防小三的能力，三是能鼓励那些处在低谷时期的女同胞们，早日看见明天的曙光……"冰冰把盛洁说得相当伟大。

"你得了吧，你再评价我居功至伟都没用。"盛洁不为所动。

"你在心里整理一下，现在就开始，不出意外，你最起码还要50分钟才能到机场，平时你业务繁忙，这会儿正好做个回忆录，我们这边开着录音设备，我表妹会把它加工成一段感人至深的女人传奇的，到时候绝对引起轰动！"冰冰在电话那头卖力地煽动。

盛洁想说什么却沉默了，直到对方再次催促："我的故事没她想的那么浪漫。"

"经过艺术的加工，你怎么知道像泰坦尼克号那种传世作品不会再次诞生呢？"

盛洁憋不住笑，笑着笑着，心里却又有说不出的滋味，高速路上车辆稀少，可隐隐地，她觉得眼前出现了另一幅画面。

她觉得那是连自己也描述不清楚的一段故事。

那一年，盛洁二十五岁，和大多数女人对感情幻想不同的是，她失忆了。

她还记得那天傍晚迷迷糊糊地醒来，发现自己靠在天桥下面的一根柱子上，周围冷飕飕的，隔着南沙江看着一片寂静的波光。她站起来茫然失措地看着周围的一切，觉得害怕极了。仔细搜索自己的记忆，竟发现是空白的。她蹒跚地走在路上，路人投来了好奇的眼光，还有人指指点点的。

那天她在路上晃荡了很久，直到觉得饿了。翻了翻衣服，浑身上下竟没有一毛钱。站在包子铺门口徘徊了半天，包子铺老板打量了她的衣服，忽然皱着眉头驱赶道："死疯子，赶紧走！别挡我生意！"

盛洁受了惊吓，低着头离开了。时间越久，她越发现这里所有人都是陌生的眼光，她简直不知道自己该去哪儿。

直到眼前忽然间伸过一只白白的包子，她抬起头来，见一个年近50岁的妇女，面带和善，关心地拿着包子塞给她："快吃吧，丫头。"

盛洁不知所措，手悬在半空没敢接。

"我是你妈，你连我都不认识了？"那女人反问了一句，"赶快吃吧。"

"……你真的是？"盛洁半信半疑，对于突然冒出来的人还未完全适应。

"你真是失忆了，我从老家追你到这儿，一路上担心得要命，总算找到你了。"那女人擦了一把眼泪，又帮她理了理衣服。

那时候盛洁脑子里完全是空白了，甚至不时会有钻心的疼痛，

这个慈祥的母亲嘘寒问暖，在她的病号服的上面罩上一件外套为她取暖。接着又带着她在车站附近的小吃铺里吃了一顿包子和稀粥。

当时盛洁激动的心情无法言表，以为真的遇到了亲人，憋了几天的心情，终于痛哭了一场。接着那女人买了两张火车票，连夜说要带她回家，她看到车票上写着"庆城山"三个字，曾经以为，这里真的是自己的家。

那天早晨，下了火车之后，女人拦了一辆摩的带她到了村里，一路颠簸，她差点把昨晚吃的包子都吐出来了。进了村口，那女人直奔几个中年妇女晒太阳聊天的地方，让盛洁乖乖地独自站在一边。她们谈论了很久，不时朝盛洁这边看着，她开始狐疑，开始不自在，可没想到事情的结果竟是这么严重。那天她终于明白被卖了还帮人数钱的感觉。

她被以5000块的价格出售，是付的现款，一个老大娘从家里拿出的现金，藏在装鸡蛋的篮子里的。盛洁听到她们在谈论她，老大娘仔细打量了一番，挑肥拣瘦地评价："丫头长得还行，年纪大了点，俺们这里的丫头，十六七岁就定亲了，她看起来有二十四五岁了，不知道结没结过婚。"

"她可是未婚，大城市的丫头结婚晚，这还算年纪小的。而且这丫头身材好，有胸部有屁股的，能生养。你家两个儿子，都二十出头了，女大三，抱金砖，和这丫头正配。"人贩子拿到了钱，自然把盛洁夸得天花乱坠，一路上鲜有笑容的女人，此刻笑得两排黄牙尽显。

盛洁终于明白了事情的原委，激动地和她辩驳理论，转身想跑，被那女人一把抓住了马尾辫，疼得她快哭出来，那女人长得粗壮，扭打间盛洁将她的胳膊和脸都抓伤了，而自己毫无意外地挨了好几巴掌。最后几个大娘上来钳制住了她，那女人才得以脱身。

盛洁刚到庆城山的时候，穿着一身脏兮兮的病号服，上面有"铭城东方医院"的字样，有个出外打工回来的小伙子李二胜倒像个明白人，他一脸看到新鲜物的表情，接着笑得前仰后合，向周围的人宣布，那是一家有名的精神病院。从那以后，盛洁在众人眼里都是一个疯子的形象。

可盛洁自己知道，她只是失忆了，脑子还能够正常思考，至于为什么会穿着那样一身衣服，似乎她也解释不通。

盛洁比从前更绝望了，到了这个穷山沟里来，还是给穷苦的剩男当老婆，心情不言而喻。当天晚上，她才知道那老大娘姓于，两个儿子，一个在给人照看鱼塘，一个在乡里的工厂上班，此刻都不在家。几个好奇的邻里街坊聚集到她家，非要看看花"重金"买回来的媳妇。

几个大婶小媳妇凑过来问盛洁的第一个问题就让她犯了难："你叫什么名字？"

盛洁绞尽脑汁竟都没有想出自己的名字，其实这也正是她想知道的，于是只好摇了摇头，如实地回答："我也不知道……"

一时间所有人的嘴里似乎都能放下一个鸡蛋，一个嗓门高的女人，正是王大婶子，在后面喊了一句："原来是个傻子！"

于大娘恼得当时就要哭起来，屋里人七嘴八舌地议论，说买个正常的媳妇，5000块也值，如果是个傻媳妇，连1000块也不值。于大娘立时哭天抢地，在心疼她的钱，而盛洁就像菜市场里的猪肉，被人这般品头论足。

"娶媳妇什么精的傻的，都一样，一样生娃，一样做饭伺候男人！"王大婶子的见解每次都这样语不惊人死不休，"你家大虎前些年处的那个蓝妮，倒是个精明的丫头，最后咋了？还不是跟人家外面人跑了！"

她此言一出，一群围观的八婆都跟着附和，于大娘似乎也想通了许多。盛洁的手脚被绑在床沿上，不能动弹，心里却早已骂了无数个"呸"了。虽然自从那一觉醒来，什么都不再记得，但她也绝不承认自己是傻子。只是过了两日，李二胜解读了她衣服上的那个

医院名称后，她的傻子形象更跌了几分，沦为疯子的行列。

或者正因为这样，反而因祸得福，于大娘的两个儿子听说母亲买来的是个傻媳妇，竟无一人愿意屈就，声称怕影响后代智商。盛洁由衷地感谢于家兄弟有宁缺毋滥的高尚觉悟，宁可接受残疾，不能接受智障，可见对下一代极为负责。

在王大婶子等一群中年妇女的怂恿下，于大娘怕盛洁这个没用的赔钱货砸在手里，将村里的光棍分析了一遍，最后想到常年住在半山腰搞实验研究的冯技术员还没老婆，而且那小伙子扎根乡村三年多了，从毕业到现在，从前的女朋友也吹了，却丝毫没有动摇他搞研究的决心。

于是盛洁被送到了他的住处，于大娘亲自上门撮合了一番，把还在试验台上的冯技术员叫了下来介绍一通，末了还不忘提钱的事。

"于大娘，私自买卖人口是犯法的。"冯技术员的头发和胡子似乎很久没理了，看起来十分颓废，身上的衣服也过于陈旧，只是个子很高，身材魁梧，眉眼亮亮的像秋天的紫葡萄。

"大娘是为了你的终身大事。"于大娘说得冠冕堂皇，差点背过身去抹泪，"为了咱们庆城山能致富，你研究了几年了，前两年要不是那个骗子，咱们村也差不多该富了，原本你早该找个媳妇，可……大娘是心疼你……"

一连串的话说得冯技术员再无还嘴的理由，只好转过头来看着盛洁，片刻叹了口气，从床单下面拿出一个存折递给于大娘："自从上次咱们全村被骗了以后，这两年苦了大家，我自己也没攒多少钱，只有这6000块钱，如果不够，我慢慢存了还给您。"

盛洁当时就有种冲动，想上前提醒那位冯小哥多给了1000块，谁知道于大娘果真姜是老的辣，立即就接过存折，满眼含泪地握着冯技术员的手道："孩子，大娘虽然花了8000块，可你就像大娘的亲骨肉，2000块钱，权当大娘给你娶媳妇了！"

　　盛洁眼见冯技术员感动得无以复加，在心里气得直臭骂他笨蛋，可她知道他们都把她看成傻子，谁也不会听她的言辞，索性鄙夷地看着他们，一句话也没说。

　　待到冯技术员送走了于大娘，眼神里俨然失落颓丧，而后看着盛洁说道："我知道你不想待在这儿，我可以送你回家，不过得等镇上科技所那边发了工资，得到下个月初，因为我现在只有50块钱……"

　　盛洁那时根本不知道去哪儿，自己的家在哪里，家里又有些什么人，一无所知，即使被送走，也是毫无目标的。

　　从那天开始，盛洁才知道这个男人叫冯颂，竟还是建州农业大学毕业，之后就来到这里，打算用自己的所学帮庆城山致富。盛洁深深地感叹这年头这种好人已经快绝种了，每个人的付出都是需要回报的，而他把自己糟蹋得像个类人猿，目的竟是为了这村里的人。

　　盛洁看到一屋子试验品，各种培育的蔬菜水果，小院子里竟还有一排鸡笼和几只鸭子。和村里其他人家相比，这里极有生气。

　　在这里生活了几天后，冯颂给盛洁起了个名字叫青铭，表明是盛洁从铭城来到庆城山的。盛洁倒不甚喜欢，听起来像"清明"，这可并不吉利，可他执意这么叫，过了十来天后，当他又一次叫"青铭"的时候，盛洁竟下意识地回头答应了一声。

　　冯颂很会倒腾一些稀奇古怪的玩意儿，整个家里充斥着他的新发明，有时他忙到深夜，不停地研究产品的新思路。

　　"你到这里三年了？"盛洁不可置信地问道，人的毅力怎么会这么坚定。

　　"嗯。"他专心搞研究，语气中丝毫没有情绪。

　　"上次你们说被骗的事是怎样的？"

　　"你想听？"

　　"嗯！"盛洁忙点了点头，对于这个八卦颇有兴趣。

"是个自称铭城的富商，要投资建厂，加工庆城山的砂糖橘，要每家集资，年底分红。当时我们看了他的合同协议，觉得项目很好，人也可靠，几乎每家都拿出钱来，有的是拿出老本……"冯颂神情忽而显得懊恼，停了下来。

"于是那个富商卷款逃走了？"盛洁好奇地问。

冯颂略有惊诧地看着盛洁，末了竟勾了勾嘴角："看来你并不傻。"

盛洁狠狠地白了他一眼，表明所有的都是谣言而已。

第二章　和屌丝一起的日子

冯颂的生活习惯不是很好，每天早晨6点半必须起床，晚上经常熬到半夜才休息，因为他之前未能考察清楚而致使全村人亏损，如今愿意采用他研发改良的作物的农户已经很少，于是他就在山腰上住了下来，用一片荒地来搞实验。

"看见那片西瓜田没？下个月就熟了，我改良了种子，种的时候费了不少心，等熟了，我请你免费品尝。"冯颂指着那一片小小的瓜秧兴奋地冲盛洁讲道。

其实她严重怀疑冯颂这个人是长期在实验室里憋坏了，明明很健谈的一个人，搞得像遭受了大苦大难，现在终于有人和他说话了，她猜他应该是极为兴奋的。

那一个月里，盛洁并没有提离开的事，每天摆弄着他那些试验品，帮他一起出谋划策，下地查看，甚至施肥杀虫。

冯颂看到盛洁的手心磨出了血泡，帮她仔细地敷了药，那时他说："你之前一定是个娇小姐，手上这么细嫩。"

可惜盛洁绞尽脑汁想了一个月，也没有一点印象，她的生活，她的记忆，都是从铭城天桥醒来的时候开始的，来到庆城山以后才丰富起来。

盛洁开始跟冯颂过起了一种"男耕女织"的生活，只不过她时常早晨睡到10点钟才起床，不知为何，自从失去了从前的记忆之后，每天如果睡眠不足，脑袋就像被刀剜一样疼。冯颂一开始对她甚为戒备，大约他是个保守的男人，对于这个"买"来的媳妇始终

是不适应的，而盛洁却过得出奇的适应，因为看出这男人只会搞些研究，对于感情实在木讷到了一定境界。于是盛洁放心地住在了他家，加上这里和村上稍有段距离，再也不用每天看见那些八婆。冯颂是个知识小青年，在家装了一条网线，虽然电脑的型号已经是最老的一批，看起来陈旧不堪，机身还泛着黄，网速也时常如龟爬，据说是在镇上买的二手货，可好歹还是能用的，闲暇的时候，也算是一种娱乐的好方法。

盛洁对于从前的身世，也存着一丝好奇，可庆城山到底是落后之地，各种信息闭塞，村里人收信都要集中到村口的传达室去，如果有包裹，要到镇上的邮政所去取。村里真正有文化的不多，年轻人几乎全体外出打工，田地大都包给别人种，真正在村里的，只有一些老人和孩子。

盛洁趁着网络勉强能使用的时候，搜索了"铭城东方医院"，结果却是出来了一堆广告，除了知道那是一家三甲精神病专科医院，医资力量雄厚，专家众多之外，其他一无所获。

以她现在的状况，完全没有精神病的征兆，为何从前的她进了那家医院？又是为什么她后来失忆了？

思考的时间久了，脑袋里就如同要爆炸了一般。

冯颂的住处只有一张床，床上被子床单乱糟糟的，桌子上的混乱情景，如同屋里遭了贼。盛洁来到他家之后，他才尽心地收拾了一番，由于没有新床单，他就把铺过的旧床单翻过来，床铺是1米2宽的规格，是个典型的单人床，让给盛洁之后，他只有打地铺的份儿。

盛洁心下微微感动，对于一个买来的媳妇，通常男人花了钱，会选择先来个霸王硬上弓，享受一下闺房之乐，冯颂似乎丝毫没有这种想法，反而跟盛洁保持着礼貌和距离。她判断这男人如果不是正人君子，那一定是因为看盛洁傻呆呆的没有"性"趣。不过这反而让她对他放了心。

勉强睡了几天，盛洁还算舒坦，可冯颂每每半夜就被蚊子叮得受不了，屋里蚊香旺，打地铺只能在外间，蚊香不足，因此成为蚊子的聚集地。

冯颂起来扇着扇子，涂着风油精，有时仍不顶用，接连几天，他半夜被蚊子叮醒后，一个人到一边看书。

他从没抱怨过，这种日子过了大半个月，待到科技所发了他工资的当天，他给了盛洁一千元钱，要送她离开，盛洁偷看了冯颂的工资单，他每月的薪水只有1200元，而他竟然把大部分钱都给了她这个还算陌生的"媳妇"，盛洁当即判断他果真是个好人。

有了这种认知以后，她反而不着急离开了，她要慢慢等着自己的身世水落石出，或者有了生存能力再离开。

"你买了我，还掏钱放我走，这么亏本的事你也做？"盛洁揶揄地问道。

"你是大城市的女孩子，这次被拐，家里人一定急疯了。"冯颂将钱塞给盛洁，眼神却始终没敢直视。

"我告诉你一个秘密。"她略微放低声音，"我失忆了，从前的家在哪里，家里还有哪些人，我根本不知道。"

冯颂怔怔地看着盛洁，似乎不相信她的话，末了转过身去："随你，我工资不高，平时也没多少积蓄，生活很清苦，也不知道哪年才能混出头……连像样的家具也没有……"

盛洁判断他的话语里带着紧张和羞愧，声音小得如同蚊子。

盛洁没再多说，第二天一早，拿着钱，乘着早班摩的去了镇上，买了一张钢丝床，两套被单被套、两身衣服还有一些生活必需品，还请了送货师傅帮她将床抬上了进村的拖拉机，一路颠簸才回到冯颂家。

那天盛洁累得浑身要散架了，拖了一摊东西站在他家门前，高声叫他的名字。他从屋里跑了出来，看到她的瞬间，似乎整个人都石化了。盛洁气喘吁吁地叉着腰，盯着他叫道："还愣着干吗？快

来帮忙搬东西！"

她第一次看到冯颂的笑容就是在那一天，他的眼睛很漂亮，笑起来神采奕奕的，他只是看着她笑，眼神柔柔的亮亮的……

在身世没有搞清楚之前，盛洁对于这个栖身之地还算满意，尽管穷困落后，可起码她知道这个男人不是在处心积虑地骗她。

日子住久了，加上现在的生活毫无目标，盛洁开始帮助冯颂打理他的实验基地，偶尔也调剂调剂生活，捉弄捉弄这个书呆子。他给的钱，除了买下这一堆东西，还剩下300元钱，盛洁本想还给他，冯颂却让她自由支配，她拿着钱，最终还是给家里添置了些东西，在她的布置下，这间陈旧的单身男人的房子里，多了一种别样的生机，因为盛洁看到冯颂的笑容越来越多了。

那之后的半个月，他试验田里的西瓜成熟了，冯颂依言摘了一个大西瓜跟盛洁分享。他们俩就坐在山腰的石台上，看着夕阳，光着脚丫吃得满嘴西瓜汁。西瓜香脆甜润，盛洁那时候就知道这小子有才。

第二天他带着盛洁拉了一车西瓜进了县城的集市上，那天刚下过雨，天气凉爽，他负责卖瓜，盛洁负责收钱，两人配合得天衣无缝，以至于盛洁后来都在问他，为什么放心让一个失忆的傻子来收钱，他只是笑，笑得憨厚而幸福。

卖瓜的当晚，她和冯颂就住在县城里，躺在拉西瓜的车厢中。盛洁塞给他50元钱，将他推进了一家小型发廊。因为这炎热的天气里，再也不想看到他那艺术家的胡子和头发了。

盛洁躺在车厢里，渐渐地睡熟了，一天卖瓜的经历，让她筋疲力尽，可心里充实得满满的，甚至兴奋不已。待她醒来的时候，清晰地看到身边坐了一个清爽帅气的小伙子，头发极短，笑起来两排牙齿却很白，吓得盛洁一个激灵，下意识地蜷缩到一边。他忽而大笑起来，她认得那声音，正是冯颂。

盛洁简直不敢相信，冯颂剃了胡子，剪了头发以后，形象上的改观如此之大，以至于她久久地看着他发呆而不能回过神来。

如果有人问，她绝不承认留下来的理由是因为冯颂的形象发生了突变，虽然那一时刻她的确猛地荡漾了一阵，但她对外宣称的最主要原因是，为了能吃到秋天他研发的葡萄。或者说她知道冯颂是个好人，虽然这里穷苦，可离开这里，她实在不知道该去哪里，如果从前的线索是"铭城东方医院"的话，她实在不希望再回到那个地方。

一整车的西瓜卖了两天两夜，最后的那个白天，他们俩累极了，窝在车厢里睡着了，盛洁靠在他肩膀上，踏实感油然而生。从早晨睡到傍晚，她看到了县城里的灯光，明晃晃的让人心醉，这个县属于本省经济中下等的地区，夜晚只有普通的大排档和少数几家商场还营业，看着一排排整齐的白炽灯，她忽而觉得一片朦胧，恍然脑中闪现了一个镜头，也是在这样的大排档场合……

盛洁拿了一张支票直接摔在了一个瘦瘦矮矮的文静女生脸上，她穿着一身服务生的围裙，戴着黄色的头巾，两眼含着泪光，手里还捏着两个沾着油的碗，怯懦地看着盛洁，有害怕有愤怒……

"拿着这些钱滚出这个城市！在他面前消失！否则我会让你一辈子过不安生……"

恍然中盛洁竟十分认定这话曾出自自己的口中，吓得心中一沉，甚至在默默地不断告诫自己这一定是幻觉……

第三章　第一名媛

　　冯颂远远地朝这边跑过来，拎了一袋山核桃，离得老远就冲盛洁挥了挥："给你补脑的！"

　　盛洁还沉浸在刚刚的情绪里，明明周围一切都那么平静，那么美好，而她竟产生了这样的幻觉。冯颂上了车，见她傻愣愣的不说话，开始用小钳子剥起核桃，集齐了一堆果仁放到她面前，映着外面的灯光，冯颂显出一种特殊的气质，普通的白色T恤，映衬出漂亮的五官，一种不张扬的帅气。

　　"冯颂，可能我真是罹患精神病，我刚刚出现了幻觉……确切地说我也不知道是不是幻觉……"盛洁语无伦次地说道，心一直保持在高速跳动当中，面色沉重。

　　"精神病最好的疗法就是每天开开心心的。"冯颂将剥好的核桃递到盛洁嘴边，她乖乖地吃了一口，心思还未能从刚才的情绪中回过神。

　　"我看到了一个不能接受的自己，可能我从前不是个好人……"她捏紧指尖，心里忐忑得揪成一团。

　　冯颂沉默了片刻，而后道："我从前也不是个好人……所以，我们都要从现在开始做个好人。"

　　"别瞎说了，我怎么看你都是个万年的老好人。"盛洁用指尖戳了戳他的肩膀，朝他撇了撇嘴。

　　随手拿起他放在一边的钱包把玩，才发现那竟然是一款LV的包，虽然看起来用了很久了，可仍然有型，盛洁好奇他这几年的收入，如何买得起这种牌子。打开来，里面的装饰很简单，除了一些钱和证件，只装了一张照片，上面有两个男人，一个稍嫌稚嫩，穿着蓝色T恤，背着双肩包的男孩正是冯颂，旁边站着一个英俊帅气的小伙子，穿着一身休闲装，似乎大他几岁，整个人气场十足。

由于那男人搭着冯颂的肩膀，看起来极为亲密的样子，反而让盛洁心生狐疑，捏着钱夹扭头看着冯颂："他是……"

"我哥。"

"你哥？"

盛洁的反问让他脸上一红："你瞎想什么呢？真的是我哥！"

盛洁羡慕地盯着照片，自言自语道："你哥真帅。"

"是啊……从小所有人都这么说。"

"他现在在做什么？"

冯颂脸色忽地一沉，随即摇了摇头道，从盛洁手中拿过钱夹："不知道，我们两兄弟好几年都没有再联系了，算是断绝关系了。"

盛洁惊诧地看着他，忽然觉得这其中一定有很多故事："为什么？"

冯颂将钱夹放回自己口袋里，似乎不想再提从前的事。

盛洁没再追问，只是一路上，冯颂再也没说过话，心情似乎受到了极大影响。他们俩一直沉默着，跟着拖拉机回村。

记不得过了多久，盛洁倚在座位上几乎快睡着了，忽听冯颂沉沉地说道："你知道吗，小时候我们家里很穷，我挺自卑的，谁欺负我，我就想办法报复别人，有时是偷偷地把别人的作业本撕坏，有时把别人的书藏起来，还摔过同学特别珍惜的电子词典。我爸爸在我小的时候就过世了，妈妈身体不好，全靠我哥一个人在大城市打工供我读书，他才比我大三岁，背负的东西却比我多了。大学的时候，我每个月的生活费才300块，有时看着其他同学过得滋润，心里又羡慕又嫉妒。虚荣心作祟，我偷过东西，将舍友的笔记本电

脑偷出去变卖，还将同学交学费的钱偷走……"

盛洁不可置信地看着他，忽然间睡意全没了，愣愣地盯着他，没想到他从前竟有这样的经历。

"后来我偷东西的事被人发现了，老师找了我哥来。我当时上学在建州，他是大老远从铭城请假过来的，一路风尘仆仆，一句打骂指责也没有，他和老师同学商量私了，加倍赔偿了他们的东西。我知道他的钱来之不易，都是他帮别人送货，一趟一趟赚回来的，可为了我的名声和前途，他什么都不顾……他走的时候劝我好好读书，好好做人，还留给我1000块钱。他说的每一句都那么语重心长，我羞愧极了，我做的所有坏事，谁知道都可以，唯独不想让我哥知道……"冯颂言谈中眼里泛起了泪光，盛洁不知道怎么安慰他，只有静静地听着他的讲述。

"从那以后，我每月的生活费，从300加到800，再后来变成1200，临毕业又变成了1500，我似乎一下从班里的穷孩子变成了富贵阶层。我不知道我哥每月是怎么筹到钱的，大城市生活成本高，他一点儿都不富裕，也没什么学历，只能靠干体力活。

"大三完结的那个暑假，我拿着存的钱去铭城找我哥，我惊奇地发现，他的住处竟然是一套漂亮甚至算豪华的公寓，我还记得那个小区叫嘉泰园，我每天只是白天能看到他，晚上他总也不回来住，我问他，他就告诉我说，他的工作值夜班比较多，可具体是做什么，他从没说过。直到后来我问急了，他才含含糊糊地说在一家会所做经理。

"当时我挺为他高兴的，以为我哥真的混出头了。过了半个多月，我忽然心血来潮地去那家会所看看他，才发现他根本不是什么经理，而是因为长得帅，在酒店里做富婆们的情感陪护，也就是俗称的'牛郎'……"

盛洁震惊极了，没料到冯颂的家庭和经历这样的复杂和令人欷歔："那后来呢？他……"

"我当时气急了，在会所里大骂他连男人起码的自尊也不要，沦为靠身体吃软饭。我看到他脸上铁青泛紫，一定是难受极了，他似乎想解释什么，却一直没开口，或者说我也根本没给他机会开口……我没等到暑假结束就回了建州的学校，他还是一如既往给我寄生活费，而我每次都原封不动地退回。从大四开始，我找了一家小公司上班赚钱，我不要我哥再为了养我供我而去做那些肮脏的事。我本来还抱着一丝念想，以为我哥总有一天会迷途知返的，等到那时我哥还是我哥。可过了不到半年的时间，我见到了他从前的女朋友，和他从老家里一起出来打工的丽娟姐，那时我才知道，我哥认识了一个富家女，被那女人纠缠不休，已经到谈婚论嫁的地步，而丽娟姐被那女人恐吓了一通，再也不敢留在铭城……"

盛洁跟着他所述说的故事感叹了一番，注意力已经从刚才的思绪转移到了冯颂哥哥的遭遇中来："后来你就到庆城山来了？"

冯颂点点头："我卖了一个研究的产品专利，把钱全寄给我哥了，从那以后，我和他好像已经失去联系了。我不想像我哥一样，靠女人赚钱。我深入地想了很久，我必须得让穷山沟的人都富起来，靠自己的双手富起来，才不会出现更多像我哥哥那样的悲剧。"

盛洁尽力想安慰他的情绪，假设似地问道："你想过没有，或者你哥和那个富家女是真心相爱的呢？或者他现在过得很好，也不再从事那行业了也说不定。"

"但愿吧，自从我来到庆城山，已经和我哥彻底失去了联系，有很多次，我都想去找他，想偷偷地看看他过得怎么样，可每次都没勇气去。或者他在铭城也是这么想的。"

盛洁忽然生发出了一个念头，轻轻摇了摇他的胳膊："以后找个机会，我们可以一起去铭城转转，你可以去看看你哥，我也可以了解一下我的过去，尽管那些过去可能并不愉快。"

冯颂赞同地点了点头，他们俩相互靠着，悠闲地吃着山核桃，

聊了一些其他的话题，那天晚上精力都出奇的好，一直聊到深夜，就在空空的车厢里睡着了，醒来的时候，盛洁发现他们正搂在一起，竟是那样自然的姿势……

或者盛洁如今的状况，对从前的记忆一无所有，包括感情也成了一张白纸，加上朝夕相处，她和冯颂的感情进展得也算快。村里的王大婶子又从中撮合了几次，终于在上个月葡萄成熟的时候，冯颂跟她提起了结婚，她当时脸红透了，像个情窦初开的少女，冯颂剪了一串最诱人的葡萄，擦干净了塞给她一颗最大的，她当时正在打扫房间，手上脏脏的，就着他的手吃了一颗，谁知他顺手抱她在怀里，低头吻了下来，她羞怯得不敢乱动，他的吻没有深入，大约怕吓到她，轻轻地顺了顺她的后背，冲她呵呵地笑了起来，脸上的笑容里充满了幸福和害羞，他看起来还是个大男孩。

末了谈及结婚登记的事，他们俩都犯了难。盛洁因为没有真实的身份，因此算作黑户，等于凭空冒出一个人，民政局不可能办理这种登记。要想得到真实的身份，除非去找寻从前的记忆，可那样，一切或者又会重来。

愁苦了好几天，直到王大婶子造访，听说他们俩的问题，当即大笑起来，两腮的横肉都在颤抖："你们两个傻孩子，不能登记就干脆不登记，婚礼照办，咱们村里多的是这种情况，只要婚礼办过了，就得到所有人的承认了。"

从前虽然也听过这种说法，可毕竟盛洁和冯颂也算受到过高等教育的人，对于不履行法律手续，直接应承民间习俗，还是没什么底。

考虑了几天，他们终于向现实妥协了，在镇上找了一个办证的地下作坊，以"李青铭"的名字办了一张假身份证，准备开始新的生活，也置办了一些结婚用的东西。村里的乡亲们看到他们俩出双入对的亲密样子，竟有些羡慕，尤其是于大娘，经过这半年来，终于看清了盛洁根本没疯，如今后悔了当初转手给冯颂，连他们上门通知婚讯的时候，她也爱理不理地敷衍着，言语间颇有酸意。

不过人生总在自己认为快平静下来的时候，扔下一记重磅炸弹，有一天，王大婶还在上小学的儿子二强忽然从镇上的报摊上拿回一张报纸，说是有一张照片上的女人长得和盛洁很像。

那张报纸落在了冯颂手里，他仔细地看了看，末了苦笑了两声，递给了盛洁，她惊诧地看到一个衣着打扮光鲜亮丽的女人，穿着奢华的晚礼服，笑得高贵优雅，果然和自己有八分相似，不同的是，现在的盛洁朴素得一点修饰也没有，而照片上的女人显然经过细致的化妆。旁边的大字标题也极为震撼："铭城第一名媛盛洁疑失踪多时。"

原来照片上的女人是铭城第一名媛。盛洁不知所措地看着冯颂，他的脸色沉得仿佛僵住了："铭城首富盛立兴的女儿，身家超过20亿，年方二十五岁，已婚。"

令盛洁震惊的是他最后说的那两个字，"已婚"……原来自己在铭城的时候已经有了丈夫……她慌忙拿起报纸来仔细阅读，不放过上面任何一句信息，上面有盛洁的履历表，原来早在三年前，就一直有盛洁隐婚的传闻，一直没有对外界公布，待到去年夏天，突然有猛料称盛洁的丈夫就是和盛和集团一向有合作关系的零售业大王魏钦岚的儿子魏晋，而传出这个消息仅一个月，盛洁就进了铭城东方医院……

她继续往下看，有的网友猜测她婚后遭遇家暴，有的猜测魏晋乃富二代当中的花花公子，盛大小姐心上人其实另有其人，家庭的压力使得她不得不嫁给一个门当户对的人，婚后的抑郁使得她罹患严重精神病……

整篇新闻看得盛洁毛骨悚然，如果她真是那个传说中的盛大小姐，那岂不是一个大大的悲剧？虽然有光鲜的外壳，却过着生不如死的日子。

盛洁抬起头来，怔怔地看着冯颂。

许久，冯颂才慢慢地开口："如果你想回去……"

"我不想回去！"盛洁忙打断他的话，从前不知道自己是何种情况的时候，心里偶尔还充满好奇，现在看着报道都背脊发凉，又是家暴，又是抑郁症，如果自己从前真的是盛洁的话，那人生何其毁灭。

冯颂听到她的态度，反而踏实了些，伸手握紧她的手腕。

"我看盛家和魏家都没有作出正面回答，或者盛大小姐失踪之事只是个传闻。"盛洁安慰冯颂，尽量将事情简单化，"何况仔细看看，我和盛洁长得也并不是特别像的……"

冯颂一直没有说话，此时却忽然抱紧她，她甚至能感到他微微的颤抖，也许他怕失去这种日子，这种有人朝夕相处的日子……

谁都没再提有关盛洁的事，他每天更加频繁地唤她"青铭"，似乎想让盛洁彻底把自己当成李青铭。婚礼的准备也照常进行，从她的内心里，真的希望这是人生一个新的开始。

临近结婚的日子，冯颂反而日日失眠，忽然跟盛洁提议道："过些天我想去一趟铭城，我想过了，咱们结婚，要把我哥请来做证婚人，毕竟那是我哥，他为我付出了很多。"

盛洁理解地点了点头，他始终阻止了盛洁去铭城，或者是他害怕她在铭城找到过去。其实在她心里，所有的记忆都是在庆城山的，对于外面的世界，她甚至充满惧怕。

盛洁送冯颂走的时候，徒步跑了很远的路，他搭了摩的去县城坐火车，却拒绝她送到火车站，他笑着冲盛洁挥了挥手示意她回家，而她却陡然觉得心跳加速，一种惧怕的感觉油然而生。

"过几天我就回来，最多5天，乖乖在家等我。"冯颂安慰道，伸手抚了一把她顺滑的长发，他背着旅行包，穿着白色T恤的样子，俨然还像个大男孩。

盛洁木讷地点点头，末了忽然担忧地拉住他："如果我曾经真的嫁过人，你会介意吗？"

冯颂忽然笑了起来，认真地看着盛洁，夕阳的光芒，把她整张脸都染成了绯红色："我认识的人叫李青铭，她是最单纯的女人。"

盛洁呆呆地站在原地，看着他跟着摩的渐渐消失在山道上，她忙爬上山坡眺望他，想看到他更久一些，可终究他还是慢慢消失在天边了，她气喘吁吁地站在山丘上，任风吹着头发，渐渐变得凌乱，这是冯颂半年多来第一次离开她。回家的路上，她轻轻地擦了擦脸，竟然湿了……

第四章 "正牌"丈夫的出现

平静地过了三天，每天照看着一群鸡鸭和几头猪仔，闲来就和那只瘦瘦的小黄猫说话，偶尔用冯颂的那台电脑上上网，只是盛洁一直精力不足，对着电脑超过1个小时，就会头脑发晕。

第四天的时候，她下载了几道菜谱，兴奋地预备着，冯颂说过，他最多五天就会回来，盛洁准备等他回来的当天露一手，事实上，在这半年多里，她从来没有做过饭，这一次却出奇的有兴趣，或者是一种莫名的想念吧。

只是事情总是出人意料的，这一天到了傍晚，外面忽然开始变天，乡下的地面，本来就没有多少遮挡，一会儿工夫，天空已是乌云密布，野风夹杂着空气中的灰尘刮出了一个旋涡。盛洁赶忙戴了一顶草帽出门，将鸡鸭都赶进窝里，又拿了草毡子给猪圈挡风雨。

雨开始只是一星一点，忽然间一丝适应的余地都不留，就下起了瓢泼大雨。她淋了一身雨水，想到晒在屋上的几件衣服还没收，忙光着脚上了水泥的楼梯。

漫山遍野都下起了大雨，却远远地有汽车的声音。这山沟里最多的是拖拉机，偶尔也有货车，盛洁擦了擦脸上的水，惊奇地发现竟是一排四辆黑色的豪华越野车。她心里暗骂这肯定是某个败家子过来体验乡村气息的，从前冯颂就说过，村里每年都有来写生的，来农家乐一至N日游的，也有来投资的，只是最后都成了骗子。

盛洁忍着雨淋将几件衣服收下，闪电和雷声顺势过来，吓得她连忙躲进了房间里，隔着窗户，能模糊地看到那几辆越野车竟然朝着这边开来。她惊奇地凑在窗边往外面看。直到那几辆车在门外停下，她听到发动机的声音停止了，车上下来几个人，个个高大魁梧，其中一个男人过来敲门，声音很大，似乎还能听到于大娘的嗓音在旁边帮衬着。

"丫头，赶紧开门，有人来找你了！"于大娘举着伞在外面帮腔。她已经很久不来这里，忽然出现竟然带着这么多人，盛洁心里害怕，尤其现在冯颂不在。

"快开门啊，丫头，你的家人找你来了！"于大娘不放弃，拍着门板一声比一声尖锐。

"我没有家人！"盛洁叫了一声，厌恶之情淤积，于大娘不知从何处带来了人，竟称是她的家里人，她怕那些所谓曾经的家人，因为她根本不想找寻曾经，只想赖在这里等着冯颂。

"盛洁！盛洁！是我！"她听到一个年轻男人的声音，他显然情绪激动，听到盛洁的声音，更加频繁地敲门。

盛洁听到他叫自己盛洁，猜到是铭城那边过来的人，忙惊慌地朝里屋跑。于大娘是熟悉这里的地形的，跟旁边人道："后面的菜园也能通到房间里，你们跟我来。"

盛洁听到于大娘的话，心急如焚，预备抢先跑到通往菜园的小门前关门，当她跑到菜园的时候，一个身着黑色西装的男人已经站在门边，盛洁只看了一眼，回身就跑。

"盛洁！"身后的男人个高腿长，几步距离已经赶上她，从后面一把拉住她的胳膊，她回身挣扎，他却丝毫没有放手，她低头猛掰他的手指，累得呼哧呼哧直喘，他依旧抓得她紧紧的，盛洁急得低头就要咬，他疼得倒抽一口气："我是魏晋，你不认识我了？"

盛洁停止了挣扎，睁大眼睛盯着他，狐疑地猜想着，他竟然就是魏晋。和盛洁想象中的略有不同，他不是那种花样美男，只是浑身透着一种干净，盛洁必须承认他真的很干净，尽管发丝和袖口沾了水，尽管他不是那种五官特别俊秀的男人，但散发出的一种说不

清的气质，让她无法形容。

"我不认识你。"盛洁终于平静地吐出一句，依旧怒瞪着他，似乎想用目光将他穿透。"不认识我你跑什么？"魏晋微微皱眉，伸了大拇指和食指要点她的脸，被她灵敏地挥开。

"你少占我便宜！我就快结婚了！"想到报纸上说过，盛洁就是被他逼成了抑郁症，还进了精神病院，她就觉得他定是个心狠手辣的花花公子。

魏晋一愣，脸色微僵，冷冷地笑了一声，盛洁听出这笑里多少藏着讽刺："你早就结婚了，还预备着结几次婚？"

"我叫李青铭，不是你所说的什么盛洁！"她努力强调这一点，企图将她的现在和未知的过去划清界限。

"你左脚的脚心处小时候被烫伤过，留了一块疤。右边乳房下侧有颗小红痣，有绿豆这么大。"他说起这些话时，声音竟一丝也没有降低，身后的于大娘听得清清楚楚，已经开始偷笑，"我说得对吗？"

而盛洁又羞又恼，脸憋得通红，有一种赤身裸体站在大街上的感觉，抬手就给了他一巴掌。他竟没有躲，一直用笃定的眼神盯着她。气愤的同时，盛洁感觉胸腔里逐渐涌起难受的气息，忍不住眼泪都激入了眼眶，此时她心里占最重分量的情绪不是愤怒，而是一种不能言喻的伤心，因为他说的都是真的……

她终于不能再抱着那一丝希望，祈祷着自己不是那个盛大小姐，她忽然间已经被魏晋打回了原形，并且于大娘一定会跟村里所有人宣扬她的身份，她所担心的是自己和冯颂的将来……

盛洁像傻了一样靠着墙角的一块地面坐着，双手搂住膝盖，蜷缩在一边，听着外面的雨声，想将自己裹在编织的躯壳里，虽然她已经想不起关于盛洁的一切，可一系列的报道和魏晋的出现，让她原本的幻想彻底破灭了。

"盛小姐，听大娘的，还是跟家里人走放心，冯颂这小子，不会有什么出息的。"此时于大娘倒装起来了好人,从前那些自私自利的行径盛洁本不想提起,可今天,她竟然同样为了钱,或者还有一点不甘心,又一次将她出卖了。

"滚。"盛洁面无表情冲她道。

"孩子……"

"我叫你滚!冯颂已经给了你钱,你居然还要出卖我!"盛洁猛地开口骂道,已经是歇斯底里。

于大娘脸上红一阵白一阵,询问似的看了一眼魏晋,他心领神会,从钱夹里拿出一叠钞票给她。于大娘接过钱,一溜烟地出了门。

"你是用钱收买了村里的人!这种做法只会让人不齿。"盛洁狠狠地剜了魏晋一眼,扔给他一个不屑的眼神。

"是她自己打电话给我公司的。自从你失踪后,每天打电话声称见过你的人不计其数,但她说的似乎是最准确的。"魏晋故意将"准确"两个字强调得更明显些。

"我已经不记得从前的事了,我所有的记忆都是在庆城山的,这里就是我的家!"盛洁努力地表达,希望他可以明白她此时的心情,因为她丝毫不想回到从前。

"跟我回铭城,我保证在那边,你会比在这里幸福一万倍。"

"如果在铭城我过得幸福,就不会进精神病医院,就不会失忆,就不会被卖到这里!"

"你不想知道这些故事吗?"

"我现在只想等冯颂!"

魏晋终于沉默了,脸色微沉,认真仔细地看着她,片刻以后,终于脱了西服外套,轻轻地坐在旁边的椅子上:"那我陪你。"

这回换她盯着魏晋,虽然从内心里,她对他这个人还是陌生的,但如果他果真是盛洁的丈夫,看到她心心念念地等着另一个男人,心情怎样应该是不言而喻的。

　　一整个下午，魏晋遣了所有跟随他来的人回去，只留下其中一辆车。看来是准备打持久战，盛洁撇开魏晋，一个人独自关在小卧室里，不知道他在外面是怎样过的，但她知道他没闲着，因为一直都有细碎的声音，像是忙碌得很。盛洁猜想生意人应该都是业务繁忙的，没有时间将精力都用在一个女人身上，尽管盛洁是他的妻子，可如果他是个精明的商人，这些都不是阻碍他的理由。

　　打开电脑，上网打算查询关于魏晋和盛洁的一切，没料到网络一直处于断线中，老式的台式机，屏幕总是轻微地一闪一闪。

　　盛洁唯一的寄托就是冯颂回来，可现在的情况，魏晋就在外面，如果他回来，看到这样的情景，又该怎样处理？似乎不管何种状况，即使警察参与，她似乎都无法改变这个事实。

　　一直等到晚上，冯颂约定的时间已经过了，可他并没有回来，盛洁心急如焚，不停地在房间里转悠，她听到有碗筷的声音，厨房里有人在烧饭。

　　悄悄地打开了一条门缝，从里面朝外望去，魏晋已经脱下那身西装，袖子挽得高高的，拿出两只蓝边的瓷碗，似乎是熬了粥。盛洁心中愠怒，打开门想斥责他动了自己和冯颂的东西，还未开口，他已经抢了先。

　　"我要是你，就乖乖过来喝粥。"魏晋轻轻地坐在木桌旁，拿出两只勺子，其中一个已经断了把，勉强能用。

　　"我只吃冯颂做的饭。"盛洁冷静地回答，企图将他的热情浇灭，"其他人的一概不合我口味。"

　　"不管怎样，你我现在还是夫妻关系。"魏晋将勺子放在碗边，语气虽然没有特别的改变，却能听出一丝异样的情绪，他在生气。

　　"那你告诉我，我是怎么进的精神病院，又是怎么失忆的？"对于盛洁来说，这些问题终究还是有一定吸引力的，既然魏晋来到了这里，她想弄清以前的事。

"你跟我回铭城，我会告诉你答案的。"

"呵！"盛洁忽而讽刺地笑了起来，斜睨了他一眼，"铭城是你的地盘，跟你回去，我还会重复从前的生活。"

魏晋的眼神微微一僵："以前的生活真的这么不好吗？"

"如果从前我过得好，不会落到这般地步。现在我已经获得了新生，从前的一切都想不起来了，这可能是一件好事。"在庆城山待了半年多，她很少像今天这么清醒，或者是因为遇到了从前的相识。

"盛洁，你真喜欢那个冯技术员吗？"魏晋的问题让她的心猛然收紧。

"当然！"盛洁急迫地肯定，"他晚了约定的期限，一定是有什么事耽搁了，他很快就回来了。"

"即使他回来，你也还是盛洁，其他身份都是他帮你编造的。"

"可我喜欢他帮我编造的身份。"

魏晋听出了她语气中的固执，没再多说什么，饶有深意地看着她，而后默默地喝完粥。

外面的雨一直淅沥沥不停，不时有电闪雷鸣，盛洁没好意思将他赶出屋子，只好让他睡在外间。庆城山的人，管进门的第一间屋子叫"堂屋"，里面多半都放着待客的桌椅，而冯颂这里来客极少，所以那间堂屋布置得比较杂乱，还有一个竖在墙边的钢丝床，是盛洁从镇上买来的。

魏晋大抵也是个随遇而安的人，和衣就睡在了钢丝床上。盛洁却一夜没有合眼，心中很是矛盾，这是她和冯颂的家，家里现在却住着魏晋，而魏晋却又是她名义上的丈夫。她思虑着这层复杂的关系，头疼得快要炸开。

一直到半夜时分，盛洁终于昏昏沉沉地睡着了。第二天上午接近10点钟才醒来，外面天色大亮，屋子里却安静得很。

　　她一个激灵从床上爬起来，没来得及梳洗便跑出了屋子。堂屋里的钢丝床已经竖起，显示着他早已经起来，桌上摆着两个快餐盒，竟是镇上那家有名的生煎包和皮蛋瘦肉粥。她猜想大约是魏晋早起开车去镇上买的。从村上到镇上，要翻山越岭的，路途来回大约要两个小时，她不禁感叹魏晋的奢侈。

　　艳阳高照，天朗气清，下过雨的空气出奇的好。只是现在魏晋连人带车都不见了。

　　盛洁心中一阵窃喜，或者他已经受不了这里艰苦的生活，开着他的越野跑车回到铭城了。

　　她一路上了屋前的小山坡，顺着葱翠的山道，朝着远处村落聚集的地方望去，越野车始终是村里最扎眼的东西，他没有走，而是去了村里。盛洁确定了这一点，忽然满心的欢喜变成了失落。

　　魏晋整整两天没有出现在盛洁面前，她很少去村里，对于那边的状况也没有作太多的了解。每天心心念念地等冯颂，将家里唯一的固定电话调节成最大声音，生怕错过了一丝一毫有关冯颂的消息，可结果却让人失望得很。

　　盛洁开始担心，约定的五天，早已经过去了八天，她不敢猜想结果，因为冯颂从不食言的，现在却……

　　冯颂离开的第九天早晨，盛洁按捺不住，终于跑到了村口，望着那条通向外面的路，这里每天有开摩的在营生，人来人往的，却始终不见冯颂的身影。她在村口整整坐了一天，像个傻子一样，直到天完全暗下来，她落寞地站起身想回家，才看到魏晋就坐在她后面不远的地方，不知道他在那里待了多久……

　　直到第十天的早晨，来了六辆漂亮的SUV，几个村干部和一批村民纷纷赶到村口迎接，阵势颇大，盛洁心生疑惑，下来的几个人全都西装革履，村里的妇女和孩子都赶来观看。盛洁看到了于大娘，忽然间恨意升腾，转身就要离开，却听到她在背后叫她。

　　盛洁不肯理会，可片刻工夫，围观的人自觉地站成了两排，让出了中间的一条道路，一个高大肥胖的男人打开了最前面一辆车的车门，盛洁看到魏晋从车上走下来，与昨天不同的是，今天他一身西装打扮，庄重而有型，自然地走到人前，轻轻地摘下墨镜，身后带来的人约莫十来个。

她十分确定魏晋是故意为之，因为他气定神闲地走到村民们中间，面对着盛洁，郑重地开口道："各位乡亲们，我先自我介绍一下，我叫魏晋，从铭城过来，今天我是专程来接一个人的。"魏晋抬高声音，惹得所有人伸长脖子听他的演说，有些消息灵通的人，甚至已经认出他就是铭城富豪魏钦岚的儿子，大约是他多次出现在娱乐报刊和电视中，已经成了半个公众人物。盛洁的心怦怦直跳，攥着拳头看着他，凭直觉，她知道他今天的目标就是她。

"站在我面前的这个女人，半年多前来到庆城山，她的真名叫盛洁，是铭城盛和集团总裁的女儿，也是我魏晋的妻子，当初我们夫妻因为误会走散了，从此她就失踪了。我辛苦地找了她半年多，用尽了各种方法，没想到她竟流落到这里，一路吃了很多苦，但感谢各位乡里乡亲的照顾，现在我终于找到了她……"

盛洁气愤又压抑，一直怒瞪着魏晋，而周围的村民显然很是羡慕欣慰，将这个场面围得水泄不通，似乎谁都不想错过好戏。

"半年多来，承蒙乡亲们的关照和提供线索，让我们夫妻终于团聚了。我魏晋是个知恩图报的人，谁给了我帮助，我会十倍百倍地报答大家！"他似乎说得中气十足，"庆城山是个有山有水的地方，有很多资源和良好的商机，将来一定是个富庶之地，我们魏氏集团计划投资三百万在庆城山建设食品加工厂……"

盛洁听着他一连串的演讲辞，渐渐觉得脑中嗡嗡作响，周围的村民极是欢迎，在他讲话当中不时报以热烈的掌声。他完全以盛洁的丈夫身份自居，言语中不时提到"我们夫妻"，她恼得转身拨开围观的村民就往家里跑。他没有追来，反而几个认得盛洁的中年妇女在身后扯开嗓门叫她"魏太太"。

接连的几天，魏晋没再来找盛洁，她疯了一样到处打电话、发信息，还托了村里跑外的李二胜打听，企图尽快联系到冯颂，可依然一点音信也没有。直到第十五天，盛洁守着空空的屋子再也待不下去了，收拾了几件衣服和家里仅剩的500元钱。又安顿好了鸡鸭和猪仔，才离开了村子。

如今村里的人都只认盛洁是魏晋的妻子，连同村口开摩的的大哥也一样，因此看出她要私自离开，竟没有一个人愿意载她。盛洁拎着包一步也没停留，铁了心朝前走，预备徒步走到镇上坐火车。

没有一刻让她这么想念冯颂，她感到害怕，怕再继续留在这里，不仅等不到冯颂，还会被所有人强制变回魏太太。

第五章　回到铭城

　　整整走了一下午，外面骄阳似火，烤得她快晕厥了，山道上的树木偶尔能遮阳，但仍然掩不住浑身的疲惫。盛洁害怕赶到镇上之后天就黑了，因为到庆城山不管是火车还是汽车，只有白天的班次，到时候镇上人生地不熟，住宿是件麻烦事，当然最重要还是资金不够，去铭城需要花费的也许会很多，而手上的钱只有这些。

　　一直走到太阳落山，她已经累得喘不过气来，离镇上仍然有一段距离，脚疼得受不了，加上一个背包，已经快到了体力的极限，或许她从前也并不是如此，是这半年来休养得太过导致。

　　一个长长的上坡，走得盛洁精神恍惚，眼前已经冒起金星，她虚弱地扶住身旁的一棵树，心跳已经盖过了周围的一切。几乎没有感觉到身后有辆车超了过来，停在了她旁边。没有意外，那是魏晋的车。好像庆城山的村民都被他收买了，盛洁的行踪他自然是了如指掌。

　　他摘下来墨镜，仔细打量着她的狼狈相，末了竟笑了起来。

　　"很好笑吗？"她面无表情地回应，眼角重重地瞥了他。

　　"你要回铭城吗？"

　　"不是'回'铭城，是'去'铭城。"

　　"都一样。"魏晋探出了头，冲盛洁做了个手势，"何必这么辛苦，到镇上三十里路呢，徒步走过去，不是一般人能做到的。"

　　"拜你所赐，没人愿意载我，我只好自己走，我不信到处都是你的地盘。"盛洁硬撑着大步朝前走，在架势上跟他保持距离。

　　"让村里人信服的理由，不只因为我的演说，更因为他们都知道，要想致富，只靠一两个爱搞实验的技术员是没用的，最重要的是资金投入。"魏晋的话直指冯颂，看来他已经做足了功课，知道冯颂在这个村里的情况。

　　"无奸不商，冯颂说，之前来过骗子，你也不见得是什么好人，打着投资的旗号，想搞些什么还难说得很。"盛洁冰冷的声音将他硬生生地驳回。

　　"受骗的最终原因，还是因为无知，善良的人都提高警惕，骗子就无机可乘。"魏晋开车一直保持均匀的速度跟着她的步伐，"看来你真的失忆了，如果是从前的盛洁，她会知道魏氏集团根本不会做出你所说的那些傻事，因为当年魏氏即将面临倒闭的时候，是你拯救了它，你说你知道魏氏是家讲信誉的企业，我爸爸也是个讲信用的人。"

　　盛洁被魏晋说得哑口无言，对于曾经的一切，她好像都已经忘到了九霄云外，他和他的家人，包括盛洁的家人，甚至她自己，都弄不明白到底是怎样的状况，她所有的记忆，只有冯颂给的那些而已。

　　"上车吧，我带你去铭城，如果你想找到那个冯技术员，我会负责把你带到他身边。"魏晋说起话来平静得很。

　　盛洁从他的眼神中看到了一种神采，一瞬间恍惚觉得熟悉。看了看前面漫长的路和夕阳晚照的光景，她心中叹了口气，终于打开后车门，将行李塞了进去。

　　魏晋开了夜车，一路带盛洁回铭城，她头一次夜里失眠，从前精力总是不够，时常想睡，今天却一丝睡意也没有。她认真地看着周围的景色，尽管夜色浓深，高速公路上还是灯火通明。到了一个服务区，打开车门的一刻，盛洁感到外面阵阵凉意，缩了缩肩膀，这才意识到深秋的冷。

　　魏晋买了热豆浆，上车来递给盛洁一杯暖手，车内空调温度还是适中，甚至算是暖暖的。

"谢谢。"盛洁客气地道了一声谢。

魏晋却惊奇地看着她，半晌尴尬地笑了，看得出他情绪并不好："知道你从前是怎么使唤我的吗？新婚的那天晚上，你让我半夜出去给你买慕斯蛋糕。结婚当天，所有人都在礼堂等着我们，你却穿着婚纱在一边玩网游。或者你从来没有真正想过嫁给我。而现在，连从前那些，你都已经不记得了。"

魏晋的语气很是低落，末了自嘲地笑了笑，一路上再没说话，他因为盛洁的那句"谢谢"，沉默了整整一夜。

天明的时候，他们进入了铭城。在盛洁现在的记忆中，当算第二次来到这里，她醒来的第一天，就是在铭城的天桥下，是从那里被人贩子拐走的，现在回到这里，忽然觉得一切都在梦幻中一样。

早晨的赤练湖被霞光照射，呈现出一种纯净神秘的美。越野车算是绕湖大半周，才将盛洁带到了一幢沿湖的别墅里，别墅周围青葱翠绿，欧式的外形，田园的风格，花径小道。魏晋没有告诉盛洁这是谁的家，可她还是无意中看到了楼上窗花上有贴过的喜字，这应该是一栋婚房。

他帮盛洁拎了行李进了那扇门，房里有两个看起来40出头的保姆，看到她的眼神，全都惊愕不已。

在魏晋不悦地咳嗽了一声之后，两位保姆赶忙迎过来提东西。

整个房子的装修大气时尚，尤其高大的落地窗，白色的基调，让人觉得一切都这么纯净。

"你应该很累了，到楼上洗个澡，睡一觉，我叫王婶给你准备些吃的。"魏晋的这一句怎么听都和偶像剧里男主的台词类似。

而盛洁还心心念念惦记着别的事："我要找冯颂。"

"我今天要到公司处理点事，明天一早，我帮你去找他。但今天你要乖乖地在这里休息，因为你一旦乱跑，再被人拐走，恐怕就没那么幸运了。"魏晋告诫道，末了还交代了两个保姆之后才

离开。

生活条件上，盛洁似乎一下从地狱来到了天堂，而她却一点欣喜的感觉也没有。冯颂的手机一直不通，盛洁担心他出了什么意外，一路上心急如焚。

洗了个澡，随便吃了点东西，她决定自己出门一趟。现在已经知道了自己的身世情况，就不会再轻易相信任何人。从衣柜里随便找了一身休闲装，才发现盛洁的衣服全是国际名牌，每一件似乎都经过了精挑细选。这时她才发现这半年多的时间里真的瘦了，从前的衣服穿上竟略显宽松，皮肤也晒黑了不少，因为盛洁的粉底液色号全是1号象牙白，而以她现在的肤色，只能用2号适宜。找了一双坡跟凉鞋，又随手拎了一款小包，正琢磨如何才能离开这里。

才发现两个保姆看她的样子，像极了下属遇上难缠的上司，战战兢兢地在一旁，一句话没敢多说，她们的神情分明是害怕她，连送饭来的王婶，也没有和盛洁作过多的交谈。

盛洁大胆地出了门，背后有人叫她，却装作没听，一副理直气壮的样子。带着从庆城山拿来的500元钱，在湖边拦了一辆出租车，按着冯颂少有的线索，他曾经提到的一家会所，是他哥哥工作的地方。或许他的哥哥早已经不在那里，但盛洁期望也许能打听出一二。

华洋名流是一家高档会所，装修豪华气派，各种设施一流，金碧辉煌的感觉让人仿佛进入了上流社会。走到大厅里，盛洁正环视着周围，预备找到前台询问的时候，一个西装革履的男人已经迎了上来，看起来不到三十岁的样子，模样极其伪娘，表情中极具惊讶和欣喜："盛小姐！"

她怔了一下，心下暗忖，这下糟了，眼前的人竟然认识盛洁？

"真没想到，你现在还会来这里。"那男人看起来很是激动，说起话来眉飞色舞。

是的，这男人的神情，完全可以用眉飞色舞来形容，因为他的发型和肤色，加上耳边的闪亮耳钉，完全看起来和韩国当红歌星类似，而目前的盛洁，却极为排斥这种装扮。可从他的话中，她多少得到了一些线索，那就是盛洁从前来过，经常会来，但后来很久没有出现了。

"你……"盛洁忐忑地看着他，近距离中她能强烈地感到他身上的香水味，在盛洁的观念里，男人不该擦这么浓重的香水，这会令人厌恶。

"盛小姐果真贵人多忘事，我叫何嘉，三年前，我第一天来华洋上班时，就见到了你，当时你刚好过生日，和两个姐儿们来酒吧，叫了我们几个做陪。"他说起来似乎很是陶醉，像在回忆一段美好的往事。

而盛洁已经感到满脸黑线，真不敢相信，从前的盛洁竟然爱好这口儿。如今她真是庆幸自己失忆了，至少这审美观算是摆正了。她故作镇定地答了一句："原来是你。"

"这段时间一直听说你失踪了，传得沸沸扬扬，后来魏少出来辟谣，说你只是去疗养了。今天看到你，发现你真的比从前气色好多了，一切谣言都不攻自破。"何嘉的声音清细，表情却略显暧昧，染得金黄短发和闪亮的耳钉耀得盛洁眼花缭乱。

盛洁想绕开他继续朝前走，他却不死心地跟在她后面："今天时间还早，要不要我请盛小姐喝杯东西？"

她转过身来打量了他一番，刚想开口叫他走开，他却笑着补充道："你放心，我比任肖那小子聪明，不会这么不知进退，盛小姐是本城名媛，结婚的对象只可能是魏少那样门当户对的公子哥，那些心存非分之想的人，都会得到悲惨的下场。"

"噢？"盛洁忽然饶有兴趣，虽然不清楚他所说的那个人是谁，但从他的言语间，多半能判定任姓的小子也和他是同一职业的伪娘罢了，便也没再多问，轻笑着转过身来，"看起来你挺精明的。"

"是有自知之明。"他实则在暗地抬高自己。

何嘉带着盛洁参观了华洋，边走边帮她讲解着现在的变化，可她对从前的事一点印象也没有，逛了一会儿，实在忍不住问了句："华洋里，是不是有一个姓冯的？长得挺帅的青年人？"

何嘉听到反而一脸错愕，认真地回想了一会儿，摇头答道："年轻的倒没有，有一个保安师傅，五十开外了，倒是姓冯。"

"前两年在这里工作的也没有么？"盛洁不死心，怕漏掉每一个关键点。

"没有，我来到这里三年了，没有听说过。"

盛洁听何嘉说得很肯定，不像是在骗人。可回忆了当初冯颂讲起他哥哥的往事时，那家会所的名字确实就叫华洋，而这个名字在铭城也的确仅此一家。

带着狐疑离开了华洋，盛洁却没有死心，一边问路一边找到了他曾讲过的那处公寓。那是一片漂亮的花园洋房，下了出租车，一直徘徊在门外，没有门禁卡，连小区大门也难以入内，更不要提找人了，何况这么多住户，究竟是哪一家呢？离冯颂说的时间已经三年多了，他哥哥是不是还住在这里？

盛洁这才深刻地感觉到，铭城之大，找一个人凭着这点线索就等于大海捞针。

她傻傻地一直站在小区门前，有进进出出的人和车，就伸长脖子看看，希望奇迹能出现。一下午的光景，太阳晒得她心焦，有几个过路的人狐疑地看了看她，表情中流露着不屑。

物业大叔从值班室出来问过盛洁两回，听说了她的情况，便表示爱莫能助。

一直待到傍晚，越来越没信心，精力也越来越差。当一辆黑色的宝马停在她身旁的时候，盛洁的思维已经快处于停滞状态了。

"小洁！"一个女人的声音打破了盛洁已经定格的思维，同样是五十岁上下，同样是焦急又欣喜的语气。只是这女人坐的是豪华车，穿着也甚为讲究。

盛洁抬起头来，对她的热情嗤之以鼻，又是一个自称她母亲的人，又是一个阴谋。她面无表情地甩开了那女人的手，无意中看到她身后站着一个五十开外的男人，男人的背后下车的还有一个更为年轻的男人，盛洁终于看清那是魏晋。

她渐渐意识到了什么，微微瞪着他。魏晋走到盛洁身边介绍，她才终于认识到眼前的两位正是她的父母，盛立兴和盛夫人。

盛洁依旧傻呆呆地站着，不可置信地看着眼前的一对老夫妻，盛夫人激动地抱住盛洁，当真哭了起来，能感到她整个人都在颤抖，一瞬间她忽然感到这一切很熟悉。

盛立兴就站在一旁，威严当中显露出慈父的本性，将头扭到一边默默拭泪。

面对这样的情景，盛洁终于相信他们可能真的是她的父母，这种感情的流露和人贩子是不同的。

她被带回了盛家，应该说是盛洁没出嫁前的娘家，他们听说盛洁已经记不得从前的事，纷纷扼腕垂泪。哥哥盛繁三十岁左右，有个三岁的儿子，目前算是盛和集团的继承人，只是盛洁一直没看到嫂子的出现。

母亲一把鼻涕一把泪地看着她，直说她瘦了黑了，还问盛洁吃了多少苦，而她不知道该怎么回答，在庆城山的日子，并没有想象中的苦。一家人都聚集在盛洁身边，嘘寒问暖，而魏晋只是静静地站在一边，盛洁很想问他是怎样找到她的。

晚些时候，母亲支开了所有人，独自留在房里和盛洁谈话，语气中又心疼又感叹："咱们全家找了你很久，后来还是魏晋有办法，这才找到了你。听他说，你在庆城山的时候，只是卖给了一个孤寡老婆婆做女儿，日子清苦了点，幸好没受到什么侮辱。"

盛洁听母亲如是说，更加肯定魏晋是个精明的男人，编谎话也这么圆滑，把她和冯颂的事省略得一干二净，或者也是因为他的面

子问题，毕竟他是自己名义上的丈夫。

"妈，我没失忆之前，是不是发生了很多事？"盛洁按捺不住，终于还是开了口，从她对盛洁的态度来看，她应该是很疼她的，说不定会把过去的事告诉她。

"孩子，从前的事，家里都达成了一致，谁都不再提了，今后好好地和魏晋生活，别再任性，也别再想其他的了，毕竟你们俩才是门当户对的，魏晋是个好孩子，爸爸和妈妈都看得出。"

母亲的两句话背后的含义她算听得明明白白，外界的传言应该不是空穴来风，这段婚姻的性质是包办无疑了。连母亲也认为盛洁和魏晋的婚姻是正确的。

第六章　关于任肖

　　盛洁一晚上愁闷地躺在床上，心事满腹，魏晋没有来，他应该是去了新家过夜，不过这样正好。一觉睡去，已经到第二天中午。

　　大小姐的生活，每天都能睡到自然醒，而后大约是和三两个败家女一起去各种地方血拼，这一点她充分相信自己从前的败家能力，从房间里大小储物柜储物盒里的东西就能侧面反映。

　　母亲怕盛洁在家无聊，便叫了司机送她去百货商场，临到出门，又怕她出事，便换了衣服跟她一起出门。母亲不吝于在她身上花钱，逛了两层楼，手上的东西已经快拎不下。

　　叫了司机先把东西放回车里之后，母亲带盛洁在商场内的一间茶餐厅坐了下来，她是个保养极好的妇人，五十多岁的年纪看起来却年轻得很，举止优雅，态度从容，气质华贵，连周围人向她打招呼，她也应付得谦和有礼。盛洁不知道自己从前是怎么样的状况，是不是也像她一样有着大家闺秀的风范。但她看得出，所有人似乎都想抹掉盛洁的过去，不管是从前的盛洁，还是从前的李青铭，他们似乎企图让她都忘记，来开始一段新的生活。

　　"这不是盛洁吗？去'疗养'了这么久，终于回来了？"母亲去卫生间的当口，盛洁听到了一个陌生女人的声音，抬起头来，看到一个大卷发，高跟鞋的漂亮女孩站在自己面前，她身材极好，看起来年纪不大，打扮和年纪稍嫌不符。

　　"你是？"

　　"不认识了？"

盛洁疑惑地看着她，正不知如何应对。

"怪不得有传闻说你失忆了，今天看到你，不得不佩服你装得真像。不过这可不像你的风格，怎么说咱们从前也算姐儿们，对着我还不能坦白说吗？这半年多和哪个男人厮混在一起了？"那女孩说出这些话竟自然得很，将提包扔在沙发上，慵懒地坐了下来，开始轻轻地捶腿，眼角带着鄙夷的笑意。

"对不起，我真的不认识你。"盛洁厌恶她的语气，起身想离开。

"你还在装。"

"我没有。"

"全世界，估计也只有魏晋那傻子才会娶你，就凭你和任肖的那点事，想想都肮脏。"

盛洁倏地被她的话镇住，回头瞪着她，心口怦怦跳个不停，急迫地问："你说什么？！"

"别忘了，任肖是我介绍给你的，他就是个出来卖的，被我玩够了甩掉的，你还当宝了？哈，为了他在这儿装，值不值得？"那女孩说笑的声音很大，周围已经有人朝这边望过来，有人已经认出了盛洁。

"你闭嘴！"盛洁抬高声音道，"你的样子更像出来卖的。"

那女孩猛然站起身来抬手要打盛洁，被盛洁一把抓住了手腕，她的眼睛瞪得圆圆的，继续道："不过你们盛家的人本来就这么无耻，你母亲当年挺着大肚子，还勾引别人的未婚夫！你也算是遗传……"

盛洁没再给她说下去的机会，狠狠甩了她一巴掌，那女孩被打得一个踉跄，盛洁看到母亲已经回来了，听到那女孩的话，整个人犹如受了炮烙之刑，傻傻地站着，脸上红一阵白一阵。

围观的人当中有的已经拿手机来拍摄，盛洁知道盛家一向是媒体关注的对象，此次的事件如果闹大，想必明天就会见报。

仗着身高的优势，她顺手将那女孩推到沙发上，拉起母亲就朝店外走去……

母亲自从听到那女孩的话后，一路上都选择沉默，神色凝重。盛洁知道她的过去一定承受了很多事，没敢开口问，但盛洁确定她是个温和内敛的母亲，因为她从始至终，都没有解释什么。

临到家门前，母亲才轻轻地劝慰道："甄珍还是个孩子，从小被家人惯坏了，下次你再见到她，绕道离开就行了，不用硬碰硬。"

盛洁忽而为母亲和自己憋屈，那个姓甄的女孩她现在虽然不认识了，可竟然如此嚣张放肆，还自称从前是她的姐妹。盛洁丝毫没为今天教训了她而后悔，只是觉得在这样的场合，让母亲丢了脸面。

当天晚上，盛洁才终于成功地弄清了甄珍的身份，她是嘉陵集团总裁的小女儿，甄总裁从前和盛洁父亲盛立兴是把兄弟，一起出来创业的，开始合伙做生意，后来因为种种原因分道扬镳了，之后两人都闯出了名声，兄弟关系却彻底断绝了。

盛洁始终觉得，人在利益冲突的时候，即使是最好的兄弟也难以维持，人之本性罢了。不过甄珍今天的话，有一句却提醒了盛洁。

她和华洋的何嘉都提到了同一个人——任肖。

听他俩的讲述，任肖应该是个靠身体赚钱的小白脸，没准就是和何嘉一样，而之前的盛洁，竟是这么重口味的人？盛洁想到自己从前的生活竟然这么奢侈糜烂，心中多少有些不能接受。

冯颂的事依旧没有音信，如今盛洁有了钱，雇了人帮盛洁四处打听，可没有人知道冯颂这个人，或者铭城太大了，或者他根本就没有来过这里。

盛洁住回盛家的第二天傍晚，魏晋开了车过来，说要接盛洁回

魏家，见见他的父母，盛洁心里是极为排斥的，一时间要她面对这么多人，做回那个大家闺秀的盛洁，不是一件简单的事，何况她始终认为从前的她并不幸福，连面对魏晋的时候也觉得别扭。

"你放心，我们家人少，只有我爸爸在，我妈妈很早以前就和他离婚了，之后就没见过她，我爸说她出国了，之后爸爸交了几个女朋友，可始终没结婚，或者他心里是有阴影的。"魏晋边开车边向盛洁讲道，"他还不知道你失忆的事，他身体不好，我想如果可能的话，就别告诉他了。"

盛洁无意去刺激一个父亲，他的要求也算合情合理，便配合地点点头。

魏晋从车门边的储物区拿出今天的报纸，娱乐版面登载了盛洁的照片，上面的她一脸凶神恶煞地瞪着甄珍，俨然两个泼妇即将开打。

"拍得真难看，这一定是故意黑我呢。"盛洁低头看着报纸，竟情不自禁地笑了出来。

"这张照片拍摄得忒有水平，直接把你的本色暴露无遗，甄珍那丫头，也只有你敢打她，谁也不敢动她一毫。"魏晋说起来竟像是在夸奖盛洁。

"她实在是挑衅，说话口无遮拦，这样的丫头，我见一次打一次！"说起甄珍，盛洁顿时觉得火冒三丈。

"三年前你和她算是好姐妹，一起逛街，一起血拼的那种，她比你小两岁，你很是护着她。"

"后来就变成这样了？"

"嗯。"

"为什么？"

"……"魏晋似乎不想说起那些，终于还是沉默了。

"是因为任肖吗？"

魏晋忽而让车速减慢了一些，余光看了看盛洁，沉声问道：

"你竟然先记起了任肖？"

盛洁想告诉他，盛洁并没有记起任何一个人，只是从两个不同的人口中都听到了这个名字而已，可盛洁感觉到魏晋微微的动怒，想必心中在乎此事，恶作剧的心理，想从他那里打听一些事，于是答道："是啊。"

车戛然而止，惯性的作用，盛洁骤然前倾，魏晋的脸色极差，双手握着方向盘，车稳稳地停在路中央，好在这条路晚上很少有车。

"你发什么神经，说停就停？"盛洁不满地骂道，蹙着眉看着他。

"他真的这么好吗？呵，一个出来卖的，谁给的价钱高，就陪谁睡觉，一个男人靠依赖女人牟利，就是下贱！"魏晋忽而激动道，"而你居然第一个记起他……如果当时不是盛伯伯和盛伯母拦着，你是不是真的预备和他私奔呢？"

盛洁心下一凉，感觉晕头转向，盛洁竟然曾经要和一个那样的男人私奔？这种荒唐简直无法想象。盛洁开始对任肖这个人有了浓厚的兴趣，如果他真的是曾经对她产生过重要影响的男人，那他现在在哪儿呢？盛洁家里所有的东西都翻过了，一丝一毫关于他的也没有，或者即使有，她也已经记不得了。

魏晋的神情沉郁得让人心疼，映着车窗外的路灯，他的眼睛闪过一丝亮光，盛洁不知道那是星光还是他眼里的泪光，或者是她产生了错觉，末了他竟然笑了起来："我知道你从来没喜欢过我，多少年了，都是我在一厢情愿，你嫁给我也只是迫于家庭的压力。现在你连从前的事都忘记了，看来咱们是真的没缘分。"

魏晋咬牙重新发动了车子，一路上再也没有讲话，到了魏钦岚的住所，那里幽静得很，是个很适合养身体的地方，到处鸟语花香，院子里还建有亭台花榭。

走到门前，魏晋还是停了下来，低声交代道："我承诺帮你找冯颂，至于任肖的事也随你，但是请你给我一点时间。我爸爸的

病……从前的你也知道，可能撑不了多久了，从我们结婚开始他就病得很严重，他怕魏氏这个重担我挑着吃力，就一直撑着，一直在背后帮着我。他很喜欢你这个媳妇，当初咱们结婚，多少也是因为爸爸的撮合，就看在小时候他救过你的命的分上，也看在从前你这么信任我爸爸的分上，陪我一起演好孝子贤媳的戏，让他幸福地过完下面的日子，应该不会耽误你太久的时间……"

盛洁越来越觉得有种缺课的感觉，魏总裁曾经还救过自己的命，这是哪一段往事？她半分也记不得，现在她仅存的关于盛洁的记忆，只有她去威胁那个大排档服务员的事而已。

但听魏晋说得真诚，盛洁没理由拒绝，不管她曾经和魏晋发生过多少事，都不应该伤了一个做父亲的心。

第七章　初回魏家

魏老爷子如今已经完全瘫在轮椅上，穿了一件蓝色的卫衣，将一条绒毯盖在腿上，整个人精神状态很好。时不时地摆弄着阳台上的花草，见到盛洁和魏晋进门，放下水壶，自己推着轮椅朝这边过来。

"爸，小洁疗养回来了，专程来看您的。"魏晋的语气瞬间由沉郁变成了欢喜，极力装出幸福满足的样子，言谈当中，顺势将胳膊搭在盛洁的肩膀上。

盛洁看到魏老爷子整个人乐得像个孩子，赶忙接上魏晋的话叫道："魏叔叔。"

"哎！"魏钦岚笑着点头，忙招呼他们坐下，"我早就让魏晋这小子赶快接你回来，新婚小夫妻的，在一起就是最好的疗养，铭城的大夫医术好得很，何必到这么远的地方去？赶快坐下歇着。"

盛洁一直以为魏钦岚应该是个威严外露的父亲，关于他年轻时的传说，她这些天也略有耳闻，一个山村出来的穷小子，不到二十岁自己出来闯荡，做了很多行业，最后在零售这一行发了家，他的创业史里，也包括盛洁的父亲盛立兴，他们从前是好兄弟，只是她父亲为人耿直稳重，魏伯伯反倒更灵活开朗一些。

看到魏钦岚和自己原来想的不太一样，盛洁原来紧张的情绪反而都放下了。

"丫头疗养来疗养去，反而更黑更瘦了，不像从前肉嘟嘟的脸蛋了，你父母看着要心疼了。都怪魏晋这小子，晚上回去记得罚他

跪搓衣板。"魏钦岚说得随和又轻松，盛洁之前很少见过有公婆帮着媳妇欺负儿子的，看到他的神情，她禁不住笑了起来。

魏晋也配合着表现出害怕求饶的姿态，一时间气氛好得亲如一家。

魏家的资产虽然和盛家相当，可家庭的生活气息却远远超过盛家，饭桌是小小的圆桌，一家人亲密地围在一起，三两样小菜，或畅谈，或豪饮，轻松的感觉流露淋漓。

盛家或许真的是因为人多，但最重要还是父亲古板的性格，吃饭必须分坐在大型长圆桌的固定位置，按照身份座次，不得错乱，规规矩矩，见圆见方。

和魏伯伯相处，不自觉就会放得很开，末了在席上和魏晋互开玩笑也忽而觉得很自然。

魏家的环境算得上清幽，楼上一直给他们准备了一间婚房，打扫得很干净，床单被套也全是新的，还有一张婚纱照。洗了个澡，一天的疲惫都消除了，盛洁才看到魏晋自觉地铺了毯子预备睡在地上。

见她出来，魏晋反而比之前的日子都轻松了不少："今天得谢谢你，我爸挺高兴的，你之前很会逗他开心，我还担心现在的你……今天看到这么融洽，之前的担心都是多余的。"

"是魏叔叔带动了我，这几天我在盛家吃饭，从来都觉得压抑，连我哥哥那三岁的儿子，在家都不能随便跟大人顶嘴撒娇，可见我爸有多古板。"盛洁边擦着头发边感叹这几天的生活。

"盛伯伯其实人很好，只是不太会表达。"魏晋似乎对盛洁父亲的印象挺好，一直在维护他。

"你知道关于我们家的事吗？关于我，我妈妈……"盛洁不能掩饰内心的好奇，"从前的我们是怎样的？"

魏晋躺在地铺上，静静地望着天花板，薄薄的家居服，衬得他身材极好："你们家的情况，我听到的也都是虚的，只是略微知道你母亲从前是甄要武的未婚妻，当时盛伯伯、甄叔叔和我爸爸是好兄弟，最早的公司，是他们三个人一起创办的。后来我也不清楚为什么，你母亲挺着大肚子嫁给了盛伯伯，也就是你爸爸，不久就生了你哥哥。甄叔叔从此和盛伯伯一刀两断，三人创办的公司也分崩离析，据说盛伯伯是首先退出的，接着甄叔叔也退出了，从此那家小公司全由我爸爸一个人撑着，当年他是三兄弟当中年纪最小的一个，不过他挺了过来。"

魏晋将毯子轻轻拽了拽，继续讲道："还有你哥哥的事，说实话我至今也没能看懂，他有一段时间似乎闹得很大，盛伯伯一度要和他断绝父子关系，好像是因为一个女人，他搬出去整整一年，后来他回来了，抱回了一个孩子。"

"那个女人呢？"盛洁着急着追问，在盛家她从没有看到嫂子一类的人，盛家人也不愿意提起。

"不知道。"魏晋回答得很干脆，"但有一点，你哥从那之后，忽然像变了一个人似的，从前的盛繁，就是个纨绔子弟，除了吃喝玩乐，公司的事他从来不管，可现在，他比任何人都努力，话也少了。"

盛洁也沉默了，怪不得第一眼看到盛繁的时候，就感到他内心充满了抑郁。一家人的故事，她已经完全不记得，想必从前，这些都是自己生命中的一部分："那我的故事呢？"

魏晋终于侧了侧脑袋，仔细地看着她，故作嘲讽笑了起来，盛洁才发现他原来是有酒窝的。

他刚要开口，被她抢先打断道："我之前是做过功课，看过报道的，咱们俩结婚是两家定好的联姻，貌合神离，一对怨夫怨妇，而且你还有暴力倾向，你可别想胡诌什么来骗我。"

魏晋忽然笑得身子直颤："既然你什么都知道，还来问我？"

"可我想知道得更详细。"

"有什么用？你已经失忆了。"

"有，对于我在现在这个环境下生存很有用。"

"可你怎么分辨我说的是不是真的？如果我有心骗你，给你洗脑呢？"

盛洁冲他诡异地笑了笑，头倚在床边："你说的我只能选择性相信，我会有自己的判断力，你以为我会傻到你说什么我听什么？"

魏晋无奈地点点头，过了好一会儿才说道："你是我们全家的救命恩人。"

盛洁疑惑这其中的原由，连忙要追问。

"五年前，魏氏面临倒闭的危险，我爸遭人陷害，被公安局的人带走了，我四处求人，可我毕竟年轻，社会关系没到那一层，到处碰壁，高额的负债几乎快让我们走投无路了。当年我们在同一间学校念书，我找到了你，因为你五岁的时候曾经身陷火海，是我爸爸救你出来的，后来他身上留了很重的疤痕。或者当时你也是念着这种情分，你说服了盛伯伯救我们全家，而在那之前，盛伯伯有15年没有和爸爸联系了，几乎已经形同陌路，你救了我爸，救了魏氏，你告诉我说，你是因为相信我爸爸的人品。过了一年多的时间，一切恢复正常了，魏氏重新跨入知名企业行列，我来答谢你的时候，你什么都没要，那时你说，如果今后没有男人要你了，让我把你娶了。"

盛洁诧异地看着魏晋，半信半疑地质问："那后来我们结婚了，难道真的因为我没人要了？"

魏晋没有回答盛洁，只是带着心事地笑了笑，扯了点其他的，就倒在一边装睡。

她叫了几声，他就是不回应，索性扯了一个方枕朝他身上砸过去提醒道："喂，怎么不说了？继续啊！"

魏晋已经佯作打鼾。

"还有，不管你从前有没有暴力倾向，从现在开始，到我和你正式脱离关系之前，你要克制住。"盛洁再次提醒道。

他依旧捂着被子不理会她。

"如果你还希望我帮你瞒着你父亲，那你要答应我，信守承诺，帮我找到冯颂，他已经失踪多时了，我很担心。"盛洁心中涌起一阵恐慌，冯颂的事，她已经快没有门路了，已经想到了最坏的结局，或者他听说盛洁嫁过人，就不想再要她了，又或者他在铭城，或来铭城的路上，发生了某种意外……

盛洁想着这些可能，一夜未能合眼，魏晋似乎一夜睡得很香，半夜里还呓语了几句，她听得不甚明朗，倒像是在喊"妈妈"，这种儿童才会有的梦话，他一个年近三十岁的大男人还在喊，看来是从小缺少母爱。盛洁半夜里对着台灯翻看了从前的婚纱照，才发现上面的他们自然亲密，背景云海蓝天，浪漫得很，这种照片拿出来，说这是被逼出嫁也不会有人相信。她心里的疑团不仅没有解开，反而因为魏晋的话更加混乱了。

盛大小姐疗养归来的事，一下传遍了各大媒体，连她出门购物也惹得娱乐小报的狗仔队跟踪，行动开始变得不自由，而娱乐媒体往往都是标题党，捕风捉影的事往往大写特写。独自逛街被写成"失宠落单"，和甄珍起争执的事更上了头条，取名"正妻归来，怒打小三"，连盛洁早晨从魏家出来，也被人拍了照片写成"为保地位，讨好公公"。

大抵盛洁现在的公众形象，就是一个发疯的妒妇。

盛洁躺在床上，想到冯颂已经和自己分别了这么久，真的杳无音信了，或者她这些天频频出现在各大报刊杂志上也算是一种宣传，如果冯颂看到了，也许能找到自己。

她算计了一番，感觉如果想真实地了解自己的过去，就要去追查这个叫任肖的人，可她的家人和朋友，几乎都对她的这段往事守口如瓶，只有魏晋失口说出她曾经要和任肖私奔的事。可自从盛洁回到铭城，各大报刊都报道了，几乎是公众都知晓，而任肖却始终

没有出现。

　　盛洁第二次来到华洋，又一次找了那个叫何嘉的伪娘，盛洁想他应该算作一个线索。

　　顺着经理的指引，盛洁一路到了音乐动感十足的迪厅，光线忽明忽暗，里面人头攒动。盛洁感到心脏跳动极快，里面群魔乱舞。她随便拉住一个服务生向他打听何嘉的事，顺着他的指引，穿过舞池走到另一边的吧台上，何嘉依旧一身韩式打扮，坐在台前和一个身穿短裙的年轻女孩聊天，看起来神情很是陶醉。

　　盛洁没有顾忌地打断了他的好事，走过去夺过他的杯子："我找你有点事。"

　　何嘉不耐烦地抬起来头，看清是盛洁，脸色瞬间由阴转晴，激动地站了起来："盛小姐，原来是你？"

　　盛洁点点头，朝他使了个眼色，他连忙心领神会地跟她出了门。外面的安静和里面的嘈杂形成鲜明的对比，一路走在大理石面的走廊上，再往前走，就是包间区，她忽然觉得这条路熟悉极了，或者真的是常客的缘故。

　　"盛小姐，我没想到你能来，还是专程来找我的，真让我受宠若惊。"何嘉脸色微红，看起来很兴奋，他的眼神一直充满了暧昧。

　　盛洁不喜欢这种场合的气氛，更不想让他这样的人有所误会，开口直奔主题："何嘉，我来找你，是想了解一些关于任肖的事。"

　　何嘉看着她严肃的表情，忽然没底气地笑了起来："他的事，我哪儿清楚。"

　　"我知道你清楚。他从前和我发生了什么，现在他人在何处？"盛洁追问道，打算从他这里套出更多的前因后果。

　　"盛小姐，这些你应该最清楚，你们当时闹得很大，魏少都被惊动了，害得华洋差点关门，你都不记得？居然来问我！"何嘉显出不可置信的表情，转身要离开。

"你站住！"盛洁忽然喝道，从提包里拿出一张准备好的支票，走过去在他眼前晃了晃，"希望你能配合，任肖的事情，我必须知道。"

何嘉站着不肯说话，而盛洁却放低声音道："你在这里工作这么久，难道不想发一笔横财？"

他偷偷地瞄着支票上的数字，踟蹰了片刻，盛洁不失时机地催促着，果然他的口气开始有了松动："其实任肖原本只是餐饮部的送货工人，当时看着他挺老实挺能干的一个人，也是个帅哥，咱们这的小服务员都暗恋他，不过他有女朋友，在津水街的大排档里的麻辣烫区做服务员的。"

盛洁忽然想起她对从前唯一的记忆，正是在津水街的大排档威胁一个服务员的情景，盛洁瞬间想到那很可能就是任肖的女朋友。

"不知道为什么，他忽然有一天来到我们这边，也做起了这行。开始他只是陪酒，很多人点他，就是看他英俊有男人味，可在那段时间，他几乎没有真正陪过客，很多女客人嫌他不会笑，总是冷冷的，他的收入自然也就平平。"何嘉边说边耸着肩膀，"后来没多久后的一天，你出现了，就是过生日的那次，你一共叫了3个男人，其中就有任肖和我，你那天的心情不好，虽然是生日，可酒喝了很多。你似乎对任肖很有兴趣，因为他是新来的，因为他始终没有一句讨好的言辞，后来你竟然点名要他送你。

"中间的种种，我作为局外人也没办法完全了解，总之，没过多久，你似乎缠上他了。"何嘉用的措辞让盛洁很不能接受，原来的她竟然会跑到这样的地方来主动纠缠一个做这种行当的男人？

"他开始很是反感，可你每天光顾这里，撒了一堆票子要点他，直到有一次，你在台上唱了一支英文歌，引得全场轰动，唱完后你当众表示要让任肖来做你的男朋友……"

"何嘉！"盛洁正听得起劲，一声叫喊打断了他的讲述，一

个年近四十的女人探出头来叫道，"你在那儿做什么？赵总就要走了，你不送送？"

何嘉应了一声，抱歉地朝盛洁道："我先去送送赵老板，回头再讲。"

他伸手要拿盛洁手里的支票，她连忙抽走，挡住他贪婪的爪子："那我也只好回头再给你支票了，因为我们的交易还没有结束。"

盛洁转身毫不客气地走出大门，何嘉急得在背后叫盛洁，又不敢撇下赵总，矛盾得不知道如何是好，隔着一层楼梯，他伸出头来："盛小姐，改天我去找你，把剩下的说完。"

"好啊，找个适当的时候来，如果魏晋看见了，我可不负责你的人身安全。"盛洁撂下两句，潇洒地走了。

直到出门后，还听到何嘉不死心地提醒道："下次我去，那支票你可先准备好！"

坐在车上，盛洁一直在回想刚才何嘉的话，这样说来，应该很多人都知道，是盛洁主动追求的任肖，而任肖这个人，又有什么魅力让从前的她这样呢？

看了看手机，是晚上九点钟，马路两边灯火通明，繁华的街道，闪耀的霓虹灯，美得让人留连，这里的确比庆城山有魅力得多，可这里太大了，也太复杂，这里藏着盛洁的过去，可她却难以将它找回来。还有冯颂，他到底去了哪里，似乎已经没有人知道了。

在红灯前，盛洁看到左转的指示牌，上面的箭头指着三个字"津水街"，她盯着那张蓝色的牌子，停留了几秒钟，变了车道，朝左拐去。

第八章　另类"包养"

车停在了路边，前面已经被熙熙攘攘的大排档堵住了，这里较为市井，来铭城观光和晚上闲暇的人，都喜欢到这里，叫几样特色小吃，价格便宜，气氛也好。

盛洁下车独自朝里走，两边不时有招揽客人的服务员拉生意，幸好大排档有分区，她直奔了中间的麻辣烫区，按照自己仅存的记忆和何嘉讲述的情况，锁定了一家名叫"王记麻辣烫"的摊点，这家是一对老夫妻开的，生意看起来勉强过得去，在摊前微微停了停，一个老大爷满脸是汗地伸头朝盛洁笑了笑："姑娘，来份麻辣烫吧？保证味道好，分量足。"

她尴尬地朝摊子周围看了看，没有发现那个女孩，洗碗工变成了一个五十开外的老大娘。盛洁花了10元钱，选了一份麻辣烫，找了一个靠边的位置，见这会儿他家生意冷清，便开口攀谈道："大爷，你们家就你们老两口撑着这个摊子吗？"

老大爷擦了一把汗答道："是啊，忙里忙外的。今天生意少，勉强还可以，生意好的时候，我们俩都团团转，麻辣烫这生意，是个小本又操心的事。"

"没想过再雇个人吗？"

"哪儿有特别合适的人选，像我们这种收入，花不了多少钱请人，年轻的不愿来，年纪大的，活又太重。前两年雇过一个小丫头，本来也挺踏实能干的，加上她未婚夫也在一个酒店当送货工，我以为是个能长干的孩子，谁知那两天我生病了，没顾得上摊子，

回来以后，那丫头居然跟我说，不想再做了，我也没好意思追问原因，毕竟是姑娘家。旁边做生意的后来告诉我，说那丫头和一个富家女抢男朋友，被人当面来骂过，还砸了她一笔钱，我猜她是去别的地方过好日子去了。"老大爷边说边摇头感叹着。

"老头子可别这么说，丽娟这孩子，人老实，我看绝不可能去跟什么富家女抢男朋友，没准是被人欺负，她平时不爱说话，也不知道她在想什么，她走的那天，心里也挺不好受的。"在一旁洗碗的老大娘忽然反驳道，听语气，大娘对于那女孩的印象很是不错。

丽娟……盛洁忽然觉得这名字似乎很熟悉，似乎曾经听谁说过："那这个女孩后来去哪儿了？"

大爷摇摇头："谁知道呢？说是不在铭城了，到别的城市去闯了。"

"依我看，是丽娟的男朋友把她甩了，怂恿富家女来威胁她。这年头的小伙子，找到更好的女朋友，对从前的就不认账了。"老大娘轻轻将碗放在一边，感叹地补充道。

盛洁的心情说不出的惆怅，没再多问，低头吃起麻辣烫，满满的一碗被她吃了个精光，味道果真不错，她掏出面纸抹了一把油光光的嘴，慢慢朝街道外走去。

晃荡了很久，才开车回到家里。父亲和母亲已经躺下了，听说盛洁回来了，又起身来迎她。母亲见她没有回魏家，心疼地握着她的手："孩子，结婚了就别总回娘家了。你失踪了这么久，魏晋一直在找你，就算你爱的人不是他，就算从前的那个女人再出来搅局，可你们总算是夫妻一场，其实这孩子对你挺好的，魏家和咱们又是门当户对。"

"他还有别的女人？"盛洁似乎对这一句更感兴趣，惊诧地问道。

母亲脸色略显尴尬，没有正面回答，只是扯了一些夫妻相处之道。

盛洁知道母亲的为人,她不愿意告诉自己曾经的那些纠葛,只想让她坦然地接受现在的生活。盛洁转念想了想,一个身价几亿的富家公子,没有一点花边新闻总是不正常的,事后不管盛洁如何追问,母亲始终缄口不言。

在盛洁的印象里,母亲一直都是念叨着一些无关紧要的,魏晋是她和父亲看中的女婿,他们就一直强调门第和人品,对于她从前经历的事却只字不提。

盛洁现在才发觉,当她迫切地想了解自己的过去时,知情的人却千方百计地选择回避,他们似乎都想让她开始一段新的生活。

一夜睡得昏沉沉的,第二日的早晨,还处于梦中的盛洁就被母亲叫了起来,说魏晋已经在楼下等她,要接她一起去吃富螺湾的早餐。

盛洁没有心情打扮,穿了一件宽大的T恤,一条休闲中裤,脚上一双卡通拖鞋,头发胡乱绾起。母亲见她的造型,连连摇头让她回去换装,她却没有听从的意思,直接出了家门上了魏晋的车。

母亲只是摇头,嘴里念念叨叨却并不惊诧,魏晋笑了笑,和母亲告了别就坐进驾驶室里。

"我还以为你变回淑女了呢,回来才一个星期,又变成老样子了?"在所有人的眼里,盛洁目中无人,骄纵任性似乎才是真的盛洁,其他的样子只能是装出来的,看来从前的她惹人厌无疑了。

"今天怎么起得这么早来接我吃早点?"盛洁的语气带着调侃,手指在车窗的边沿轻敲。

"想听真话还是假话?"

"我像喜欢谎言的人吗?"

"OK,真话就是公司的一家合作企业送了我两张富螺湾的早餐体验券,是贵宾级的。"

"只有两张?"盛洁追问道,投过一个质疑的眼神。

"当然。"魏晋说得十分确定。

"怎么没和别的女人去体验？"盛洁的话尖锐地戳了他心口。

魏晋诧异地回头看了看盛洁，直笑着摇头："那你希望我和谁去体验？"

"我的希望能对你产生多大的影响？"盛洁不屑地将视线转移到窗外，看着不断后移的风景，"连结婚都是硬凑成的一对，昨天听母亲的意思，你心心念念的那个人，也不是我吧？"

魏晋忽地没了笑容，表情微微僵硬，看得出情绪起了微微的变化："哦？妈昨天跟你说什么了？"

"还能说什么，无非就是让我不要任性，好好过日子之类的话，她每次都是说这些，好像生怕我追究从前的事和你掰了。"盛洁拨弄着后视镜上的观音吊坠，用余光看着魏晋。

他没有回应盛洁的话，反而忽然提醒道："别乱动我的观音。"

盛洁很少看到他制止她做什么，逆反心理作祟，将观音拿下来放在手里把玩，在观音吊坠的背后，竟有两行小字，是精致地刻上去的"普桐山留念，赠晋"。

"这谁送的？"盛洁追问道。

"一个朋友。"

"不是普通朋友吧？这东西的质地也就一般，就是个普通的景区留念，你家里比它有档次的挂饰多了，唯独把它挂在这儿，肯定是有特别的意义。"盛洁判断道，前前后后地摆弄着。

魏晋的脸忽而红了，一手掌握这方向盘，一手伸过来要抢，盛洁故意将观音拿到一边，他只好将身子暂时侧过来抢："你还我！"

"说两句你就急了，看来这东西果真不寻常。"盛洁逗他，装作将观音拿到车窗前对着阳光。

"你小心着点，别摔坏了！"他的紧张程度似乎比盛洁想象的要深。

她一只手已经伸出车外，一个街道的转弯，对面来了一辆车，魏晋只顾跟她争抢，发现对面来车的时候，距离已经很近，猛打了一把方向盘，紧急避让过去。盛洁的整个身子跟着车剧烈地摇晃了一下。

忽而眼前一阵发白，盛洁攥着观音，整个人僵住了片刻，脑中闪现出不断交织的画面……

"我想包了你！"盛洁带着微醺的酒意直言不讳地开口道，似乎对之后的结果已经胸有成竹。

俊朗清明的眼神羞赧地到处躲闪，那男人在几个打扮得花里胡哨的人中间，显得尤为不同，他只有短短的黑发，高大的身材和平实无华的T恤，五官的英挺让他显得很出众。那一天正是盛洁的生日，她已经记不得是什么让自己伤心不已，除了两个闺密，和一堆生日礼物，没人真正关心这个特殊的日子。

盛洁抓住那男人的领口，将他挺得笔直的身子拉低，凑到他的唇边，毫不客气地吻了上去。那男人惊慌地将她推开，瞪大眼睛看着她，一字一句地回应："盛小姐，请你自重。"

"装什么清高！"闺密看不过那男人正人君子的模样，开口骂道，美目斜瞥了他一眼。

"虽然如你所说，但我也有说不的权利！"男人继续他的义正词严。

盛洁饶有兴趣地笑了起来，径直走过去，甩了几张小费跟着闺密离开了："没关系，我会让你心甘情愿说'好'的。"

……

脑中不断有空白和回忆交替，盛洁的头疼得犹如针扎，猛地摇了摇，有断断续续的片段回放……

中间的种种，由雪花和各种碎片交替……耳边魏晋正焦急地叫她，她的思维随着刚才的回忆不断穿梭……

后来她似乎真的逼得那个男人走投无路了。那天很冷，不断有

大片的雪花飘落，远远近近还有炮竹的声响，路上到处张灯结彩，是要过年的光景。

车轮轧着厚厚的积雪，发出咯吱咯吱的声响，盛洁抱着维尼熊的手护坐在暖洋洋的车里，被司机送回家。离得老远，在雪色蒙蒙的林荫道前，她看到一个浑身被淋成雪人的男人站在路旁。

见盛洁的车驶过，竟跑到路中央拦截。

司机紧急刹车，在距离不到50公分的地方停住，司机气愤，张口就要骂，却被她制止了。

盛洁踩着棉绒绒的靴子下了车，撑起一把天蓝色的伞，整个人高傲得像个胜利者，眉间挑了挑故意问道："你要寻死？"

那男人鼻子冻得通红，眼圈微深，脸色苍白，高大的身躯仿佛已经没了热力，她看到他的拳头攥得紧紧的，猛咬了咬嘴唇："盛小姐，我求你收手，放了丽娟，放了和这件事没有牵扯的人。其他的……你说什么我都答应……"

盛洁笑了，这个结果在她意料之中。

那男人就是这样成了盛洁的男朋友，他隐去了自己所有的反抗和尊严，甚至像木偶一样，任她摆弄。盛洁拉着他去买了很多东西，将他包装成了一个成功男士的模样，开始跟他出双入对，带着他到处去旅游。报纸上对他们的事大加报道，一时间轰动很大。可那个男人似乎从没笑过，盛洁知道他不开心，一个男人，始终不希望受女人掌控。

他对盛洁很顺从，再也没有表现出从前的愤恨和不屑，始终不悲不喜。在她看来，他似乎对女人的身体并不感兴趣，每每和他一起过夜，他都安分得很，背对着她一觉睡到天亮，即使什么都不做，早晨看着微曦映在他俊朗的侧脸上，都觉得是一种踏实，因为那时的盛洁，始终都在躲避着什么，或者是这种躲避，让她非要找一个男人陪着，哪怕他的身份会被所有人诟病。

父母开始干预盛洁的私生活问题，从思想工作到强制搬迁、冻结信用卡，似乎该用的都用了，关系越闹越僵。她硬着头皮抵抗，始终没有后退一步。直到有一天，盛洁和他在一家法国餐厅吃饭的时候，将随身所有的卡都刷了一遍，才发现自己已经身无分文了，父母已经下了死令逼她回家，看着那一纸账单和所有人投来的目光，盛洁直接扯下颈上的链子给了服务员，拉着那男人就要离开。

手伸到半空的时候，他果断地将她拦住了，盛洁诧异之际，他已经从自己的包里掏出两千块，放在埋单的托盘上，把盛洁放下的那条链子握在手里，拉起她出门。

盛洁任性地挣扎着，出了那家店门就狠命将他的手甩开，怒瞪着他道："谁要你逞英雄！你是我包来的，你的一切开销我来付！怎么？你以为我没钱了？"

"你确实没钱了。"他平静地回答道，将那条链子递给盛洁，"一个女人，不能轻易卖首饰，拿着。"

"我不要你装好人！"盛洁恼得将他的手甩开，链子随着她的动作飞出很远，"这种链子我家里有很多条！我根本不在乎！"

盛洁摇摇晃晃带着酒劲朝前走，他却走过去将链子捡起来，认真地放在口袋里。

她冲的士招了招手，摇摇晃晃地想去搭车，却靠在车门上怎么也上不去，头晕眼花的感觉。他追过来，将盛洁横抱起来塞进车里。

一路盛洁唱着歌，在车里手舞足蹈，他始终抱着她，强硬地制止她所有发疯的动作。

来到公寓，盛洁才发现原来的住所已经被父母收回了，仅一天的工夫已经换了锁。她艰难地用从前的钥匙戳着锁眼，几乎已经快哭了，抬脚狠狠地踢了厚重的门板："呵，他们都在逼我！都在逼我！"

盛洁发疯一样死命拧着钥匙，末了竟"啪"的一声断在了里面。绝望地坐在门前，她已经觉得无助极了，所有的伤心失望都涌

到一起，泪水止不住落下，脸埋在胳膊肘里抽泣。

哭声让楼道里的感应灯亮了起来，那男人坐在她旁边没有走开，掏了一张面纸递给她。

盛洁拽过纸擦了擦，抬起红肿的眼睛看着他："你走吧，我现在什么都没有了，父母正在制裁我，连这套公寓也收回了，我没有钱包你了。"

那男人坐着始终没有走："你也确实该回家了……"

"我不会回家的，即使露宿街头，即使我去餐厅打工，我也会和家里人抗争到底。"盛洁声音不大，却十分坚决，瘦瘦的拳头握得紧紧的。

"别傻了，做父母的，怎么会害自己的女儿？"

"他们不同，他们只知道强强联合，反对我嫁给自己喜欢的人，他们给我定的路只有一条……"

"你喜欢的人，现在在哪儿？"

"呵，早被他们赶走了。"盛洁抓了抓头发，无奈地摇摇头，"30万就让他滚出这个城市，永远不再露面。"

"他同意了？"

"嗯，同意了。"

那男人略带讽刺地笑了笑："那说明他不是真的爱你。"

盛洁没有表情，只是失落地看着楼梯口。那男人起身将盛洁抱起来，她忽地腾空，一时间不适应，挣扎了起来。

"别乱动。"他制止道，"这段日子，你在我身上花了不少钱，似乎也轮到我报答你了。"

"别装好人了！你难道不恨我吗？是我用钱把你女朋友赶走的。"盛洁明白自己在骂父母卑鄙的同时，也做过同样卑鄙的事，只是盛洁从来没想过要隐藏。

"就像你曾经的男朋友一样，能用钱赶走的，说明对你的感情并没有深到非你不可的地步，或者说他知道和你在一起没有结果，毕竟这个社会还是世俗的，大多数人都会知难而退。"那男人冷静得出乎她意料。

他一路抱着盛洁朝外走，她的情绪依旧激动，絮絮叨叨地跟他讲述曾经的事，大吵大嚷的声音，惹得路人频频侧目："人活着其实真没意思，从小我就被勒令做很多事，不管喜欢与否，每天除了完成学业都要练钢琴四个小时。其实在这一行，我并不算有天赋，成果也一直平平，可没人关心这些，他们认为作为一个有修养的女孩，练琴再合适不过，于是年复一年，强加给我的东西，都慢慢变成习惯了。

"我一进大学，家里人就千方百计地让我少和那些来历不明的同学交往，尤其是男生。他们生怕我违反了他们的意愿，他们定好的女婿人选，谁都不能改变。连我哥也一直被家人限制着，但他敢于反抗，敢于离家出走，可我一直胆小，一直选择顺从，我只敢偷偷地交往，可时间久了，还是被他们发现了……"盛洁像一摊烂泥一样伏在他身上，不停地讲述着曾经的事。

一路上换了好几个姿势，从横抱变成了背着，盛洁晃荡着两条腿伏在他的背上，远远看上去，像两个无家可归的流浪汉。

"我男朋友是个普通人，可内心又带着一股傲气，就像你一样，不喜欢顺从。"盛洁将侧脸贴在他的后颈上，感受着他光滑有力的肌肤，不断呓语着。

"我不是已经顺从你了吗？"

"那是表面。"

"你还想控制别人的内心？"

"当然。"

"你知不知道女人不该这么蛮横，何况你是盛和集团的大小姐，所有人都关注你，不仅仅是你一个人的脸面……"

"狗屁！"盛洁忽然张口骂道，"就因为所有人都跟我强调脸面，名声……我才活得这么累……"

他没再说什么，听她念叨了一晚，背着她走了好几条街。无意识中，她似乎将他抱得很紧，低声在他耳边道："告诉你一个秘密，我讨厌他们让我嫁的那个人，非常非常讨厌，因为他是个坏人……"

"他……"

"嘘……"盛洁迷糊中还示意他放低声音，神秘兮兮地讲道，"……你一定不知道他是谁吧……我来告诉你……他叫魏，晋……"

恍惚中盛洁睁开眼睛，一片白茫茫的，几个熟悉的身影不断在她眼前晃荡，她还看到了医生和护士，药水和金属器皿的碰撞声刺激了她的听觉……头昏昏沉沉，那个清晰的梦境还在不断环绕着她的思维……

魏晋依旧守在她身边，因为她隐隐约约还能听到他叫她的声音，只是她觉得很累，将眼睛重新闭上了……

"任肖！"流落街头的第二天早晨，盛洁醒来后才发现已经躺在了一间旧房子里，衣服穿得完好，身上盖着一条碎花的薄被，老式的阳台，没有封闭的，台上种了一排花草。从楼上能看到整个老城区。早晨的阳光分外好，清新的空气吹进来，让她长伸了一个懒腰。

任肖就站在外面，用老式的煤球炉煮早饭，听到她的叫喊，才三步两步地跑进来。

"这是哪里？"盛洁狐疑地询问，只记得昨夜喝了太多的酒，似乎信用卡和房子都被收回了，接着迷迷糊糊的，不知道怎么来到这里。

"是我以前租的房子，很久不来住了，本来再过几天，就要和房东退掉的，现在多亏没退，不然连临时落脚的地方也没有。"任肖回了她一个庆幸的眼神。

"是你把我带到这里的？"

任肖点头称是。

盛洁这才忽然明白，自己已经沦落到要被包养的男人收留的地步了，心下黯然，整了整衣服下床来。

这片居民区已经是最老的一批建筑，城建局已经规划拆除了，但一直未动工，因此租金也略微便宜。

在这之前，盛洁一直认为她和任肖只存在金钱关系，如今自己落魄了，他却没有将她踢开，这让她有一丝感动，或者他对她并不只有厌恶和憎恨？

"刚刚从前的同事告诉我说，昨天魏少带人砸了华洋的场子，还报了警，华洋因为存在色情交易而被查封了。"任肖边布置餐桌边说道，将煎好的葱油饼放在雪白的盘子里，分给盛洁一半。

盛洁用木筷夹起葱油饼，忽而弯了弯嘴角："他是冲着我来的。"

任肖没有说话，只是低头吃起了油饼，又夹了几根榨菜，好像一切如常，刚刚的谈论也只是针对不相关的人而已。

"你不怕么？"盛洁追问道。

"怕什么？"

"魏晋这家伙，可不是吃素的。"

"我什么都没做，怕他干什么？"

"你抢了他的女人。"盛洁强调，声音舒缓而沉静。

任肖的筷子停在半空，怔忡了片刻，忽然笑了起来。

盛洁伸手用筷子挡住了他手上的动作，正色道："盛魏两家正在联手做一个项目，联姻能推动这个协议更稳定，也能使企业更稳定，全家人只有我哥一个人反对这桩婚事，但他帮不了我，因为他自己也受制于父母。"

任肖依旧不言，只是眉头紧锁，在思考着什么。

盛洁笑得略带苦涩，末了不屑地冷哼一声："魏晋这个人，我再了解不过，他的恶德败行只有我清楚。"

　　"那你打算怎么办？"

　　"跟你私奔。"

　　这次任肖直接笑出声来，俊朗的面孔闪现出不可置信的表情，无奈地摇了摇头："盛洁，你是个大小姐，所以总是想得那么轻松。这几年我辗转了好几个城市，只能做一些体力活，还要供弟弟读书，每月的薪水总是省了又省，如果不是被逼无奈，我也不会去华洋做牛郎。前些日子，我弟弟已经跟我断绝了关系，连他也鄙视我，我已经名声尽毁。可如果我现在和你私奔了，那么被毁的人就会变成你，你会知道，生活有多么艰辛。"

　　"你怕我变成你的累赘？"盛洁不满地质疑道，内心升腾起一种酸酸的气愤。

　　"我只怕到时候你会怨恨我，会后悔和我离开家。你是公众人物，你闹出了这种事，要承受很大的舆论压力，也许到时你想回家已经来不及了。"任肖说得郑重，指了指阳台外面的那条街上卖豆浆油条的老夫妻道，"也许走了以后，这就是你我今后的生活，这是我从小就经历惯的生活，可你呢？"

　　"说来说去都是废话，我只要你一句，你愿不愿意？"盛洁步步紧逼，一丝没有退让，紧盯着他的眼神。

　　任肖这次没有躲闪，只是静静地看着盛洁："我也只要你一句话，你真的喜欢我吗？还是……只是因为想要反抗？"

　　……

第九章　何嘉的爆料

感觉隔了很远的距离，有人在一直叫盛洁，将她从"梦境"中唤了出来，头很疼，眼前时而模糊时而清晰。

盛洁睁开眼睛，渐渐看清了周围的景物，手上打着吊瓶，屋内还有仪器"滴滴答答"的声响。她微微抓紧床单，有了一种真实的触觉，这才相信自己已经醒了过来，刚才的种种，不知道是回忆还是一种幻境。

盛洁看到父母和哥哥都围在床边，看到她醒来，激动得难以言表。唯独没有看到魏晋。

"你可醒了，吓死我了！"盛母哭着拉住盛洁的手。

"我……想跟大哥说说话。"盛洁努力张了张嘴，把希望都寄托在盛繁的身上。

父母大约诧异她醒来的第一件事就是支开他们，微微迟疑了一会儿，爸爸拍了拍盛繁的肩膀道："也好，你们兄妹说说话，不过盛繁要掌握时间，小洁刚醒来，别让她太累。"

哥哥点了点头，目送父母出了病房门，才轻轻地坐在盛洁身边："魏晋一个小时前走了，他说你醒来之后，应该不想看到他。"

盛洁认真地看着盛繁问道："我受伤了？"

"没有，只是车身有剧烈摇晃，你昏迷了。"

"我好像看到任肖了，看到了很多东西。"

"你想起来了？"盛繁微微动容，深邃的眼眸忽而闪过一丝光亮。

"模模糊糊……我只是记起关于任肖的一些事，可我还是看不分明，我想知道，想知道很多事。"

盛繁默默地点点头，却渐露为难之色，语重心长地讲道："小洁，其实有时候记不起从前，未尝不是一件好事。重新生活会很快乐。"

"你也这么认为？"盛洁没想到连盛繁也和父母的意见一致，"从前你也是反抗过的，你比我更激烈，为什么现在却反对我知道从前的事？"

"因为我失败了，你也失败了。"盛繁的语气低沉，眉头始终没有舒展。

"那你后悔吗？"

盛繁沉默地低着头，良久才开口，像是积攒了许久的勇气："后悔，因为小洁，你明白吗，像我们这种家庭，坚持的唯一结果，只能是害了那个人。"

盛洁一直思考着盛繁的话，谁都不能给她确切的答案，可她隐隐觉得那段往事曲折而复杂。

头还是不时地疼痛，除此以外，依旧一切正常。

魏晋是在盛洁醒来的当天晚上才出现的，他叫人给她带了些吃的，自己只是守在门外，始终没有进来。母亲听说盛洁已经想起了一部分从前的事，并且是关于任肖的，不禁开始变得有些紧张，当晚从家里拿来了一些盛洁和魏晋的合照及纪念品，絮絮叨叨地跟她讲述当初他们结婚的事。

盛洁知道母亲的意图，她的话里多数都在夸奖魏晋，标榜他们之间的感情，似乎想通过这次失忆，彻底将盛洁变成他们想要的盛洁。她佯作要睡觉，将母亲支了出去，待她走后，盛洁按了呼叫器上的按钮，让护士把走廊上晃荡的魏晋叫了进来。

魏晋推门的一瞬间，盛洁才看到原来他受伤了，一条胳膊吊了起来，头发也理得更短了，轻轻地拉过凳子坐在她旁边。

盛洁没有说话，只是静静地看着他，末了还是他先开了口："听说你已经记起了很多事。"

关于盛洁恢复的记忆，暂时还只是残破不全的，她依旧理不清从前的状况，可周围人的传言，仿佛她已经差不多完全记得了一般。

"我想听听你怎么说。"盛洁试探地想让他帮自己回忆。

"没什么好说的，从前怎么样就是怎么样，其实我并不想让任何人来帮我们粉饰。我们从初中开始，就在一所学校里，那时我们的关系一直就很紧张，后来之所以变得熟络，还是因为甄珍，你从前把她看成亲妹妹一样，而她……你应该知道她喜欢我……"魏晋一只手慢慢握紧拳头，脸色沉郁而凝重。

"甄珍"两个字映入脑海的时候，盛洁首先想到的只是那次在茶餐厅的争执，她犀利的眼神和尖锐的话语，显然她们之间有着深仇大恨。

盛洁的思维当中迅速勾画中台剧八点档的狗血三角恋故事，莫非从前是两位好姐妹为争一男，反目成仇？而自己就是其中那个胜利者？可据她的回忆，盛洁从前并不想嫁给魏晋，甚至讨厌他，为了反抗要和任肖私奔，难道她和从前的好姐妹之间的眼光差距竟然这么大？别人当宝的男人，在她眼里就是老鼠屎？

一连串的问题困扰得盛洁无言以对，和魏晋面面相觑了半晌，一句话也没有说，气氛诡异异常。

一整夜，魏晋一直守在病房门口，他始终没有走，尽管盛洁知道他因为胳膊受伤也住进了医院，但他却坐在她的病房门前，或者他还有话要说，却一直没有勇气。

房间里恢复了平静，盛洁也陷入了沉思，不知过了多久，她听到手机在床上振动，伸手拿起来，竟是一个陌生号码，犹豫了片刻，终于按了接听键，对方的声音却熟悉得很。

"盛小姐，是我，别挂。"

"何嘉？"盛洁诧异他竟然会知道她的号码。

"我可是好容易才弄到你的号码，看来盛小姐果真是失忆了，从前您可是看到陌生号码从来都不接听。"何嘉似乎对从前她的习惯有所了解。

"你有什么事？"盛洁放低声音质问道，不希望外面的人听到屋内的动静。

"盛小姐上次开出了高价问我关于任肖的事，我还没有说完。你的病房门前，魏少始终守在那儿，闲杂人等谁也进不去，所以我只有通过电话的方式，我相信盛小姐是个言出必行的人，倘若我说出曾经的事，那笔钱……"

"我已经知道了一部分，如果你能告诉我他现在在哪儿，我自然会兑现。"盛洁知道事到如今，愿意将从前的事告诉她的，也只有奔着钱来的何嘉了，或者从他口中，她能知道得更深入些。

"盛小姐，您之前可不是这么说的，我告诉您任肖的事，可冒了很大的风险。原来任肖在华洋也只有被您看中，才有了出头的机会，只是害惨了咱们这些人。那段日子，华洋关门大吉，运气好的只有卷铺盖到别处躲避，运气不好的，就像我，被派出所拘留了起来。您领走了任肖，和他一起准备远走高飞了，那段时间，各大报刊到处登载，网上也吵得火热，后来是被盛家和魏家联手压了下去。大约过了三个月的时间，中间沉寂得就像忽然没有了你们的消息，所有人都以为你们从此消失了似的，我被一个从前的老顾客从改造的队伍中接了出来，才算开始重见光明了，我那时也算过了一段舒坦的日子。忽然有一天，在电视上看到盛魏两家联合召开新闻发布会，宣布您和魏少正式订婚，说实话，我当时很诧异。那是从您把任肖带走之后，我第一次看到您，至于任肖，说实话我至今再也没有见到过他……可魏少的作风，咱们都是清楚的，任肖得罪了他，下场是怎么样的，往深了想，不是很耐人寻味吗？您说呢？"

"你胡说！"盛洁被他的讲述镇住了，立即反驳道，她几乎是本能地否定了他的猜想，似乎更像在替魏晋辩驳。

何嘉无疑是想告诉盛洁，魏晋，或者还包括盛洁的父母，用了一些极端方式，于是任肖这个人消失了……她重新回到了盛家，当起了大小姐，风风光光地成了魏太太，继而进了精神病院……

这一套推理猜测，背后都是一段残酷的故事。可盛洁内心却莫名地排斥这种可能。

"盛小姐？盛小姐？您在听吗？"何嘉感觉到电话这边没有人说话，着急地连连询问。

"我问的是任肖现在在哪儿，而你根本不清楚，还敢跟我谈这么久，全是一些东拉西扯，凭空猜测的鬼话，盛家人的钱，是这么容易赚的？"盛洁的语气已经明显带着愠怒，对于他指引的方向，已经感到指尖发凉，心跳也随之加速。

"盛小姐！盛小姐！"何嘉显然还不死心，"您别挂电话，如果我说的关于任肖的事不能让您满意，那还有一件事，这件事您想必一定会感兴趣的！"

盛洁迟疑了片刻，手指已经按在红色按钮上准备挂断，听他讲得急切，冷冷地吐出一个字："说。"

"据我所知，魏少一直在清逸别墅包养了一个女人，隔三岔五地会过去看看，都是秘密进行的，我一个哥们儿是做娱记的，是他偶然间捕捉到的新闻，千真万确的事实。"何嘉言之凿凿，生怕盛洁不相信，末了还将拍摄的几张照片传到盛洁的手机上。

她已经完全处于石化状态，目前她得到的所有记忆和别人的灌输，似乎都指向一个地方，魏晋的背后到底藏了多少秘密？盛洁忽然想到母亲说过"就算从前那个女人再出来搅局"，她说的那个女人，和何嘉说的会是同一个人吗？如果是同一个女人，那看来根本算不上出来搅局，因为魏晋始终都在和她保持联系……

盛洁仔细思考了很久，想得越深入，头疼得越厉害，按住太阳穴，疼得直流汗，一时间钻心的感觉，像一根根钢针刺痛神经。

　　盛洁急忙伸手找寻呼叫器上的按钮，慌乱中呼叫器掉进了床边的缝隙，她失足从床上跌落在地板上，掀翻了桌上的保温桶，发出巨大的声响，引起了外面人的注意，护士和魏晋都跑了进来。而她死死地抓住头发不肯松手，额上已经渗出细密的汗珠，手机也因为挣扎掉落在木质的地板上。

　　盛洁听到魏晋在她耳边叫她，周围一片混乱，她似乎被抬到病床上施救，意识里不断开始穿插白色的画面，各种各样的场景交织……

　　"啪"的一声，盛洁的意识回到从前，她被一记飞来的足球打中了后脑勺，整个人趴倒在塑胶跑道上，顿时眼冒金星，接触地面的每一寸皮肤都疼痛难忍。

　　"别装了，赶快起来吧，今天刘志新可不在，别演得这么楚楚可怜了。"盛洁听到身后熟悉的声音嘲笑道，不用回头也知道是那个整日和她作对的魏晋，他们的积怨最早可以上溯到五岁的时候，因为她的顽皮，不经意间将家里的窗帘烧着了，继而蔓延开来，造成整个房子失火，当时家里没人，盛洁哭喊着救命，吓得蜷缩成一团，是盛立兴曾经的好友魏钦岚路过救了她，当时她怕极了，火舌没命地上蹿，浓烟和烈火，几乎困住了整个房子。

　　盛洁被熏得昏了过去，醒来之后已经躺在了床上，才知道是魏叔叔救了她的命，她毫发无损地被带了出来，而他身上30%的三度烧伤住进了医院。

　　盛洁第一次见到魏晋就是在医院里，当时他还是个虎头虎脑的男孩，只是从那一次起，他就始终用敌视的眼光看着她，他在怨恨她连累了他的父亲。

　　很久的时间里，盛洁从未跟魏晋说过一句话，中间的很多年，再也没有见过面。直到上了初中，盛洁和他意外地成了同学，他就坐在她的后排，几乎每天都用各种恶作剧来对付她。时常捉了小虫子放进盛洁的文具盒里，或用透明胶带贴一张猪头的标志在她背后，每当早自习的时候，他总是故意大声朗读，来干扰她的思路。

初二那次的体检，盛洁作为班里的卫生委员而负责收缴体检表，魏晋从身边走过，一把夺过她的表格，诧异之际，他已经瞪大眼睛看着上面的数据，用稀奇古怪的腔调揶揄道："乖乖，你的胸围只有73公分啊？"

当着全班同学的面，盛洁第一次觉得羞愧得抬不起头来，红着脸愤怒地追着他要抢回体检表，他却把体检表举得高高的，围着教室到处跑。

他总是想尽办法让她出丑难堪，以捉弄她为乐趣，在学校里的年代，盛洁对他是恨之入骨的。

升入高中以后，本以为能够脱离这种生活，为了远离魏晋，她甚至以高分成绩报考了一所稍远的二流高中，没料到开学的第一天，她在校门口张贴的分班告示上，赫然看到魏晋的名字，就写在自己名字的下方，刺眼极了。

当盛洁走进教室的时候，有人打招呼一样地叫了她的名字，她才看清那就是魏晋。恼得瞪了他一眼，选了一个角落的位置坐下，他却自觉地走过来，坐在盛洁旁边的位子："我都看过了，一个班就咱们俩算熟人，你别这么爱理不理的，我还不想整天看到你呢。"

"你为什么也在十中？我听魏叔叔说，你是要报七中的。"盛洁恼恨地质问道。

"七中离家这么近，放学后就不能跑出去玩了，多无聊，当然选一所远的。"魏晋故作神秘地解释道。

盛洁当时简直有一种想哭的冲动，放弃了自己喜欢的七中，屈就着报考了十中，只为躲避这个人，没想到依然阴差阳错，她当即悔得肠子都青了。

所幸那时也算作春心萌动的几年，刘志新是班上的学习委员，有着谦谦君子的气质，白净的皮肤和斯文的眼镜，笑起来彬彬有

礼，最重要的一点，他从来不会欺负女生，每次有女生遇到困难，他总是笑眯眯地伸出援手，再加上他在钢琴方面也颇有造诣，每每在校联欢会上展示一把，总会迷倒半个年级的女生，而盛洁也是其中的一个。

高中时期，家庭的富裕程度还不足以成为吸引女生的重要条件，通常长得帅气，爱好运动，会搞乐器或者有什么其他才情的事，都会成为女生倾慕的理由。

那时候，盛洁几乎和平常的女生没什么两样，喜欢拿着带锁的日记本，每天将自己的心理变化一字一句地写进去，那当中多数是关于刘志新的。

或许她不是个会隐藏的人，她的秘密很快被魏晋知道了，于是他经常恶作剧般地跑到盛洁面前冲她讲着诸如"刘志新今天陪隔壁班的程美女去买羽毛球拍了"之类的话语，似乎想让她更加恼恨，更加羞愤。

开始她只是默默地气恼，渐渐地也学会反讽和视而不见。直到盛洁被魏晋的一记飞球打中后脑勺之后……

那天盛洁所有的气愤就聚集在了一起，原本疼得快站不起来，听到魏晋的声音，拼了命地爬起身，捡起足球来猛地飞起一脚朝魏晋的胸口踢去。

他到底是练过的，急忙一侧身，球擦了边朝后面飞去。盛洁咬着嘴唇，眼里已经浸着泪光，转身大步朝操场外走去，留下他在背后高声叫喊。

第十章　和魏晋的第一次

　　高中的时光是紧张的，每天被一堆学习任务困扰，虽然心里暗恋着刘志新，可那种感情终究还是停止在了盛洁那本带锁的日记本里。

　　直到高三毕业的那年，所有人在昏天黑地的学习之后，都有了自己后来的归宿，一个班的同学分散在了各地。

　　同学毕业聚会的时候，足足摆了五大桌，一个超大豪华的包间，而聚会的餐钱是由魏晋一人包揽的，虽然他考上的那间学校并不算名牌，而盛洁如愿以偿地进了铭城大学。拿到录取通知书的时候，最令盛洁开心的，不是考中了名牌，竟是感觉终于甩开了魏晋这个恶魔。

　　席间同学们之间气氛好得很，来来去去相互敬酒，魏晋更是各桌到处窜，谈笑间有调侃有不舍。还有一件令盛洁兴奋不已的事，那就是刘志新和她同时考进了一所大学。

　　她已经预备好了一肚子话，就等这场聚会结束后，找个机会向他表白，这样一来，如果他能答应自己，那他们有就四年的时间在一起。想到这里，心中漾起一种说不出的甜蜜。

　　一晚上，盛洁为了给表白壮胆，故意多喝了几杯酒，每每有同学举杯，她都买账地一口喝了下去，半场过后，已经感到两腮滚烫。

　　过了半晌，有暗恋魏晋的女生，已经公然在餐桌上大胆地表示出来，得到整个场面轰动叫好。盛洁看到那是他们班的小辣椒，她平时泼辣惯了，敢说敢做，如今也不避讳这么多同学在场。

　　盛洁羞愧地顺着餐桌的缝隙看到了刘志新的位子，他依旧这么

斯文沉静。所有人都聚集到了魏晋和小辣椒的桌子前，而他仍站在原地没有动。

盛洁知道这是个好机会，强忍着酒劲，晃晃悠悠地退出人群，慢慢朝他的方向走去，手里举着一只高脚的玻璃杯。感到头晕晕的，第一次喝了这么多酒，连眼前的景物也开始变成重影。

她感到自己已经站在了刘志新身边，踟蹰着正不知如何开口，忽而不知道被谁拉了一把，听到背后魏晋已经镇住了起哄的同学，站在板凳上高声道："既然今天小辣椒向我表白，那我也想趁这个机会，向我喜欢了几年的一个女孩说同样的话。"

一时间已经安静的包间爆发出剧烈的叫好声、鼓掌声、口哨声，已经将她预备要和刘志新说的话压了下来，所有人都在好奇地询问魏晋那个女孩是谁。

他大约也喝高了，两颊红红的，说起话来舌头也微微打卷，可话到嘴边，魏晋也不好意思地笑了起来："我很早就认识她了，这些年来，我经常捉弄她……"

所有人似乎都明白了答案，瞬间起哄的声音盖过了所有声响。盛洁脑袋里因为喝多了酒而钝钝的，丝毫没有明白魏晋的意思，只是感觉到所有人都围着她鼓掌，震得她头疼欲裂。

那场同学会很快结束了，几个要好的女同学见盛洁醉意蒙眬，临走前将她交到了一个男生手里，或者那次她真的产生了幻觉，恍惚中以为当晚牵着她的人正是刘志新。

在酒店的走廊里，盛洁抓住了那男生的T恤，生怕他离开了，努力整理着自己已经迷蒙的思维："你别走……别走……我有话跟你说……"

那男生顺势搂住了她的肩膀，那是一种暧昧的姿势，盛洁感觉到了他动作的亲密温柔，判断他其实对她也是有好感的，更大胆地搂住他的脖颈，红彤彤的脸颊和他贴近，迷离的眼神盯着他看："我们可以交往吗……"

他似乎怔了一下，声音软软的还带着一丝欣喜："真的吗？我，我还以为你讨厌我……"

盛洁带着酒意胡乱摇头，轻轻地在他的侧脸吻了一下，唇边轻轻地触碰，才感觉到他的脸烫极了："……我喜欢你……"

他似乎兴奋的傻住了，片刻才低下头来，生涩地搂住了盛洁的唇，从试探一路到热吻。

瞬间已是天旋地转，她不适应这种热烈的吻，被他搂在怀中，像个受惊的兔子，渐渐地，酒意加上内心的火热，一种说不出的欲望在一阵阵逼近年轻的身体……

那一夜终究成了盛洁心里的一根刺，酒店舒软的大床，昏黄的灯光，两具年轻的胴体，她感觉衣服件件被剥落，卡通的衬衫和白色中裤已然掉在床下，羞意和火热的感受交织，他的身体结实而有力，身材匀称健壮。

盛洁羞得皮肤也泛起了绯红，床单一片凌乱，他们由竖躺着逐渐变成横躺，被子也卷曲成一团，究竟是酒精的催化，还是有意而为之，总之他的激情让盛洁痛得哭叫，几次都不能顺利，盛洁的哭声让他慌乱了手脚，加上没有经验，草草地又试了两次，还没有达到传说中的境界就只好收了手。

两个酒意正浓的人，在经过半个夜晚的折腾来去后，终于在疲惫中沉沉地睡着了……

那之后盛洁恨极了魏晋，他让她感到了前所未有的羞耻，想到和他发生的事，盛洁哭着在家整整泡了一天的澡，她是个保守的女孩，那天的事之后，始终没办法释怀，对于魏晋的感情，由厌恶已经逐渐上升到恨。

第二天的晚上，母亲轻轻敲了盛洁的房门，见她情绪不好，端来了一杯冰镇酸梅汤，并告诉她下面有一个男生已经等候她多时了。

盛洁没料到那天来找自己的人是刘志新，如果是从前，她一定兴奋得心都跳出来，可这个当口，她怎么也提不起那份心情。

盛洁和刘志新在街上走着，他依然保持着斯文和柔和，顺着一路漂亮的霓虹灯，逛了整整两条街，最后还是他先开了口："昨天看到聚会上这么多同学都在和自己暗恋的人表白，我才发现，其实我特别笨，虽然考试总是名列前茅，但我从来不懂得怎么让我喜欢的女孩知道我的心思。直到昨天……魏晋当着所有人的面跟你表白，我竟然觉得很担忧，很嫉妒，我怕你真的答应了他……"

刘志新语无伦次地说着，末了用忐忑而充满希望的眼神看着盛洁。他在向她表白，当她终于明白了这个事实，这一天盛洁似乎等了很久了，憋在心里三年的时间，现在明白自己暗恋的人也在暗恋自己，却突然发现这一天来得太迟了。

一瞬间盛洁的脑际闪过了早晨醒来的画面，两具赤裸的身体相拥躺在绒毯下面，肢体交缠，暧昧至极，盛洁打了个寒战，没有回应刘志新的表白便匆匆返回家中。

一连十几天，盛洁几乎足不出户，魏晋几乎每天都来找她，因为两家的交情以及魏家的家世，母亲对他总是热情非凡，她是个聪明的女人，自然看出魏晋对盛洁的心思。虽然总觉得女儿当时才刚满十八岁，毕竟年纪还小，可心里却是默许了魏晋追求盛洁的举动。

刘志新没再找过盛洁，只是每日以短信问候，表达了一些歉意，他大概以为是自己的举动唐突了，才让她避而不见。

一整个夏天，盛洁像把自己关进了笼子，任何人都不再来往，偶尔有闺密上线，也只是随口聊两句。

直到大一开学的当天，盛洁听母亲说，魏晋已经远赴南陵上学，距离铭城隔着好几个省份，那时盛洁才稍稍觉得放了心。进校门的第一天，盛洁看到黑压压的新生报到人群，一个男生正守在盛洁所在班级，拎着厚重的旅行箱，背着大大的背包，依旧是斯文的气质，细边的眼镜，远远地冲着她笑了起来，她才看清那是刘志新。

盛洁和他的大学恋情就是从那时候开始的……

恍恍惚惚地醒来，似乎已经过了很久，好像盛洁已经昏迷了太长时间，脑中混杂了各种画面，从前的，现在的，都如潮水一样涌过来。盛洁听到了魏晋的声音，他似乎在门外和别人起了争执。

盛洁伸手抚了抚微痛的脑袋，心中不免感叹，原来盛洁之所以讨厌魏晋，竟有一部分那一夜的原因，不过天意弄人，盛洁终究还是嫁给了魏晋，尽管那可能并非她所愿。

盛洁盯着天花板，静静地想着发生的一切，直到魏晋走到她身边，轻轻帮她掖了掖被角，低声道："你醒了？"

盛洁慢慢移过眼神看着他，顺着前面的电子钟上的日期，她才知道距离她上次醒来，已经过去两天了，他依旧是两天前的那身衣服，下巴上青苍泛起，黑眼圈也更重了，显然他没有离开过。

"怎么没问我想起了什么？"盛洁缓缓开口，沉静地看着魏晋的动作。

"你的记忆里，能容下很多人，唯独容不下我。所以你想起什么，对我来说并不重要。"魏晋的嗓子微微沙哑，声音沉得几乎只有盛洁这么近才听得到，"医生说，你这种状况，也许还要持续一段时间，有些记忆，也许你会慢慢想起来，有些记忆，可能你永远也记不起来了。"

谁都没再说话，空气里好像凝结了某种东西，盛洁几乎分不清他的表情是失落还是感叹。

护士小姐进来帮盛洁换了一个吊瓶，她才注意到床头柜上放了一张红色的请柬，精致时尚，还微微散发着清香。

"谁的喜事？"盛洁岔开了沉重的话题，朝魏晋问道。

"甄珍的。"

"她？"

"她要订婚了，未婚夫据说是个搞实验发明的青年才俊，是入赘甄家的。"

在盛洁的记忆里，甄珍还是那个刻薄难缠的女孩，仅仅是一个月前的事，当时据称她还是单身，这么短的时间，已经连婚期都定

下了，果真让人欷歔惊叹。

"没准是早就搞地下恋情，现在才宣布，或者也许就是闪婚，甄珍那丫头，什么事做不出来？"魏晋大约看出盛洁的疑惑，跟着解释道。

盛洁轻笑："看来甄珍到如今对你还念念不忘，不然为什么专程给你下帖子？"

"很简单。"魏晋否定了盛洁的猜测，"因为我们结婚的时候，也给甄珍下了帖子，所以她现在发给了我们，礼尚往来。"

盛洁忽而笑了起来，不自觉地想起了那一夜，看着魏晋忙碌的样子问道："你知道我之前想起了什么？"

魏晋转头看盛洁，茫然的目光里，竟下意识的有躲闪，他有一种害怕："什么？"

"咱们高中毕业聚会的那一夜。"盛洁轻声道，魏晋手上的动作因为她的话骤然停了下来。

"那一夜后的早晨，是我迄今为止看到过你最凶狠的一面，那天你差点要杀了我，你拿枕头打我，拿鞋子扔我，用所有手边能触到的东西伤我，那时候我才清醒地认识到，你喜欢的人终究不是我，那一夜就像做梦一样。"魏晋说得伤感，情绪低沉了一阵。

盛洁没有开口，只是静静地看着他，听着屋内仪器滴滴答答的声响。

他沉默了一阵，忽而又重新打起精神来："呵，可那又怎么样？刘志新是个聪明人，他知道你最终的结婚对象不会是他，所以他甘心拿着三十万出去创业，也许你不知道，刘志新离开的时候，满面红光、意气风发的样子，他要的只是一段大学的恋爱而已，而你这个傻女人，不仅调节了他枯燥的校园生活，临毕业还让他得到了一笔钱，他何乐而不为？"

盛洁自然不悦，和魏晋已经渐渐处于互瞪的状态，一种火气升腾，他显然没有停下的意思："至于任肖，你不会真的以为一个靠那种生意养活自己的男人，会心甘情愿地跟你过贫贱的生活吧？"

盛洁被说得哑口无言，任肖的事，正是她所想了解的，可他话到嘴边还是咽了回去。手机铃声不失时机地响起，打破了紧张的气氛，盛洁盯着魏晋，半晌才拿起手机，看到屏幕上显示着何嘉的名字，想到他极有可能是来要钱的，忽地记起他说的关于魏晋包养了一个女人的事，不知为何，盛洁心中隐隐觉得那是一条重要的线索。

盛洁没有当着魏晋的面接听电话，趁着去卫生间的空当，记下了清逸别墅的地址和路线。出院的第二天，趁着魏晋去公司的空当，盛洁打车直奔那里。

清逸别墅坐落在连翠山边，环境清幽，到处鸟语花香，加上山边雾气朦胧，整体看上去竟有些仙境的感觉。盛洁顺着鹅卵石铺成的小道，一步步走向带着橘红色房顶的一栋楼里。轻轻按了门铃，清脆的响声回荡。

盛洁静静地站着，心中竟有种紧张，听到门里有动静，不一会儿，有人拿起了屋里的听筒，是一个清细的女声："魏晋吗？"

盛洁犹豫着不知道怎么开口，这种别墅应该有很完备的门禁系统，在里面应该看得见外面，那女人竟还开口询问？盛洁疑惑中无意间看到别墅另一边的墙面旁放了两只大大的纸箱，上面有"勃然橱柜"的字样，一时间急中生智。

"对不起，你能开一下门吗？我是勃然橱柜的客服，想让您家帮忙做一份回访问卷。"盛洁客气地解释，要想进入这扇门，看来必须先隐藏盛洁的身份。

那女人果真相信了，连忙客气地开了门。盛洁隐约觉得眼前的女人熟悉极了，瘦瘦小小的身材，秀气的面庞，半长的黑色头发，粉色的碎花睡衣，只是眼神异于旁人。直到她摸索着扶住门边，朝盛洁笑了笑，盛洁才惊讶地发现，那女人是个盲人。

第十一章　关于任肖

"请进吧。"女人和气地招呼盛洁，拿起旁边的一根导盲杖，慢慢地指引盛洁进屋。

"你们家只有你一个？"盛洁试探地询问，不住地朝房间内查看，到处收拾得干净清爽，甚至桌上连一个小小的饰品也没有，藤椅上放着软绵绵的靠垫，一杯暖暖的茶还在桌上冒着热气。

"平时只有我一个。"女人带着盛洁边朝厨房走边说道。

"你丈夫呢？他不常在家吗？"

女人摇了摇头，不无感叹："我没有丈夫。"

"那刚才……"

"橱柜在这边了，有什么你就问吧，前天才到的货，魏晋告诉我很漂亮，可惜我看不到。"那女人略显伤感，末了却微微扬起了嘴角。

盛洁的话被她打断了，没再多问，跟在她身后走进厨房，看到了一排亮眼的鹅黄色，上面有精致的花纹，大理石板面，看起来干净整洁。

"其实我现在根本用不了橱柜了，什么都看不见，一切都做不了，但他说我从前手艺很好，说我有一天眼睛一定会好的，还说一个家里，不能缺了橱柜。"她的声音柔婉，如果不是眼睛损伤，完全是个贤惠的家庭主妇。

盛洁的心情一直不能平静，无数疑问堆积在心里，装模作样地问了几个橱柜相关的问题，女人竟摸索着到电视机前的抽屉里拿出一本小册子，那正是橱柜的问卷样板。她果真把盛洁当成了真正的客服。盛洁递过一个本子，示意她在上面签名，盛洁承认自己动了心机，想了解这个女人。

她乖乖地接过本子，摸索着位置歪歪扭扭地写起来，字体极无力，但能看到清晰的三个字"程丽娟"。

忽然间，盛洁脑中像被某种记忆刺激了，这个名字，这个人，曾经出现在盛洁的生活里，恍然想到那个大排档，戴着黄色头巾的服务员，"丽娟"，这三个字不止一次被提到，这张面容依稀还是当年的那张，只是那时她还是个健康的女孩，眼睛还看得见，她怎么会变成这样？

盛洁惊诧得一句话也不敢说，一瞬间又想到这个丽娟岂不就是任肖的前女友？如果是这样，魏晋是怎么会认识她，又怎么会包养她住在这里？

心里一肚子疑问让盛洁不知道该说什么，尴尬间，她听到门口有人用钥匙开门的声音，有皮鞋的声响，有人抬高声音问候道："丽娟，橱柜都安好了吗？"

盛洁定定地站在客厅的位置，一步也挪不动，她听到那是魏晋的声音。程丽娟还未及回答，他已经顺着走廊进来看到了她们，当然最主要是看到了盛洁。因为他完全怔在了当场，脸上的表情僵住了，像个木偶一样，一时间屋内的气氛达到了冰点。

"盛洁？"魏晋的声音穿透了整个屋子，此刻异常深沉厚重，这种场合，这种方式，都是第一次面对。

盛洁开始有种错觉，这该是谁的家？这对于一对正常的夫妻来说，这都是一种讽刺，极大的讽刺。

盛洁冷笑了一声，这种场面，终究是她觉得脸面挂不住了，踩着地毯朝外走去，被魏晋一把拉住手腕，他急切的眼神好像有太多话要说。

而最先开口的竟是一旁听出端倪的程丽娟，她猛然叫道："盛

小姐！是你吗？"

盛洁没有回头，死命拧着胳膊企图挣脱魏晋的钳制，内心像被钢针扎了一下，火辣辣地疼。也许这也是对从前盛洁的一种讽刺，她抢了程丽娟的男朋友，用钱将她赶走，如今她就以牙还牙地抢了盛洁的丈夫，虽然她已经看不见了，可她依然被魏晋保护着，住在这样清新优雅的环境里，原来她从来没有离开过这个城市。

盛洁走得太急，别墅外的台阶猛然扭断了鞋跟，疼痛让她赶忙扶住旁边的栏杆，撑着身子，偏蹁地朝前走，没走出几步，已经被身后赶来的魏晋追上。

"你没必要追我，我自从失忆之后，坚强得很。"盛洁咬着牙甩开他的手，眼神的犀利几乎想洞悉他的所有秘密。

魏晋拦住盛洁的去路，重新拉住她的手，环过腰间，钳制了她整个身子，认真地说道："你千方百计地想知道过去，就这么回去，你会善罢甘休？"

盛洁捏紧拳头瞪着他，说不出为什么，心酸的感觉上涌，恨意逐渐清晰："那你想让我怎样？在这里大吵大嚷，像个泼妇一样？"

"程丽娟在这里等了你很久了，其实从前我并不想让她见到你，我巴不得你全部都忘记了，但今天你出现了，丽娟一定会不顾阻拦地再去找你，因为她留在这里唯一的目的，就是找到你，带你去见见现在的任肖……"

盛洁愣住了。

第二天，盛洁跟着程丽娟的脚步，慢慢走进了冰冷而安静的大楼，药水的味道和病人发疯的大吼声不断刺激着她的神经，提醒他们目前所在的位置。

"铭城东方医院"，这个名字对于盛洁似乎是再熟悉不过，她在天桥下醒来的第一天，身上就穿着这家医院的病号服，没想到自己能清醒地来到这里。

　　魏晋就坐在楼下的大厅，由着程丽娟带盛洁上楼，或者他完全是知道状况的，甚至对这里的一切都很熟悉。这里藏着盛洁的记忆，他没阻拦她知道这一切，只是他自己不想面对。

　　程丽娟用导盲杖试探着前面的路，走得极顺畅，看得出来过很多次，她用心地记住了。病房大楼共有15层，越往上越是重症患者所在的治疗室，连房门和窗户都上了铁棱，有路过的病人，看起来忧郁异常，13楼的走廊，幽静得有几分可怕，尽管布置得极尽温馨，还是掩盖不住一种压抑的气氛。

　　程丽娟引着盛洁进了一间单人病房，里面干净宽敞，和一个宾馆的包间类似，病床上躺着一个瘦削的男人，面庞还能看出昔日的英俊，只是现在他直挺挺地躺着，完全像僵尸一般，盛洁认出那是任肖，尽管有了太多变化，终归那种感觉还在。

　　"一年了，他受了很多苦，他刚昏迷后的几天，曾经醒来过，他问了你的情况，当时你已经回去和魏晋结婚了，我照实告诉了他，那时候他什么也没说，睁着眼睛整整一天，后来他重新昏迷了，直到今天，再也没有醒过来。"程丽娟说到这里，已经带着啜泣，手里的导盲杖跟着身子颤抖。

　　"他怎么会变成这样？！"盛洁难以置信地询问道，她一直奇怪为何自己回来的这段时间从没见过任肖，他几乎成了自己过去讳莫如深的人物，所有人都在瞒着她，家里人更是从来不提，原来他已经变成了这样。

　　"你被家里人经济制裁以后，和任肖住在简易楼里，一待就是三个月，盛家大概是看到你不肯屈服，竟然甘愿过贫穷的日子，才出此下策。"程丽娟说到这里，已经伤心地哭出声来。

　　盛洁仔细地盯着躺在病床上的任肖，过度的思考使盛洁的头又一次疼痛起来，只是大脑仍处于一片空白，对于这一段记忆，就像被人挖走了一样，无论怎么样都记不起。

　　"你父母为了让你迷途知返，开始派人做他的工作，用金钱

和各种诱惑逼他离开，眼见时间越来越长，后来有一天，他们用了最残忍也最管用的一招，任肖失踪了，一夜过后，被发现在一家宾馆的浴缸里，浑身是血，浴缸里放了很多冰，被抬到医院之后，医生诊断说他被人取走了一颗肾脏，需要立即接受肾脏移植手术。盛小姐虽然现在被传失忆了，可基本的常识你应当清楚，做肾移植手术，花多少钱尚且不说，最主要的是要有合适的肾脏。"程丽娟的声音越发粗哑而急躁，"后来你离开了医院，三天以后，任肖得到了救治，就在那当天，盛魏两家联合召开新闻发布会，盛家大小姐盛洁和魏家独子魏晋正式订婚……"

盛洁走在空荡荡的走廊里，一种前所未有的眼花缭乱，各种思绪混杂在一起，盛洁耳边还回响着程丽娟的话，她知道程丽娟内心有控诉有心疼有悲愤，或者她才是真的爱任肖。

"你走以后，任肖一句话都没说过，换肾之后的恢复情况也不算乐观。但因为你回了盛家，所以治疗费方面从来没有欠缺，应该说他得到了很好的救治，加上器官融合程度也不错，后来他康复了。我不知道你们在那栋简易楼里发生过什么故事。总之他出院之后精神一直很抑郁，几乎每天都不与人交流。这样过了一个月的时间，你和魏晋正式结婚了，那场婚礼轰动全城。当时任肖就坐在南湖广场的大屏幕下面，看着你们的婚礼直播。那天晚上，他回到家里，把所有的积蓄，加上你给他买过的所有东西都换成钱交到我手上，让我找个喜欢的地方，开间铺面，这样就不用总跟着别人打工了，生活有了转机，再找个好人嫁了，一辈子就稳定了……"

盛洁边跟着电梯下楼，边抹了抹红红的眼睛，心中一阵悲恸，程丽娟的话，让她久久没办法平静。

"我当时害怕极了，通常人将自己所有的东西都托付别人的时候，下一步的打算都非常可怕。那几天，我几乎寸步不离地跟着他，生怕他有什么想不开，那几天他做过唯一的事就是给他的弟弟写了一封信，再后来他买了一张火车票，我看到是往庆城山方向的。不知因为什么，他没有走成，我赶到火车站的时候，他已经被工作人员抬到了休息室，听别人说，他昏倒了。之后他的精神状况一直都处于异常状态，就被送进了这里，有一次他醒了过来，却只说了一句话。"

盛洁盯着程丽娟的面庞，她几乎已经处于一种神思游离的状态："他托我告诉你一件事，其实他真正的名字叫冯肖……"

一层的电梯打开的时候，盛洁差点没勇气迈开一步。她看到魏晋就坐在大厅里，此刻已经看见了她，隔着空旷的大厅，盛洁站住了脚步，定定地看着他，他同样没有往前走，静静地互望，一时间什么话也说不出……

魏晋送走了程丽娟后，载着盛洁回家，她一路仔细想着程丽娟的话，想得越深入，越觉得这其中疑点多多，关于程丽娟如何失明的情况，她几乎轻描淡写地带过，魏晋又如何会收留她住在清逸别墅，更是只字不提。整个关于任肖的遭遇，也仅仅是凭空而论，而事实是怎样的，恐怕除了魏晋和自己父母，也只有躺在病床上的任肖清楚了。

不，其实还有一个人应该很清楚的，那就是从前的盛洁，可惜的是，盛洁如今对这一段记忆已经完全成了空白。

还有一个信息，几乎是这次得到的最重要的信息，程丽娟说，任肖在最后一次醒来的时候，想要告诉盛洁的唯一一句话就是，他姓冯。

华洋的牛郎、富家女、丽娟、弟弟，这一系列的线索，让盛洁不得不联想到一个真实的可能，盛洁仔细回想冯颂那张照片，一种结论呼之欲出，难道任肖就是冯颂的哥哥？

"停车！"盛洁慌忙叫了一声，提醒魏晋掉头。

"你怎么了？"魏晋没有完全听从盛洁，仅仅是减慢了速度。

"我要去问问程丽娟，任肖很可能就是冯颂的哥哥，我要去问问她，冯颂有没有来过，他现在在哪儿？"

魏晋听到盛洁的话，反而加快了行车的速度。

"你停车！"

"如果你要问她，倒还不如问我。"

盛洁疑惑地看着魏晋，确定他说得平静，不像是在开玩笑，黑眸半眯，凭她对魏晋这些日子的了解，她知道他生气了。

魏晋从车内的储物盒里拿出一封红色的请柬扔到盛洁手里，从上面华丽的装饰花纹和金色的镶边中，盛洁认出是那天在医院里魏晋说的那封甄珍的婚礼邀请函。狐疑地打开来，上面的字让她震惊不已，新郎的名字一栏，赫然写着"冯颂"两个字。

盛洁抬起头来，难以置信地看着魏晋："这……这不可能是冯颂的，再说……世界上叫冯颂的人又不止他一个……"

"他们俩的结婚照，网上已经被人贴出来了，你可以搜索一下。"魏晋又一次打破了盛洁的希望。

盛洁捏着请帖心里一阵难受，鼻子一酸差点掉下眼泪："不可能的，他说过喜欢的人是我，怎么会……"

盛洁整个人几乎不能动弹，车停住了，可心也停住了，她没有下车，手上的力道却把请帖的边缘捏得发皱，脸色逐渐变得严肃，所有事情都堆积在心里，总觉得在快要解开所有秘密的时候，又出现了更多的秘密，应接不暇。

第十二章　冯颂的婚礼

当天晚上，魏晋没有带盛洁回家，而是去了城郊的"皇城假日"，她不知道魏晋为什么忽然带自己来这里。

他应该是常客了，进门的时候，前台的小姐热情地叫他魏先生。只是盛洁没想到，那位小姐也很自然地叫了她一声"魏太太"。

魏晋顺势搂住盛洁的腰，以亲密的姿态走了进去，来往的人都看得清清楚楚，盛洁忽而脸色像发烧一般，想推开又不得。刚哭过的脸色红红的，配合这个场景，让人以为是娇羞而已。

"你带我来这儿干吗？"盛洁质疑地问道，脸色沉沉的。

"当然是住店。"魏晋说得自然无比，仿佛没有什么疑问。

"家里宽敞舒服的房子不住，来这里？"

魏晋凑近盛洁的脸，伸手要捏她的鼻子，被她一把挥开："这里是谈情的最佳场所，豪华浪漫有情调，最重要的是不容易被人发现。"

"我没工夫跟你浪漫！"盛洁在电梯里甩开他的手，听到"叮"的一声，开门刚要迈开步子出去，又重新被他拉了回来。

"明天这里的露天花园和泳池将举行一场盛大的结婚典礼，主角就是冯颂和甄珍。"魏晋的话恰到好处地平息了盛洁的烦躁。

盛洁讶异地看着他，确定他的话是真的，傻傻地只盯着请帖上的名字看，丝毫没注意婚礼的地点。

盛洁跟着魏晋来到外面的草地，已经有很多工作人员在为明天

的婚礼搭建场景，白色和粉色相间的花束合并成两道漂亮的拱门，两边放置白色的长条椅，婚礼交换戒指的地方类似一个西式的城堡，只是下面是空的，又像是一座亭子，中间是被花束包围的司仪的讲台。

音响和特效似乎都准备就绪了，连大幅婚纱照也支了起来，盛洁走近了，看到那张熟悉的面孔，果真如魏晋所说，她再也没办法欺骗自己了。酒店门前已经贴出了满满的来宾座次。虽然典礼是西式的风格，可宴席仍旧是中式的圆桌席。

盛洁在密密麻麻的人名中间看到自己和魏晋的名字是在306包间，同桌的皆是一些富二代式的人物，魏晋说那些人曾经都是盛洁的熟人，可如今她一个也记不起。

盛洁心心念念想见到冯颂，费尽心力托人打听，没想到几个月过去了，终于有了消息，他却成了甄珍的丈夫。

心里乱极了，白天程丽娟的话和冯肖的状况已经让盛洁难以承受，现在又知道了冯颂的情况，如今她已经感到绝望了。他到铭城来，正是为了找寻哥哥回去给他们当证婚人，一定是他听说了冯肖的事，他一定是对她死心了……盛洁如是想着。

可甄珍那种女孩，盛洁无论如何也想象不到她会和冯颂在一起，他们完全像两种格格不入的风格。

"皇城假日"几乎是集餐饮、洗浴、娱乐、观景为一体的大型度假村，依山而建，山上的客房花费自然也不菲，可打开窗户，能很清晰地看到湖光山色，是个浪漫的地方。不得不说，甄珍的婚礼选择了一个好地点。

盛洁无力地躺在床上，傻傻地顺着阳台望着外面的夜景，用被子包裹住身体，一句话也不想说。盛洁想到了盛繁的话，他说过："像我们这种家庭，坚持的结果只能是害了那个人。"

或许他是在暗示盛洁和冯肖的事，不过她是今天才听懂罢了。

魏晋不知何时已经躺在了盛洁旁边的位置，静静地没有说话，似乎在认真听着外面的吹来的风声。

"你为什么要娶我？"盛洁轻声开口问了一句，她知道这问题很傻，不管魏晋是因为真的喜欢她还是家族联姻的必然结果，事实已经如此，他也许已经不屑回答了。

"因为你是盛洁。"魏晋说得很干脆，只是她很久都没能理解这其中的含义。

盛洁疑惑地侧过脸，他的眸子被月光映得亮亮的，脸色却凝重异常。尽管现在的她已经不再排斥魏晋了，可这段婚姻中间夹杂的东西实在太复杂，她有时会觉得，他们之间并不简简单单的是夫妻。

"明天你要答应我一件事。"魏晋忽然开口，说得深沉而有力，"见到冯颂以后，不要过于激动，因为他肯定和从前不同了。"

"你什么时候知道的这件事？"

"要带你去富螺湾吃早点的当天，我想挑个适当的时机让你知道。"

"你觉得怎样的时机算是适当？"

"……明天。"

冯颂婚礼的这天，算是盛洁回到铭城以后打扮得最光鲜亮丽的一天，或者甄珍有意和当年盛魏两家的那场婚礼攀比，每种排场必要压过他们，不管是迎亲的车队、礼炮的枚数，媒体的数量和宴席的奢华程度，连她的全套婚纱也是从法国直接空运，盛况空前。

从一早开始，宾客络绎不绝，魏晋的一身西装配上盛洁的一身浅紫色礼服，乍看起来真是一对恩爱的夫妻。迎面不时有各路人马过来打招呼，举杯畅谈，相互寒暄，这种场景她相信应是她从前的生活中常常出现的。

今天的盛洁却心思不定，不时张望着婚车驶来的方向，想早点看到冯颂的身影。魏晋却表现得再自然不过，一直充满绅士风度地

和周围人热情攀谈，有人问到关于盛洁去外地疗养的事，他也是风趣地两句带过，不让这种尴尬的话题总停留着。

优雅欢快的曲子回荡在整个会场中，所有礼仪人员和来宾都自觉地让出了一条道，让黑色的花车缓缓驶入场地的过道，盛洁远远地看到车上穿着白色婚纱的甄珍和一个黑色西装打扮的男人，头发经过固定处理，显得英俊脱俗，高档的衣服衬得人脸更加饱满，尽管离得很远，但她已经确定那果真是冯颂。

盛洁定定地盯着他们下车的方向，尽管已经有了心理准备，仍觉得空落落的。

新娘和新郎手挽手走下花车，在众人祝福和鲜花满天中朝前走。她终于近距离地看到了冯颂。他表情平静异常，没有斜视，仅仅是牵着甄珍的手，此刻的两人竟让盛洁觉得很般配。

盛洁重重地叹了口气，想到冯颂必是知道了冯肖的事，也知道盛洁已经回到盛家，很少有男人能接受女人已婚的身份，何况曾经的盛洁，和他的哥哥有过那样一段纠葛。

她的目光依旧追着冯颂，凭直觉，他如今和曾经的纯真有些不同了，和魏晋说的一样，他的内心似乎隐隐地藏了些什么，只是让那张淡然的面孔掩盖住了。

宴席中盛洁始终心不在焉，任由魏晋在酒桌上跟别人觥筹交错。甄珍敬酒的时候换了一身红色的晚礼服，头发也换了温婉的造型，看起来贤淑可人。冯颂也换了一身浅灰色的西装，整个人神清气爽。两人表现得默契温馨，多次被来宾调侃。

"这一桌都是老朋友了，得挨个敬。"甄珍举着杯子放了话，大有把一桌人都放倒的阵势。

"选个代表，选个代表，其他人就免了。"有人推辞道，顿时得到了几个人的响应。

"你们可真会躲，选代表也行。"甄珍娇俏地用胳膊肘碰了碰冯颂道，"老公，你看这一桌选谁合适呢？"

冯颂环视了一下整个桌子，那感觉隐隐地还有当初在庆城山时的样子，可一转眼间，什么都不同了。

"听说魏太太和甄珍从前是最要好的姐妹，盛家和甄家又是世交，这一杯该敬她。"冯颂说得自然得体，似乎根本不认得盛洁，完全是因为听说而有的印象，递上酒杯的时候，眼底暗含的神采盛洁始终没能看懂。

盛洁失神地盯着冯颂，一种急迫和满腹的疑问堆积着，她有一肚子的话想跟他说，可他显然已经装作不认识了，她能感到他的眼神里传递出的一股寒意，那是从前所没有的。

盛洁尴尬得接也不是，推辞也不是，愣愣地看着冯颂。

忽然间一只大手伸过来，挡在盛洁前面接过酒杯，另一只手搂住她往自己身边带了带，盛洁知道是魏晋看不下去了："我来喝！"

魏晋嬉皮笑脸地朝甄珍和冯颂打了个马虎眼说道："小洁现在不能喝酒，我们俩最近正在努力实施造人计划，没准肚子里已经有了，可不能马虎，我们魏家是三代单传。"

魏晋爽快地端着半杯白酒一口喝下，整个桌子的客人都鼓掌叫好，有人已经开始研究起盛洁的肚子。

一顿婚宴吃得闹哄哄的，盛洁的心情又极差，菜上齐后没多久就借口离开了。魏晋载着她一路沿湖岸回家，隔水相望的地方，有人放起了烟火，一时间灿若星辰，照得天空如同白昼。铭城有个风俗，但凡有人结婚的前一晚，都会大放烟花以示庆祝，所以每到周末，这种场景是很多见的。

她静静地望着车窗外，一时间仿佛什么念想也没有了，关于冯肖的记忆，不管她再怎么努力，都只能记起刚搬进简易楼的那天，他们之间发生过什么已经全无印象了，而他如今已经成了植物人。冯颂莫名地和甄珍结了婚，好像和盛洁完全是陌路人。

是这个世界变化太快了，还是自己跟不上步伐了？她已经不愿

再想下去……

"过两天我到南陵出差，参加商业联合会理事会最新一次会议，大概一周的时间，你憋在家也容易胡思乱想，不如我带你出去转转，也散散心。"魏晋轻声提议道。

盛洁未置可否，依旧看着窗外，任风吹着面颊，思绪就停滞在那里不愿再往前。

盛洁顺理成章地跟着魏晋去了南陵开会，从这一天起，她好像忽然觉得自己真的是盛洁了，有关李青铭这个身份所发生的一切好像都只是幻像，是一场梦。

盛洁终归还是没有勇气去问冯颂为什么会和甄珍结婚，她知道他一定是恨她的。

第十三章 求婚

南陵的天气比铭城暖和很多，已经深秋的季节，街上人依旧着短袖衫，气温丝毫没有秋天的感觉。盛洁和魏晋下榻在会务组指定的桐元宾馆，报到的一会儿工夫，已经看到了很多生意上的朋友，寒暄了一会儿，相互吹捧讨好的姿态毕现。直到签名交会务费的时候，盛洁才看到魏晋竟然把盛洁的名字也写进了报到名单里。

疑惑之际，他收笔解释道："从前公司的事一直有爸爸帮忙，现在他已经全权交给我了，我怕我一个撑起整间公司吃力，所以让你也来学习学习，今后好歹有个可靠的人能分担一些。"

"其实我不会做生意，可能是从前家里人惯得太多，学业没什么成就，钢琴练了这么多年，水准也就一般，如果我不是盛大小姐，那我一定是个很平庸的人。"盛洁坦白承认，"不过事到如今，我除了好好地做盛洁别无选择，所以我会努力过好以后的日子。"

魏晋忽然笑了，大厅里一片嘈杂，他贴近盛洁的耳边道："实话说今天是我认识你以来，第二次看到你这么理智地说话，上一次……那是一年多前的事了，你当时说，你一定不会嫁给我的。"

盛洁听得他如是说，带有深意地看了看他，忽而勾起一抹笑意，他也笑了起来，不知是讽刺还是无奈，只是直到会议开场，他们一句话也没说过。

她曾经是说过自己一定不会嫁给他，可最终还是向现实屈服了……

　　他们的位置被安排在贵宾席的第一排，场面的盛大和奢华超出盛洁的想象，魏晋的席卡上用醒目的金色字体注明"副会长"，而坐在他旁边的会长是个年过半百的妇人，另一边的副会长席位她看到了熟悉的名字——甄要武，一个瘦削的老头坐在位子上，气色不够好，不时伴有微微的咳嗽，由于谢顶严重，只剩几根白发风雨飘摇。

　　"甄家也来人了？"盛洁从前没见过甄要武，之前甄珍的婚礼他只是远远地露了一面，几乎还没有看清，今天这场会议他反而不辞劳顿地来参加，看来对于在商界的位置，他还是极为关注的。

　　"甄叔叔没有儿子，又总怕别人谋夺他的财产，先后收了三个义子，最后又都因为说他们心术不正而断绝了关系，他是个多疑的人，冯颂这次能入赘甄家，一定是经过了甄叔叔的这关。"魏晋低声跟盛洁介绍道，始终保持着只有他们两个能听清的分贝。

　　盛洁很难理解冯颂这一类只会埋头搞研究的人，是如何能得到甄要武的信任和喜欢的，竟然把自己唯一的女儿嫁给他，想必是看中了他的某种才能或难得的素质。

　　整场会议开始了，轮番上阵的各种头衔的代表相继致辞，魏晋还作为零售业代表发言，只是另一位副会长甄要武虽然在座，却不停地咳嗽，连翻动材料的手也微微发抖，周围的人虽然多加照顾，但对于他身体的状况却有诸多传闻。这样仅仅过了一天，第二天的会议，他的位置连席卡也一并换了，座上一个年轻的男士，西装革履，神采奕奕，看上去精明俊朗，席卡上清楚地写着两个字——甄颂。

　　一时间所有人都明白了原委，冯颂这个入赘的女婿已经代替甄要武坐在了这个位子上，接班人的身份已经非常明确。

　　盛洁的目光久久不能从他身上收回，直到魏晋碰了碰注明她胳膊："甄叔叔真是可以，把新婚蜜月的女儿女婿都拉了回来开会。"

　　"看他昨天的样子，也支撑不住了，蜜月旅行以后也可以去，生意可是大事。"盛洁表现得相当明事理，末了哼了一声也来掩盖内心的失落。

"甄叔叔一辈子未婚，你应该听说了。"魏晋忽而向盛洁爆料，说得极讽刺。

"那甄珍是从哪里来的？"盛洁傻傻地问道，原来周围出现过这么多让人瞠目结舌的事。

"有孩子未必一定要结婚的。"魏晋将发言稿整理在袋子里，"你母亲当年大着肚子离开了甄要武，据说是因为他发现那孩子不是他的，而是他的好兄弟，也就是盛伯伯的孩子。当时甄叔叔大怒，很长一段时间都处于崩溃的状态，无论谁劝也没用，生意也因此荒废了。过了两三年的时间才算走出那段阴影，重新开始，白手起家，又过了两年，他和一个夜总会的三陪女生了甄珍，但他一直没结婚。"

盛洁又一次震惊了，似乎自从自己回到铭城，每天都能听到一个足以让她心惊肉跳的消息，盛洁忽地想起了庆城山，那个淳朴简单的地方，物质条件的困苦却掩不住内心的轻松。

会议中间的茶歇时间，几个相熟的生意朋友都凑在一起寒暄，冯颂的身边自然围了一堆拉拢讨好者，毕竟这次的会议，对于今后甄氏的走向已经给出了一个明确的答案，所有人都知道有了目标。

中午的宴会搞得极隆重，之后还安排了两天的观光旅游时间。魏晋对着笔记本一直忙碌着，而盛洁就躺在宾馆的床上，看着落地窗外的海景，不时用平板电脑上网。

最近网络上的头条新闻无疑被甄珍和冯颂的婚事占据了，盛洁尽量提醒着自己不去关注，可那醒目的位置和标题还是让她不自觉地瞄了两眼，有关他们奉子成婚的消息，成了最近媒体言论的主题。

"这么短的时间，都能看出是奉子成婚？"盛洁不敢相信，对报道嗤之以鼻。

　　"你回到铭城前后已经四个月的时间了，冯颂还在你之前，这个时间，足够了。"魏晋敲了一下回车键，回头看着盛洁。

　　她还是不愿意相信冯颂会在这么短的时间里移情别恋，依然惦念着曾经的那段单纯的时光，曾经还以为，那段时光会是永恒的。

　　直到夜晚时分，外面忽然所有灯都亮了起来，海滩沿岸无数烟花齐放，欢快的音乐也随之响起。盛洁穿着睡衣像死人一样躺在床上，正梦到在庆城山吃葡萄的情景，一片丰收和谐的景象，酣梦被惊扰了，烦躁不已，坐在笔记本前的魏晋却显出兴致勃勃的姿态，当即拉起盛洁就要出门："你听，就和我们订婚那一晚一样，我们出去看看。"

　　盛洁懒洋洋地不肯起床，他就直接将她抱起来要出门，她看到自己的小熊睡衣和披散的头发，急得直捶打他。

　　睡得半迷糊被他拉到海滩上，还惊扰了一场甜梦，盛洁的眼神几乎能杀人。海滩上的露天舞会是会务组特别举行的，成了这场会议最浪漫的谢幕。

　　盛洁看到无数灯光和烟花交相呼应，海滩上的露天舞池许多人跳得正欢畅。魏晋拉着她混到人群里，跟着音乐尽情起舞。或许从前盛洁对交谊舞算作行家，可如今却完全相反，她频频踩到魏晋的脚，也许是心中不悦，做什么都意兴阑珊的。

　　两支舞下来，魏晋被盛洁搀扶着一瘸一拐地出了海滩，他的胳膊搭在盛洁的肩膀上，俨然伤者一般。走出没几步，忽而所有射灯都朝向一个地方，一连串喷射式烟花在他们头顶炸开。

　　剧烈的声响加上音乐的高潮，盛洁忽然觉得想起了什么……

　　几乎是同样的画面，同样的场合，只是那时心情沮丧甚至充满绝望。她看到了一年多前的事，她灰头土脸地骑着自行车，一路赶到铭城海滨的一块漂亮的舞池，哭着在人群中寻找魏晋的影子，盛洁看到他和甄珍站在一起，优雅而带着绅士风度，在人群中极是亮眼。她像看到救命稻草一样，跑过去抓住他的胳膊。

"我求你，我求你……"颤抖的话音几乎发不出声来，因为盛洁举止的怪异，旁边的游客已经投来诧异的目光。

甄珍的厌恶是溢于言表的，她的语气充满了讽刺，盛洁已经记不得她是何时因为什么和甄珍决裂，总之那一天她们已经不再是姐妹，成了互相挤对的仇人："魏晋今天生日，你这个背叛她的女人，居然还有脸出来搅局？"

魏晋没有动，脸色依旧冷冷的，甚至不愿意看盛洁一眼，在他即将抽手的一刻，盛洁赶忙重新用力抓紧他，嗓子里干涩得疼痛，眼睛因为痛哭而红肿不堪："我求你，魏晋……求你帮帮我……"

魏晋缓缓地抽出袖子，将目光转到一边，声音不大，却充满了平静："我和你什么关系也没有，从此不再有瓜葛，去过你自己的日子吧。今天是我生日，还请你不要打搅。"

"你答应过我，如果有一天我没人要，你会娶我。"盛洁依旧不肯放弃。

"是，我是说过，可你现在不是没人要！"魏晋的眼神定了定，转身要走上光鲜夺目的舞台，那天正是他做东，所有人都等着他来宣布开始。

盛洁绝望地看着他的背影，心中冰凉一片，没等他走出几步，盛洁疯了一样追上他，死死地抓住他的胳膊，噙着眼泪却无比笃定地说道："我求你，娶了我……"

"你知道自己在说什么？"魏晋瞬间皱起眉头半个身子侧过来，似乎根本不相信盛洁的话，"请你别再耍我。"

"我说……请你娶了我！"盛洁又一次抬高声音，努力睁大眼睛让他相信盛洁的诚意。

魏晋冷笑，又一次想要抽手，被盛洁攥得死死的："别玩了盛洁！我玩不过你，我怕了你了，请你离开这，我魏晋再也不想记起曾经认识过你，喜欢过你……"

盛洁无言，看到甄珍穿了一件粉色的晚礼服，边沿用水钻和蕾

丝相间，腰身处一只大大的蝴蝶结，华丽中透着清纯，像个可爱的公主。那件衣服她认得，是几年前她们一起去琛州旅行的时候，甄珍花了重金请当地的师傅量身定做的，当时她们还是好姐妹，她告诉盛洁，当她宣布结婚的时候，才会把这件衣服穿出来。今天的场面，凭直觉，正是她曾经说过的庄严的一晚。

盛洁终于放开了魏晋的袖子，有一瞬间她想过放弃，可冯肖的状况，已经把她逼上了绝路。

盛洁咬了咬牙，大步朝舞台上走去，无数灯光的聚焦处，她穿着牛仔短裤，蓝色的普通T恤，头发散乱无章，可她相信这里的大多数人都还认得她。

盛洁从音响师手里抢过话筒，径直走到台中央，她的闯入让所有人都震惊地朝台上张望，人群中有人喊了一声盛洁的名字，顿时引来一阵轰动，无数闪光灯对着她一通狂拍。尤其在场的媒体，似乎都不愿错过这场好戏，关于她的传闻，本以为就像几个月前那样戛然而止，没料到今天会有这种重大新闻。

"各位来宾朋友，今天是魏先生的生日，特别举办了这样一场舞会，我的造访无疑让在场的各位感到意外了，但我不会耽误大家太久。"盛洁整个人忽然镇定极了，声音洪亮沉稳，恰到好处地抓住了所有人的耳朵，"我只想告诉大家，今天的舞会不仅盛大，相信更会让许多人感到不虚此行。因为我盛洁，现在站在这里，正式向魏晋先生求婚！"

盛洁话音刚落，人群中由安静猛然爆发出一阵强烈的鼓掌声，有几个爱起哄的人已经高声叫好，甚至有人猛吹口哨。

盛洁看到魏晋的脸色红一阵白一阵，此刻正怒瞪着台上的盛洁，整个人僵在那里像是不能动弹。

来宾中间已经自觉让出一条道让魏晋上台。显然，最紧张的人莫过于甄珍，她的眼神不时在盛洁和魏晋之间转换，企图看出这件事的走向。

有媒体记者已经举着话筒向盛洁提问这几个月关于冯肖的事。

"我和魏晋从小相识至今，中间的曲折和各种误会旁人无法理解，一切流言蜚语不再多加解释，我今天来的目的只有一个，如果魏晋接受我的求婚，请上台来，如果不接受，可在台下说一句，这次我立即就走。"在众人面前，盛洁还是没有办法将脸面全部抛开，扔下这句话后，她的心跳骤然加速，全部的赌注都压在这里，如果魏晋再狠心一点，那……

那天整个舞池都沸腾了，只有魏晋一个人站在别人让出的过道里，脸色沉沉地直瞪着盛洁，像火一样的眼神，恨不得要将她烧成灰。

最终他既没有上台，也没有说出拒绝。盛洁被两个保安强行拉下舞台，她挣扎着，还未及站稳，被魏晋猛然拉住了胳膊，径直朝人群外走去，大步流星，急切而坚定。

那晚盛洁和魏晋在另一边海滩的帐篷里度过了一夜，他报复性地占有了她，发疯一样，只有最原始的欲望。眼睛红红的，是一种恨意在升腾，盛洁知道他压抑了太久。

那片区域有上百张帐篷，周围并不隔音，他的凶猛让盛洁一直哭喊……

第二日，所有娱乐报刊几乎都在第一时间登载了他们这段艳闻，甚至网络上流传了帐篷外的录音视频。当天下午，盛魏两家便召开发布会宣布了联姻的消息。

盛洁就是这样嫁给了魏晋……

第十四章　甄氏风云

身边的人猛摇了盛洁两下，才使她从回忆中回过神来，扶着额头，渐渐看清周围的景物，魏晋正紧张地盯着她，想确定她是不是真的没事。

"你从失忆之后，时常忽然间没了意识，医生说这样很危险，一是加重脑负荷，二是在这段时间，你的防御能力基本为零，如果没有可靠的人在你身边，你很可能会受到伤害。"魏晋抱起盛洁朝人群外走去，不断跟她讲着，她看得出他很着急，额上也渗出汗来，胳膊微微发抖。

"你决定娶我的时候，心里是怎么想的？"盛洁被这种姿势包围着，只能用手圈住他的脖子，内心因为刚才的这段记忆而充满了忧郁。

"什么怎么想的？"

"我刚刚记起了一些事，关于你生日的那天晚上，我向你求婚……"

魏晋的眸子忽的有一丝闪烁，略有紧张地看了她一眼，不以为然地说："那又怎样？"

"你那个时候，是不是有和甄珍订婚的计划？如果我没去搅局，结果应该是你和她在一起吧？"盛洁的内心平静得很，末了竟觉得自己的语气还带着一点质问。

"没有如果。"魏晋的话每次都这么简洁，好像根本不喜欢和她讨论这些。

她抓紧他想继续追问，他却打断她的话："南陵人民医院脑外科是全国重点专科，他们的学科带头人在世界上都排得上号，看你这种情况，是该约见一下专家了。"

"我不去。"

"别任性。"

"除非你先回答我的问题。"

魏晋无奈地瞪着盛洁，她用同样坚硬的眼神回敬着他，彼此看了良久。

他抱着她朝住处走去，脚下沙滩软软的，深一脚浅一脚："其实我特别恨你，真的，每一次都在我觉得付出该有回应的时候，狠狠地扑灭我的希望，等我终于要放弃了，你又出来搅局……"

"甄珍是不是也因为这个，和我结下了梁子？"

"不只是吧，或者还有个原因，当年冯肖是她在华洋先认识的，有一次你为了他跟甄珍翻脸了，那之后没多久，有传言说甄要武和你母亲秘密相会商谈了很久，之后甄叔叔和盛伯母眼睛都红红的，甄叔叔一反常态，忽然没有之前那么针对盛家了，甚至还有意将财产的一部分留出来，有人猜测，你哥哥其实就是甄叔叔的儿子，当年那些都是误会……"魏晋一直跟她讲述着从前发生的这些，盛洁知道他通常是不愿启齿的。

"真的假的？"盛洁难以置信，尤其对于盛繁的身世。

"甄珍一向认为自己是独生女，今后的财产都是自己的，现在听到风声说有人来分财产，她自然很不乐意，她当时就想到了和魏家联姻，来找到我，说自己很久之前就一直喜欢我。当时你已经和冯肖搬进了那座简易楼里，你父母威逼利诱，都没能动摇你的决心，我当时觉得，你不会回头了，从小你就倔犟，别人越逼你做什么，你越是不会做。"魏晋无奈地笑了笑，月光下透出不一样的神采，"你猜得没错，我生日的那天晚上，打算宣布和甄珍订婚的消息，但是你出现了，不过坦白说，你的出现令我更加生气了，因为

我知道，你是为了冯肖才妥协的……"

魏晋没再说话，盛洁知道他心情不好，她的过去掺杂了太复杂的东西，这种感觉，竟是一种彷徨。

盛洁终于还是跟着魏晋去见了那位脑外科专家，只是没想到在一楼的门诊大厅就看到了甄珍和冯颂。甄珍很是亲密地挽着他，见到魏晋和盛洁，只是小鸟依人地笑了笑："阿颂，帮我去车上拿个外套，我和魏先生他们夫妻有话说。"

冯颂顺从地点点头，朝他们示意了一下便离开了。

"是什么话，连你丈夫也不能听？"盛洁故意质问，对她呼来喝去的举动不忿，毕竟那个人是冯颂。

"阿颂是入赘我们家，自然以我为大，有些事不方便他听的，他当然不能听。"甄珍语速不快，却让人感到一种挑衅的意味。

"魏晋，你也先去楼上等我一会儿，我有话和甄珍单独说。"盛洁有意让魏晋也离开，毕竟和甄珍心里的这个结，打得死死的，不是一两句话能够说清，可既然见到了，就要摆到台面上。

魏晋犹豫着不肯离开，被盛洁私下里推了一把，才转身上楼了，临走前还交代她们心平气和地谈。大约他害怕出现上次的情况，怕她们的举动成为各家新闻媒体的焦点。

盛洁和甄珍找到大厅一旁的贵宾休息室，一向爱喝咖啡的甄珍，这次只要了一杯豆浆，从她的穿着来看，显然比平常女性得多，习惯于高跟鞋的她今天也换成了平底鞋。整个人看上去，果真有孕期的征兆。

"你怀孕了？"盛洁想更加确定这种猜测。

"没错，怎么了？"

"没什么。"

或者盛洁微微的失落还是有所流露，想到在庆城山的日子，她一直都觉得冯颂会一辈子爱自己一个人的。

"你不用失落，盛洁，你应该知道了，冯颂的哥哥就是冯肖。"甄珍郑重地说，前所未有的严肃，"冯肖初到华洋的时候，知道自己做的是没脸的买卖，所以故意改了姓，他没告诉任何人他姓冯。"

盛洁想到程丽娟告诉她，冯肖中途醒过来，只交代了一件事，就是让她告诉盛洁他的真姓名，不禁心中动容："这我已经知道了。"

"也许还有一件事，是你不清楚的，冯颂来到铭城，为了找他的哥哥，打听了很久，很辛苦才在东方医院找到了冯肖，当时冯颂包里还带了很多喜糖喜烟，我猜他应该是来通知喜讯的，他和冯肖有几分相似，被我一眼就看出来了。是一个瞎女人告诉了他冯肖出事的原委，之后他整个人都变了，流浪了几天，有一次已经到午夜了，我开车在路上看冯颂在地上捡起砖头朝盛和集团的一块广告牌砸去，嘴里骂骂咧咧的。从那以后，我知道他和你们家一定是有过节的，他应该和我一样，都不喜欢盛家的人，所以我们应该算作一路人。"甄珍说到这里笑了起来。

"所以你就想方设法让他入赘甄家？"盛洁显然情绪有些激动，心里酸酸的，强忍着泪水的泛滥。

"既然我们的目标是一样的，在一起奋斗岂不是更有利？"甄珍摊了摊手，"他是个很有能力的人，从前无处施展无非就是因为没有钱，他的很多想法，和甄氏今后的发展方向很一致。这些事，我也跟爸爸沟通了，他非常赞成。"

盛洁终于无言以对了，不知道冯颂这段心路历程是怎样的，可如今的结果……或者并不算坏。毕竟他知道她的身世之后，是不可能再回头了。

"那你今天是来做产检？"

"看我爸爸。"

盛洁忽然明白过来，甄要武已经进了医院，看来前几天开会时那段咳嗽连带的病情不轻。

　　盛洁电话叫了魏晋过来，一起去看了甄要武，不管之前有多少误会，盛洁父母一向对甄家是宽厚感激的。一路上各怀心事，盛洁远远地看着冯颂，他如今已经佯作不认识她了，连一句正经的话也不愿意跟她说，毕竟他们之间是有过愉快的相处经历的，甚至已经谈婚论嫁，有段时间，盛洁甚至觉得在冯颂的这件事上，她才是被抛弃的那个。

　　去见那位脑外科专家的时候，已经快到傍晚，他每天的预约很多，盛洁算是插队诊疗。

　　依旧是被全面地检查了一番，之后竟是被介绍去进行一段时间的封闭训练。

　　魏晋显然不放心，赶忙追问这种方法的可行性。

　　医生只说是一种建议，具体操作还是涵盖了一定的危险性，但是对于盛洁目前的病情而言，间歇性的大脑空白，不时能想起过去片段的情况，大可一试。

　　"我愿意试试。"盛洁忽然说道，语气已是坚定非常，让魏晋也无话可说了。

　　他闷闷地坐在一边，对盛洁坚持多少有些失落。这样就证明，盛洁迫切地想找回从前那段记忆，尽管那段记忆会威胁她和他的婚姻。

　　魏晋公司里的事往往忙得脱不开身，盛洁留在南陵却让他多了另一层担心，他始终不放心盛洁，每周都飞过来三天陪她。

　　盛洁被安置在一所疗养院里，每天接受专人进行的各种恢复记忆的训练，包括游览山水，看电影，听歌曲，做拓展性的训练。

　　有好几次在梦里，盛洁都看到冯颂憎恨的眼神和冯肖远走的背影，她害怕极了，醒来满头是汗。

　　跟着疗养院的队伍上山呼吸新鲜空气的当天，盛洁看到了甄要武，原来他一直没走，和她进了同一所疗养院，记忆中自己和他从未讲过话，大约两家的关系使然，他们之间淡漠得就像陌生人。盛洁静静地站在山坡上看着被人搀扶到小桥上的他，灰色的毛衣，花白的头发，苍老太多。不时有人走过来，西装革履，夹着公文包和他说些什么。

负责对盛洁进行训练的老师神秘地告诉她说，甄要武虽然现在身体状况不好，可神志清醒得很，人在南陵，却操纵着铭城那边的生意，几乎每天都有人来定时向他汇报。

他始终是不放心入赘的女婿，盛洁在心里叹了口气，不自觉地担心起冯颂的情况，相处半年多，其实她始终觉得，他适合搞实验而不是做生意。

藤仙山始终太高，有几个热衷锻炼的老年人徒步爬上去，而盛洁的训练师却建议她坐索道上山。看着下面的风景，到处云海青山，盛洁忽然被索道困得有一阵耳鸣，下来的时候腿脚都微微发软。

打开索道舱门的第一刻，盛洁惊讶地看到魏晋一身运动服地蹲在一块大石头上，身上背着一款旅行包，戴着深色太阳镜，蓝色的鸭舌帽衬得整个人很拉风。

盛洁愣在当场，努力回想了一下，今天是周三，按说这时应该是魏氏最忙的时候，他却只身出现在这里，看装束显然是来畅游一番的。

"你怎么来了？"盛洁的语气并不算友好，坦白说她并没有打算和他一起游览。

"如果没有重要的事，我会赶来吗？"魏晋说得似乎自己的到来是为了处理大事，并非盛洁想的那样只是玩。

"说来听听。"

"一是庆祝你的第一个疗程正式开始。"

"你的意思是说，我在这待的一个多星期，都是在进行前奏？"

魏晋竟然颔首称是。

"那第二呢？"

"二是咱们结婚的周年纪念。"

"今天？"

他依旧颔首。

"还有呢？"

"我刚得到消息，甄要武是装病。"

最后的这个理由直接吸引了盛洁，想到刚刚甄要武坐在山下的轮椅上的神态，倒也不像是在装，她不禁怀疑魏晋消息的可信度。

"别不信，是真的。"

"即使是真的，他目的何在？"盛洁不禁追问，心里正涌现着很多种可能。

"甄叔叔始终爱着你妈妈，当年的误会，他后悔到现在，听说他已经秘密见了你哥哥，传言说他准备把至少一半的财产给你哥哥。"

"那甄珍怎么会同意？"盛洁诧异地追问。

"所以，甄叔叔看出甄珍和他虽是父女，却不是一条心，想装病看看情况。果然甄珍和冯颂现在正在联手收拢公司股份，转移资产。"魏晋说到这里，逐渐放低声音，表情也逐渐凝重。

盛洁心里开始有些紧张，却故作镇定："这都是别人公司的事，与你我何干？还至于成了你跑来的理由之一？"

魏晋和盛洁并排上台阶，训练师跟在他们后面很远的位置，自觉地留出让他们聊私密话题的空间："他在考验甄珍，也说明他不信任甄珍，甄氏会有一场大的变动。"

"你瞎猜，甄叔叔就甄珍一个名正言顺的女儿，今后不把公司交给她还能交给谁？"盛洁否认他的说法，在她的感觉里，甄要武始终是个孤独的人，不会有更好的接班人。

"甄珍可不是个孝顺的女儿，父女俩各怀心思，甄珍的母亲，因为始终没有名分，现在还在周边的一个县级市里开夜总会，她受母亲的影响可能更深些，她母亲一辈子爱财，始终认为，即使没有名分，钱也要大捞一笔。现在他已经有意让你哥哥来接管，你说甄珍能不着急吗？至于冯颂，他之所以答应入赘，最关键的一点，也是想博一个高位，攀个高枝，在这一点上，他会全力帮助甄珍。"盛洁终于明白魏晋不是来专门向她传达信息的，而是知道甄要武在藤仙山，过来了解他的近况的，"所以，我说的大变动，就是甄要武和甄珍父女俩的博弈。"

盛洁说不上为什么，觉得一阵莫名的恐慌。不时伴随着一种心痛。

盛洁和魏晋一路朝前走，聊了一会儿别的，气氛也逐渐轻松了些，不过说起她恢复记忆情况的时候，魏晋却显然兴致不高。

"你就希望我像傻子一样，永远这么无知下去，一点都不希望我早点恢复记忆。"盛洁愤愤地嘟哝着，在侧边瞥了他一眼，抱怨的语调。

"这个训练课程，花费相当高，全是我供着你，怕你无聊寂寞，我每周不是坐飞机就是乘高铁，一千多公里的路程，我容易么。"魏晋反驳道，"不想让你参加，也算是人之常情，毕竟我希望你只记得关于我的那一部分。"

"可关于你的那部分，我也不全记得，例如我们是怎样结婚的，婚后发生了什么，我是怎么进了精神病院，又是怎么忽然失忆了？"盛洁连连追问。

"这些问题，即使你想不起来，我也一定会给你一个真实的答案，我不喜欢骗人。但是目前，你的任务不是这些。"魏晋忽然拉了盛洁一把，一只胳膊揽住她，凑到她耳边，"你哥哥现在正全力帮助甄要武……"

盛洁忽然睁大眼睛，不可置信地看着魏晋："凭我这些日子对盛繁的了解，他并不是会参与别家企业争斗的人，何况他已经是盛和的继承人了，甄家的产业，他从不染指的。"

魏晋的表情忽而诡异起来，黑眸微眯，盛洁突然间觉得这表情

很熟悉，好像曾经见过，或者这是他要说重要事情的前奏。

"盛繁曾经离家出走了一年，只为了一个女人，那一年中，我见过他，你也见过，当时你偷偷地给了他们一笔钱，你还告诉我，你觉得那女人很好，不张扬不虚荣，是个做嫂子的绝佳人选，只可惜盛伯伯和盛伯母不会同意。"

盛洁仔细回忆着这段往事，想从他的话里攫取一些有用信息。

"后来盛繁回来了，带了一个孩子，那女人据说被送走了。当时盛繁甚至跪着求你父母，一个男人，放下自己所有的自尊，为一个女人，可见那个女人在他心中的位置如何。可最终盛伯伯还是没有同意。你哥哥压抑了快三年了，他不是个爱财的人，无缘无故不可能同意帮甄要武，但甄叔叔了解他的往事，所以开出了一个致命的条件，如果他帮助甄氏，不仅将来董事长的位置是他的，更重要的是，他心爱的那个女人，甄叔叔会主张把她接回来，让他们名正言顺地在一起。"魏晋的声音一直很低，盛洁却听得真真切切，如此这般，她终于相信盛繁可能真的会帮助甄要武，甚至认了这个父亲，因为在他骨子里，他是恨盛家的。

盛洁整个人都呆住了，沉默地思考着问题，被魏晋轻轻碰了碰："如果盛繁不能回头，盛家如今唯一的指望就只有你一个了。从前你是女儿，只留了一小部分财产，掀不起什么大浪，可现在，盛和集团的继承人，很可能就是你。"

"我不会让我哥和爸妈他们翻脸的，我们都是一家人，即使他们之间反目于我会有大利，我也不可能这么做！"盛洁几乎没有思考，说得强硬坚决。

"甄珍和冯颂如果掌握了甄氏，第一个对付的就是盛家，虽然他俩如今表面上跟所有人都和气，可想的是什么，只有有心的人才看得出。冯颂可不是你先前认识的那个人了。"魏晋自嘲地笑了笑，"不过我也是有私心的，甄氏如今实力越来越强，我可不想让一个记恨我的人，压在我的头上。"

"其实这个才是你今天真正来的目的吧？"

"聪明。"

"不管冯颂现在变成了什么人，从前他对我有恩，在我走投无路的时候，是他帮助了我，我不可能对付他。"盛洁停下了脚步，郑重地告诉他，觉得魏晋算是一个很真实的人，没有隐瞒她，也没有粉饰自己的想法，而是如实地说了出来。

魏晋认真地看着她，伸手想将她额前掉落的一缕头发挂到耳后，抬到半空，又觉得尴尬，变成摸了摸自己的额头，忽然笑出声来："我懂了，那好吧，今晚什么都别想了，我在山上的酒店订了房间和晚餐，给你准备了一份特别的礼物，放松放松，明天一早我自己回去，等你觉得在这边的情况差不多了，我来接你。"

第十五章 编外丈夫

　　果不其然，这几天父母总是打来电话让她回铭城，母亲对魏晋一向放心，可这次竟然亲自催促，看来铭城那边情况不容乐观。

　　晚上的藤仙山带着一种凉意，空气中含着清新的冷风，山上的生活馆以温泉生意为主，装修也多带着一种复古风，入耳有阵阵淡雅的音乐，暖暖的灯光，让这里的感觉很好，几乎每个人出出进进都披了一条白色的浴巾，盛洁在南陵休养的这段时间已经泡过三次，早已经兴致不高，魏晋却显然很喜欢这里的环境，包了一个特色的鱼疗池，坐在里面满脸享受的表情。

　　"已经快七点了，上去换个衣服，吃个饭吧，你不是说酒店已经订好了？"盛洁饥肠辘辘的时候，终于无奈地向他开口。

　　"再等等。"魏晋平时食量不小，今天却毫不着急，凭盛洁对他的了解，这一定是有原因的。

　　"发生什么事了？"

　　魏晋抓起手机看了看时间，仔细想了想："如果我们现在去，恐怕会撞上甄要武他们，今天冯颂赶到了南陵，看来是有打算而来。我们的包间离得很近，碰到了会比较尴尬。"

　　盛洁听到冯颂二字，认真地看了看魏晋，他侧过头来，冲盛洁笑了笑。

　　盛洁最终还是没听魏晋的，起身出了温泉池，用浴巾裹好去了更衣室，他在背后叫她，她也佯作听不到。

　　二楼的用餐区分为自助餐和桌餐，盛洁顺着走廊来到魏晋订好的包间门前，才看到旁边的一间刚好打开门要出来，她一时心虚，连忙躲进自己的包间，顺着门缝朝外看去。

冯颂一副模范女婿的架势，搀着略微虚弱的甄要武，慢慢地朝走廊最外面的卫生间走去，有服务员来帮忙，冯颂还语气不佳地表示要投诉酒店包间无独立卫生间的弊端。

盛洁看着甄要武被送进了卫生间，只余冯颂一人站在走廊上，不知是什么力量，她打开门来大胆地朝他走了两步，隔着长长的走廊，她忽然觉得他比以前瘦了。当了甄家的女婿，生活应当比之前宽裕多了，可盛洁却感到他心中的抑郁。

空荡的走廊，只有两个站姿标准的服务员守着。

冯颂回过头来，看到了盛洁，什么也没说，只是静静地看着，从他的眼神里，盛洁看到了一种难以言喻的复杂。

"很久不见了，真没想到，你和甄珍……"盛洁的声音不大，因为走廊上声音很静，所以她确定他听到了。说真的，她有很多话想跟冯颂说，有很多话想问他，可话到嘴边，一句话也说不下去了，心里一直想着曾经的那段时光。

"以前的事，都别记在心上了。"冯颂回了一句，语气有些无奈，他没敢正眼看盛洁。

她没有动，虽然已经知道结果，可心中还是难过了好一阵："你哥哥的事……"

"别提他！"冯颂忽然微微抬高了声音，原本平静的语气甚至带了一丝气愤。

盛洁只好将心里的话咽了回来，鼻子里酸酸的。她看到冯颂的身子微微颤了颤："你还能记得我哥？呵，讽刺……"

"我记得……可是……"

"可是你把他害了，然后你风风光光地嫁给了魏大少爷。"冯颂的眼神忽然变得冷峻，甚至充满憎恨，"从我重新见到我哥的那天开始，我就明白了，像你这种名媛千金，根本无法真真正正地和

我们这种穷小子在一起，你只是叛逆的心理在作祟，你可能从来都没爱过我哥，至于我，从那天开始，我就知道等你有一天恢复了记忆，你依然会离开我。"

盛洁的眼泪急剧上涌，努力地一直摇头，冯颂却没有给她讲话的机会，直接打断她："甄珍虽然蛮横，虽然有时很坏，可她是个目标明确的女人，但凡和她目标一致的人，都能被她承认。所以我们走到了一起。盛洁，即使你再好，凭着你和我哥的故事，我们已经再也不可能了。"

他转身要走，被盛洁赶忙叫住："冯颂！我之所以这些天留在南陵，最重要的目的就是恢复记忆，我想要自己想起之前的事，包括我和你哥哥的事，包括我嫁给魏晋。"

盛洁不敢太大声音，毕竟这里并不是安全的说话空间，可她尽力想让他知道自己的想法和做法。

冯颂笑了，笑得有一丝凄凉："直到后来，我才理解，我哥的悲剧只有一个，那就是他只是个穷小子，如果他变得有钱，变得强大，他的境遇会完全不同，所以我绝不会重蹈覆辙。"

盛洁完全愣住了，他的结论让她无言以对，就在她不知道该说些什么的时候，卫生间的那头，服务生搀扶出一位老人，冯颂赶忙去接手。盛洁没有躲开，礼貌地和甄要武打了个招呼。

甄要武笑得嗓子也沙哑了，却指着盛洁说："在这边见到丫头很多次了，始终不敢认了，盛家的闺女，比我甄家的闺女标致啊。"

盛洁知道他在恭维她，礼貌地笑了笑。冯颂的表情转得最快，上前扶着甄要武："爸爸，咱们回去吧。"

甄要武点了点头，走了几步，又回过头来告诉盛洁："等回到铭城，我得去找你父亲打打牌，快三十年了，当年的好兄弟，现在真是想念啊……"

盛洁没再说话，这段时间据别人说，甄要武是个多疑冷漠的

人，当年用多疑逼走了母亲，现在又信不过自己的女儿，后来陡然发现多出一个儿子，立即像解开了心结一般，自己一生筹谋，所求到底是什么呢？

想到这里，盛洁心里竟有一丝同情甄珍。

慢慢地走回包间，她知道冯颂如今早已经不同往日，刚才对甄要武关怀备至，俨然一派孝子风范，现在想来，顿觉后背发凉。

魏晋已经坐在了包间里，对着一桌菜饭，独自抽着烟，乌烟瘴气得令盛洁鼻子里一阵不舒服，她知道他进来很久了。

"鱼疗结束了？"盛洁轻轻打开了包间的窗户，懒懒地坐在椅子上。

"不结束恐怕还看不见你和冯颂。"魏晋抓起桌上的一盘腰果吃了一粒，语气里显然带了些酸意。

"小心眼。"

"你还不是一样，听说我包养了一个女人，立即兴师问罪地赶来，怎么你和冯颂现在说起私房话来了，还不允许我吃吃醋？"

盛洁坐下来和他一起吃饭，看着他气鼓鼓的表情，觉得好笑，刚才惆怅的心情消散了很多，吃到半晌他才终于道："你怎么好像丝毫不关心我今天要送给你的礼物，我可是自信今天的礼物能让你彻底震惊。"

"你的礼物通常都是首饰一类，我看到我的首饰盒都堆得满满的，家里的保姆说，你最爱送的就是这些。"发生的事太多，已经让盛洁对于这些兴趣缺缺了。

魏晋只是笑了起来，吃饭过程中也多是东拉西扯，盛洁猜测他所谓的礼物大约也只是嘴上说说。

饭后的光景，正值整个藤仙温泉的灯都亮了起来，温馨感毕现，盛洁和魏晋并肩站在石台上，看着蜿蜒而下的山上，到处是大大小小的泉池，不时有欢笑声传来。

"记得从前咱们蜜月的时候，去了宜汤温泉，那边有个特别大

的泳池，有一次你耍我，直接跳了下去，半天都没有上来。那回我真的吓坏了，一个猛子扎下去，没命地想救你上来，可怎么也找不到你，我整个人都快窒息了，就在我快呛死在水里的时候，听到你在岸上大笑，那时候我才知道，你泳技比我好多了，心机也比我深重多了，我早晚有一天会被你整死。"魏晋从口袋里拿出一包烟，叼在嘴里一根，用手掩着风点着了烟，不知为何，唇边竟有一丝笑意，像在回忆某个美好瞬间。

"这你就尽管放心了，自从我失忆之后，显然没有之前那么精明了，没准现在连怎么游泳都忘了。"盛洁两手一摊，表现出一种无奈的神情。

他却忽然正色道："礼物我放在你宾馆的房间了，一个大纸箱子，明天等我飞回铭城了，你再看。"

"是什么？"这次盛洁真的好奇了，不知道什么礼物会用纸箱装起来。

"明天你就知道了，希望能够帮你恢复记忆，早点让你达成心愿，那样的话……"魏晋想说的，盛洁始终没猜到是什么。

一晚上的游览让盛洁筋疲力尽，魏晋是夜里的航班，她一直陪他到两点钟，直到困倦得两眼无力。他将盛洁送回了房间才离开，外面几乎已经漆黑一片，只有一排下山的路灯和点点星光的索道，山上的宾馆是个漂亮的景观房，能看到半个山的景色。只是夜里还是太黑，走远了，就再也看不到魏晋的身影，忽然间，盛洁心里空空的。

沉沉地睡了一觉，完全没有把他说的礼物放在心上，直到第二天早晨，天色大亮，外面清新的空气和阵阵水汽荡漾才把盛洁唤醒，她抓了抓凌乱的头发，终于注意到桌子的角落有个旧式的纸箱，是老式电脑带后屁股显示屏的盒子。盛洁狐疑地走过去，轻轻的撕开封好的胶带，里面放的全是信件，每一封都写了同样的地址，都是庆城山那个村子，收信人全部写了冯颂的名字，字迹工整清俊，寄信人一栏却赫然都是"冯肖"的署名。有贴邮票，却没有一封有邮戳，盛洁终于明白，这些都是冯肖给冯颂写过的信，只是全都没有寄出去过。

瞬间盛洁觉得心脏悬在一半，连忙抓起其中一封打开来看。

信件按照时间顺序排得整整齐齐，第一封的字迹略显潦草，看来是在仓促中写成。可以看得出，冯肖在字里行间都流露出对弟弟的一种愧疚和关心。她一封封地往下看，越到后面，越在信中看出一种矛盾的心理，直到在一封信上正式看到了盛洁的名字。

"阿颂，我知道你鄙视我，不愿意见我，但请你相信，我的初衷只是希望你过得更好……盛洁和我已经住进了去年夏天你来找我的时候租过的简易楼里，不再回那间公寓了。我不知道自己是怎么了，竟然希望这样的生活能一直下去……"

"今天和盛洁一起去买菜了，我告诉她今天是我弟弟阿颂的生日，但是可惜他不会过来，她竟然瞒着我买了个蛋糕……家里停电了，我们俩对着蜡烛唱生日歌，还买了紫薯和米饭一起蒸，香味满屋子都是，我忽然觉得自己很幸福……"

盛洁不断将信拆开，直到铺得满桌都是，越来越多的字迹堆积得盛洁心里沉沉的。

"阿颂，我攒了点钱，想开间小吃铺，我不想让她和我一起吃苦，她放弃了大小姐的身份，我得对她有所补偿，得尽我最大的努力，让她过上好日子……你还在庆城山吗，多希望你能回来，咱们兄弟俩一起开始创业……"

"开店的事遇到了些挫折，盛洁冲铭城的朋友借了些钱，小吃铺的门面已经租好了，只是执照迟迟没办下来，今天盛洁跟我一起给店铺的墙面搞粉刷，她用白色漆在墙上刷了'娶我吧'三个字，我当时羞极了，心里也乐极了。我本打算等小吃铺转入正轨再提这些，但是今天，我打算正式把结婚的事提上日程了……"

盛洁继续往下翻，在下一封信里竟然看到了红色的信纸，打开

来还带着阵阵香气，还是冯肖的字迹，只是字里行间都透着喜悦。

"我和盛洁明天要去办事处领证了，我们约定好了，只请几个最要好的亲朋，我想到了你，阿颂，你是我唯一的亲人，我希望你能来参加我们的婚礼，原谅哥哥吧……"

盛洁仔细地按照时间顺序看下面的内容，却发现下一封信的时间，相隔了接近两个月，按照之前的信件，三天一封的频率，盛洁猜到冯肖这段时间一定是出了事。

后面的信很少，仅剩三封，并且都是用黄色牛皮纸的普通信封装好，字迹发飘，显然不像之前的刚劲，如果不是冯肖之前写字有个习惯，在最后一笔的时候喜欢拐个弯，盛洁真的会怀疑最后的信出自别人之手。

"阿颂，我现在才明白，之前的那些美好，都是梦幻。有段时间，我真的以为，我和她能在一起，现在才知道，她永远都是盛家大小姐……"

盛洁查看了那个日期，十月十八日，正是盛洁和魏晋结婚的当天……

拆最后的两封信，盛洁的手也开始发抖，就像是等待着一种未知的判决。尽管冯肖的情况盛洁已经知道了，可对于自己和他的过往，依然充满了兴趣。

"我今天见到了魏晋，就是她的现任丈夫，他帮我安排好了去路，可我不想出国，不想去任何陌生的地方，我想见她，发疯一样，我才知道我错了，大错特错，相信了不可能有结果的感情，我受到了惩罚……现在我想我只有去庆城山找你……"

……

盛洁想到程丽娟说过，冯肖一度给冯颂写了一封很长的信，之后去了火车站，只是他昏迷了，没有走成，然后就一直处于昏迷状态，中途醒过一次，也只说过一句话，就是告诉盛洁他的真实姓名。

而眼前还有最后一封信，是在他昏迷后一个月左右写成，他都标上了日期，只是信封里是空的。胶水明显是被人撕开的，里面的内容没有了，留下一个空空的信封，让人无限遐想。

是谁把这封信拿走了？

盛洁想到了魏晋，他一直想方设法让她回铭城，如今送了她这一箱东西，却偏偏把最后一封信拿走，或者正是想用这个逼她回铭城？

呆呆地坐在沙发上，看着窗外幽静的风景，脑中空空的，只有这些信的内容在回旋。

忽而门铃响了，刺耳的声音穿透了她的思维。

是一位年轻的酒店服务生，进门礼貌地鞠了个躬："盛小姐，甄老先生在二楼的咖啡馆等您，说有话想跟您说。"

盛洁没有回答，愣愣地看着他，直到门重新被关上。一室寂静，她却感到了一股寒气。

二楼咖啡馆的格调带着一种西域风情，无论从装修还是背景音乐。包间里优雅气派，打开门来，还有微微的风铃声。

甄要武忽然要见盛洁，令她十分不解，或者他听到了昨天她和冯颂的谈话，今天才决定和她谈谈。

"丫头你对我了解应该不多，但叔叔我知道你从前是个直爽的人。"甄要武一番针对盛洁性情的评价，让她心情更加紧绷了。

"叔叔有话可以直说。"

"外界尽管有很多传闻，说你失忆了，说你和别人私奔了。可叔叔更相信，你还是以前的盛洁。"甄要武说得低沉而肯定，那种笃深的语气让她觉得他即将有重要的话讲。

盛洁没有吱声，等着他往下继续。

"冯颂的身世，没人比我更清楚，他哥哥是什么人，我也一清二楚，包括他和你从前发生过什么，一切的一切，可以这么说，我了如指掌。"甄要武的语气仿佛已经洞悉世事了。

"您了解这些做什么？"

"知己知彼，百战百胜。"

盛洁防备地看了他一眼，而后笑了，她知道这笑并不好看。

"魏钦岚从前是我的好兄弟，包括你爸爸，但是他们串通起来背叛我。当年你妈妈是个公认的美人，我们三兄弟都对她有过想法，但是魏钦岚先退出了，他喜欢你妈妈，之所以最先退出，不是因为顾及兄弟感情，也不是对自己信心不足，而是因为他的野心最大。"甄要武的眼神里闪过一丝寒意，是一种恨，"三人合伙开公司，每人的份额只有一部分，而当时公司已经逐步进入正轨，魏钦岚放弃追求你母亲，因为他一直在从中挑唆我和盛立兴的关系，想让我和你父亲在这场争夺中反目成仇，他好渔翁得利。"

"这都是您猜测的罢了。"盛洁不相信，表现得恬淡。

"后来魏钦岚的阴谋成功了，他一边让我们不断产生误会，一边想方设法将公司的股权都收拢到自己名下。当年是我先追到了你母亲，我自认花费了很多心力，因为我希望和她一路走到底。可后来魏钦岚从中捣鬼，让我误以为她和盛立兴通奸，当时我气愤极了，怎么也不肯听你母亲解释，就负气地出走了。你父亲是个倔犟耿直的人，不屑于跟别人解释，后来也离开了公司。魏钦岚从此在这间公司里一家独大。"

盛洁错愕地看着甄要武，对于他的爆料一时间竟不能接受，魏叔叔是个那么随和可爱的小老头，像个活宝一样，怎么说来也不像心机如此深重的人，何况他还救过她的命。

"魏钦岚守着这么好的底子，到头来跟我也不过是站在同一水平线上，如果当年公司就由我来接手，那现在只会更好。所以现在，趁着我还有精力的时候，我要拿回我应得的。"

盛洁咬了咬嘴唇反驳道："叔叔觉得什么是您应得的？现在您有女儿女婿，有这么大一间公司，还有什么不满意的，您和我母亲的事，再怎样也都是过去时了。"

"我要我的亲生儿子认祖归宗，要让魏钦岚得到报应……"甄要武说到这里，猛地咳了两声，像是被一腔郁愤呛到了。

盛洁只觉得和甄要武再说下去，只会越来越偏激，索性站了起来，冷漠地道了个别，转身的时候，他忽而将她叫住了："你也应该是恨魏钦岚的，当年盛魏两家联姻，最重要的撮合者不是别人，就是魏钦岚！真正害了冯肖，逼着你回头找魏晋的人，也不是别人，就是……"

"别说了！"盛洁骤然感到脑中淤血，他的每一句都像一把尖刀，锋利得让盛洁心口丝丝抽痛，冯肖的事，确实是盛洁心口的一块大石，她一直在猜测始作俑者，猜到了父母，猜到了魏晋，却始终没想到会是魏钦岚，他看起来应该丝毫不知道那段过去才对，不然何以在面对盛洁的时候，如此坦然，如此关切……

"每个人内心都有软肋，都有孜孜以求却不得的东西。你哥哥有，你也有。"甄要武始终用这种不疾不徐，却能敲透人心的语气说话，"如果你能站在甄氏这边……"

"我说了，我只是一个没用的失忆者，连自己从前的事都记不全了，凭什么谈帮这个帮那个？！"盛洁着急发慌，已经完全失措。

甄要武忽然笑了起来："我知道你失忆了，你上当了，他们要的就是你失忆，因为如果你还记得过去，你就会知道，你和魏晋从来不是法律上的夫妻，你们从来没有领过结婚证，只有一场风光的婚礼而已，说白了，他只是你的编外丈夫……"

编外丈夫……盛洁不知道甄要武为什么会用这个词，几近调侃。

盛洁只记得自己去向魏晋求婚的事，后面的故事混沌得很，难道他们之间真的只有一场婚礼？

盛洁不知道自己是怎么回的房间，心跳如万钟齐鸣，静静地坐在床上，没有一丝安定的感觉。反而心中久久不能平复。

整整坐了一个下午，终于拨通了前台的电话："麻烦帮我订张明天回铭城的机票。"

第十六章　魏钦岚的嫌疑

铭城的天气比南陵这边冷很多，一下飞机让盛洁猛地瑟缩了一把，连打了几个喷嚏。裹了件厚外套，拖着行李箱拦了一辆出租车，温暖的空气让她稍稍适应了一点。车上放着本城的新闻广播，司机转了个台，刚刚播完一首插曲，竟然开始提到盛和集团，盛洁像是有根神经被触动了，注意力瞬间都集中在一起。

"本台记者刚刚发回的报道，铭城零售业巨头盛和集团目前面临继承人危机，盛立兴的接班人盛繁日前被传并非盛立兴亲生，而是其昔日好友，嘉陵甄氏集团总裁甄要武的公子，两家公司目前正在上演更换继承人的大戏，嘉陵甄氏集团千金甄珍携其夫正积极为保住地位奔走，而盛和集团的继承人选已无疑落在了一直有失忆传闻的盛洁身上，截至发布消息之时，盛大小姐尚未露面……"

盛洁忽然感到背脊发凉，哥哥真的已经投奔了甄要武？为了一个女人，就把父母的养育之恩全部抛弃了？盛洁感到不可思议，或者真的如魏晋所说，甄要武抓住了盛繁那根最重要的软肋？

她几乎拖着行李箱就进入了盛和集团的大厅，前台的秘书冰冰一眼就看到了她，热情地迎了过来，表情里既有欣喜又有担忧："大小姐，你可回来了，这几天事情闹得很大，繁少走了，出国去接那个女人了，盛总把那女人藏起来了，让她不许露面，从前繁少像疯了一样打听她的事，可甄总将她找到了，帮繁少买了机票，让他去接那女人。我听公司里的人传言，繁少不会再回到盛家，回到这间公司了，他们一家三口，现在都视甄要武为恩人、为亲爹。"

盛洁沉默地听她说完，重重地叹了口气，直接上楼奔着总经理办公室。那里果然空荡荡的，地上散落着一些文件和各种纸张，那是盛繁的位子，如今已经没有人了。

盛洁还清晰地记得盛繁一次在医院里无奈地告诉过她，像他们这种家庭，只能选择顺从，选择和既定的人在一起，否则坚持的结果只能害了自己爱的那个人。那现在是不是他已经下定决心离开了？

忽然间背后一阵鼓掌声，盛洁诧异地回过头来，看到一堆公司里的同事，他们一脸欣喜的表情，像在夹道欢迎一个有功之臣。盛洁看到父亲从人群的最中间走了过来，竟然也跟着鼓起掌来。

她傻愣愣地站着，不知道该如何回应。

"盛洁，欢迎你回来，正好我也有件重要的事情宣布，昨天开了一个董事会，大家商议决定，从今天起，由你来接任盛和集团的总经理位置。"父亲只字未提盛洁所关心的一切，反而带着期望地拍了拍她的肩膀。

"爸，哥他……"

"今后就不能像以前那样调皮了，接任了总经理，有很多事还要从头学。"

"爸……"

"我已经跟魏晋谈过了，他会负责教你一些业务，带你上路，小杨今后做你的秘书，有什么事你尽管找他。"

父亲似乎不想让盛洁提到盛繁，一再打断她的话，她的秘书小杨带着两个工作人员已经开始收拾盛繁的办公室，盛洁扔下行李箱追上父亲，企图再和他有更深一步的交流。

"爸，外面的传言都是真的？"盛洁急切地跟上他的步伐，尽力放低声音，她怕公司里的人看笑话，尽管或许大家心里都清楚。

"是又怎么样？"父亲忽然停下脚步，带着浓浓的深意看着盛洁，"你只要按我所说的做就行了，其他的你一概不用管。"

"爸，如果只是因为一个女人，何必弄得家里四分五裂，哥哥是个讲道理的人，如果您和妈妈愿意妥协……"

"胡说！"父亲忽而变得严厉起来，让盛洁心中微微颤抖，"那个畜生认贼作父，活该！他以为甄要武是真的在帮他？那个老狐狸，他谁都信不过。你哥哥竟然觉得他会是自己的亲生父亲。"

父亲显然气得不轻，整个身子都在微微发抖："小洁，如果你也帮着盛繁，那盛家就算完了！"

盛洁依旧站在原地，看着父亲转身离开，终于她怔怔地再也没有了追上去的勇气。凭直觉，这些日子发生的事暗藏了一种让人担忧的趋势，或者一场行业战争已经开始酝酿了。盛洁忽然想到甄要武说过关于魏钦岚的那些事，不禁打了个寒战。

静静地坐在办公室里，小杨殷勤地帮盛洁冲了杯咖啡，端着文件夹等着盛洁签批："总经理，你和从前的盛总有个地方特别像。"

盛洁抬起眼皮看着他，她知道他说的是盛繁，他从前也是盛繁的秘书之一，只不过是个不起眼的小秘书。或者真是一朝天子一朝臣，他离开了，他的那批人马也换了下去，顶上的就成了眼前这个看似有些半女性化的男孩。

小杨毕业不久，是个勤恳听话的孩子，只是看起来瘦弱了些，言谈中更像个女孩，或者父亲正是有意安排了他来做盛洁的秘书："哪里像？"

"想事情的时候总爱发呆。"小杨吐了吐舌头。

盛洁忽而笑了，看了看时间，已经接近下午5点钟，今天她的目标很明确，冲着魏晋送她的那一箱信件，她也要重新弄清一些东西。

铭城东方医院应该是盛洁曾经经常来的地方，尽管有很多事被她忘记了，可那感觉还熟悉。

冯肖住的那间病房里今天已经拉上了窗帘，淡黄色显出别样的温馨，而他依然静静地躺着，就像睡着了一样。

病房里一个人也没有，而盛洁还是不敢上前，傻傻地站在离病床两步的距离，忽然间好像脑中有一块空白。

"任肖！"盛洁戴着纸叠的彩色帽子拿着油漆刷回过头来叫他。

任肖浑身绑着硕大的围裙，疑问地扭过头看盛洁，她红着脸让开了，墙上留下了三个用彩色油漆刷上的字"娶我吧"。

冯肖忽然怔住了，俊美的脸庞露出的表情极尽复杂，有欣喜，有担忧，有感动……可最终他只是站在原地。

盛洁上前两步扑到他怀里，他扭着身子怕身上的油漆沾到盛洁。而盛洁执著地抱着他，一分一毫也不愿松开，他忽然笑了，放下油漆桶抱紧她……

那天下午阳光正好，静静的店面，一切如新，一切美好。或者这是她和冯肖之间一段难得的快乐回忆……

扶住雪白的墙壁，有一刻竟然有站立不稳的征兆，回想起程丽娟说过冯肖的遭遇，不禁鼻尖一酸："对不起，我不该让你娶我……"

放下魏晋留给她的纸箱，将所有的信都放在他的床头，一封一封摆好，泪水却忍不住下落，按照顺序，拿着信件的手也开始发抖："我都看了，都看了……唯独最后一封……我找不到了，所以我等你醒来自己告诉我……"

盛洁在冯肖的病房里停留了整整两个小时，直到外面的天完全黑下来，才不舍地离开了。

风带着阵阵凉意，吹着她的头发散乱了，心里窝着的结更明显了，低头掏出手机来拨通了魏晋的电话，他的声音却忽然从背后传来。盛洁诧异地回过头，他果然站在那里，像是来了好一会儿了。

"这世上，没有真正立足的本钱，无法做自己想做的事。"魏晋倚着车门站着，紫色的外套，宽领的绒线衣，抱着胳膊，显然是在等盛洁。

"你什么时候来的？"盛洁赶忙擦干眼泪，不想让他看到任何自己尴尬的样子。

"比你来得早一些。"魏晋手里还握着一款平板电脑，纯白色的底边，盛洁听他的秘书说过，他不太喜欢总坐在办公室里。

"我不信这么巧。"盛洁一句话将他的说辞否定了。

"我帮丽娟找了一个眼科专家，把她送去治疗了，她临走前，托我照顾冯肖。"魏晋低头关上电脑开关。

"呵，通常你在筹谋什么的时候，特别喜欢把别人送走。"盛洁讽刺道。

魏晋笑了起来，打开车门，示意盛洁进去，而她却不情愿，犹豫着没有动。

"刚刚你父亲给我打电话来，说已经在公司里宣布由你来接任总经理的事，让我好好教教你。"魏晋说起这些，唇边总是带着一抹笑意。

"你一定早就料到这些，所以故意留了这么一箱东西，让我早点回来。"其实只有盛洁自己清楚，她回来的理由，除了这些信外，更重要的是甄要武跟她说了那些话，让她深刻地感觉到铭城这边将掀起一场不小的风波。

"算是吧。"

"信呢？"

"什么信？"

"冯肖给我的信。"

"不是在你手里？"

"我说的是最后一封。"

魏晋也沉默了，认真地盯着她，盛洁抬起头来回视，印象中他们很少这样互相看着对方。

"不知道。"他轻描淡写地回答。

"我不信。"

"信与不信全在你，我说的都是实话，当我找到这些东西，原本不准备让你再看见，可我看到你那么努力地想记起从前，忽然觉得，或者也该放手顺其自然。但至于你说的最后一封信，我确实没见到，不然我不会藏着掖着，那没意思。"魏晋说得坦然，让她无法不信。

轻瞥了他一眼，顺着他打开的车门上了车。

一路走过，车内都开了暖气，把冷风挡在外面，盛洁侧面看着魏晋，想起甄要武说过自己和他并非真正的夫妻关系，心中竟然很不是滋味，从前的事到底是怎样的？为什么每次在她以为所有事情都已经很明朗的时候，才发现其实另有隐情？

还有魏钦岚，他真的像甄要武说的那样，是个筹谋算计，挑拨离间的小人吗？想到这些，盛洁整个脑袋都陷入了混沌的状态，他的那些话，真的给她造成了很大的影响。

魏晋似乎对盛洁的回来没有一丝惊讶，她猜那边的训练师早已经跟他通风报信，看到他自信的表情，长睫毛的映衬，和这辆车显得很般配。和冯肖比起来，魏晋的五官没有那么精致，但论起派头和拉风的程度，他远胜冯肖。或者这就是出身不同所决定的吧。

"你帮我记起过去，又要苦心教我业务，如果我将来离开了你，你不会觉得吃亏吗？"盛洁试探地问道，想从他嘴里探得些东西。

"我们是夫妻，盛魏两家从联姻的那天开始，几乎算是一荣俱荣，一损俱损，所以我帮你，也是帮魏家。"魏晋说得理所当然。

"那如果我们不是夫妻呢？"

他果然车速陡然间放慢了一拍，脸色微变，只是很快就恢复了正常，呵呵地笑了起来："那就等那一天再说。"

"其实我们俩并不是夫妻，只有一场风光婚礼，对不对？"盛洁终于正面问他，凭着这么久的了解，魏晋并不是个虚假的人，应该不会为了隐瞒而说一些虚情假意的话，也正因为这个，盛洁才敢大胆地问。

魏晋的脸色果然渐渐由暗淡转为铁青，像被人揭露了自己的羞耻记录。

一路车速飞快，停在盛和集团的大楼前时，已经是晚上8点多，公司员工几乎全都下班了，仅有保安还在，中间的几层楼全灭了灯。他抓住盛洁的手腕走进公司大厅，扣得紧紧的，无论她怎样挣扎也没有放手。盛洁反抗，他反而用力将她整个人都拉进他的怀里，盛洁忽然觉得这动作熟悉极了，或者他从前经常用这一招来对付倔犟的她。

自从盛洁问了那句话后，他一直没有回答。进了办公室，她生气地甩开了魏晋的手，揉着生疼的手腕坐在一边的沙发上："你不愿意说，其实就是默认了。"

魏晋轻轻拿出火机来点了支烟，末了竟冷哼了一声："盛洁，咱们俩积怨这么久，你始终还是不能释怀，有很多事，不是我不说，而是根本一两句话说不清。你也知道，我不喜欢骗人。"

"一两句话说不清，那就细细地说，慢慢地说，虽然我已经失忆了，可我不想被人蒙在鼓里，尤其是你。"说到最后一句，盛洁忽然抬高了声音，像在警告他。

魏晋定定地看着她，随即用笃定的目光迎上去，对视了一会儿，她始终没有退让。魏晋缓缓地点了点头："那好，从今天开始，每天下班，我都会过来教你一些业务知识，如果你用心学，我每天都会跟你讲一段你记不得的往事，我保证全是真的，不粉饰不隐瞒。"

盛洁诧异于魏晋的执著，或者真的像他说的那样，盛魏两家的前景已经算是绑在一条船上了，如果盛家这一环松了，那无疑会影响到全局，而魏晋俨然已经站在那个高度来看这个局，凭感觉盛洁猜到他一定谋划好了一切。

公司的业务成了盛洁每日的必修课，不管家里发生了什么，公司还有很多工作，其间她拨打了很多次盛繁的电话，均无人接听。

她找到了母亲，而母亲闭门不肯见她，家里的保姆告诉她，母亲这几天总喜欢把自己关在房间里，很少吃喝，谁劝都没有用。

盛洁回到铭城的第五天，甄氏召开了新闻发布会，宣布盛繁为甄要武的亲生儿子，画面上盛繁的表情平静中带着忧郁。

盛洁面无表情地对着屏幕，整个人都呆滞了，直到魏晋过来将电视机关上。

"爸爸和妈妈很心疼哥哥，即使爸爸不是哥哥的亲生父亲，可毕竟这么多年的养育之恩，哥哥这么做……"盛洁拨弄着手里的笔，末了又揉了揉太阳穴。

"从感情上看来，盛繁认了甄要武是一件坏事，可从全局来讲，未必是坏事，你掌握了盛和集团，盛繁掌握了甄氏，今后省去很多麻烦，总比甄珍和冯颂掌权要好得多。"魏晋和盛洁并排，将腿伸到面前的茶几上。

"魏晋，你觉得自己是个好人还是坏人？"

他疑惑地盯着盛洁，似乎想从她的表情判断她问话的意思："你觉得呢？"

"坏人。"

"回答……正确。"

"那你父亲呢？你觉得他是好人吗？"

魏晋开始了解盛洁的意图，只是他无比坚定地说："别人我不敢保证，可我爸爸，是一等一的好人。"

"就是说，你认为他不会做出违背良心的事？"

"生意场上尔虞我诈，没有手段无法立足，但从人格上，他绝对是个值得尊重的人。"

盛洁听魏晋说得坚决，知道在他的心里，一直是崇敬魏钦岚的，便也没再多说，比起甄要武，她也更加信任魏钦岚，或者是脑袋里一种既定的印象。

"你一定是听到某些不利于我父亲的传言了。"

"没有。"

"你否认得越快，证明越是这样。"

盛洁将手上的工作推到一边，站起身来想要去洗漱："魏晋，有没有人告诉过你，你有时挺咄咄逼人的。"

"如果我不能快速地否定掉你的猜测，你更会胡思乱想。"他也站了起来，跟着盛洁进了卫生间。

盛洁努力挣脱他，却在卫生间的镜子前被他从后面抱住，柔柔的灯光映衬得他们俩很般配，或者正是这样，他们才成了外界羡慕的夫妻。

"甄要武还告诉你什么了？"魏晋似乎已经猜到了，故意问道。

"魏叔叔是不是曾经也喜欢过我妈妈？"盛洁和他面对着镜子，才感觉到魏晋比她高很多，看起来结实而精神。

"我说过，你妈妈年轻时是个美女，很多人追求，我爸爸喜欢她也很正常，不过后来他放弃了。而我妈妈是那种泼辣型的倔犟女人，开始认识我爸的时候，和他很不对路，妈妈说那时从没想过嫁给我爸爸，我想那时爸爸心中的理想妻子应该也不是妈妈。爸爸说，开始认识我妈的时候，觉得她太能干，太强势了，男人通常接受不了这种强势，后来所有人都离开了公司，只剩爸爸一个人撑着的时候，有一天为了装门面，从竹梯上摔了下来，因为骨折被送进医院，那段时间，妈妈里里外外帮他打理公司并照顾他的饮食起居，因为资金不够，把自己唯一的一套老房子卖了做抵押。后来爸爸自己提前出院了，看到妈妈一个人顶着寒风张罗着工人送货，冻得鼻子通红，人不够她就自己上去搬货，她一个女人看着比所有人都坚强。爸爸说，那时候才感觉到，妈妈是他一生最想娶的女人。"

渐渐地魏晋的声音逐渐变低，而很快又扬起精神："所以，你知道为什么爸爸在火灾现场救了你，而我当初却很恨你吗？因为妈妈知道爸爸为了救你，几乎拼了命，以为他对你妈妈旧情难忘，爸爸康复的那天，妈妈就离开去了国外，她很少回来，并且多次提出要离婚，爸爸很痛苦，这些年他为了证明自己，就孤零零地活着，没有接近过任何一个女人。"

盛洁忽地记起自己和魏晋办婚礼的当天，他母亲是从国外赶回来的，那女人算不得漂亮，却透着干练和知性。那天一起合影全家福的时候，他母亲忽然在盛洁耳边说："你和你母亲挺像的，怪不得老魏非得让你做魏家的儿媳，这不知道算是好事还是坏事。"

当时盛洁懵懂地竟没有理解其中含义，现在才恍然有所悟。

盛洁和魏晋聊了很久，末了困倦得睁不开眼时，他却小心地问道："如果冯肖醒来了，你打算怎么办？"

盛洁没有回答，这个答案翻来覆去无数遍了，可结果却越来越无法开口，心思越来越杂乱。

第十七章　有关失忆

之后的一段时间，盛洁一边托人暗地里打听她和魏晋为何没有办理结婚登记的事，一边调查当初冯肖被人迫害的线索。

而铺天盖地的新闻却不停地报道甄氏内讧的消息，盛洁多次看到盛繁出现在各种报纸杂志的版面上，她不知道他是不是真的得到了自己想要的。

又过了接近一周的时间，甄氏的股东大会正式宣布了日期，各种媒体的宣传标题却越来越表现出不同。

"甄氏接班人甄繁连续几日隐匿"，"'甄家大少'携妻私逃"，"甄要武亲自回铭主持工作"……

当甄要武又一次找到盛洁的时候，她意识到盛繁可能真的不见了。

盛繁是个说到做到的人，但凡许了别人的事，都会一一照办，哪怕定了魔鬼条约，可这次眼看到了股东大会，他却消失了。而甄珍和冯颂双双出镜的场景频频曝光，各种报道混杂。

盛洁听到电话里甄要武的声音一如既往的虚弱，只是句句话似乎都能洞穿人心："丫头现在是盛和的总经理了，不得了啊，说实话我之前特别佩服盛立兴，敢于把这个重担交给你，可现在我感觉到，你这丫头比阿繁那小子靠得住，因为你的心里有各种复杂的感情，有责任有仇恨有顾忌，而他的眼里现在只有那个女人和孩子。"

"他不会走的！"盛洁忍不住说道，"盛繁是个守信用的人，他既然说了帮您，就会帮到底。"

"后天一早就是股东大会，他已经失踪三天了，如果他不出现，之后的路可就没有我铺好的这么平坦了……"甄要武千算万算没料到盛繁会突然间失踪，言语中虽然极尽沉着，却还是能感到他内心的慌张。

甄要武一再向盛洁许诺盛甄两家会和睦相处，她已经明白了他的意思。甄要武已经和自己的女儿翻脸了，盛繁原本是他精心策划的继承人选，如今他消失了，可依靠的人就变得少之又少。

盛繁一家三口的失踪似乎让所有人都纠结起来，母亲原本愁容满面，如今已经完全不再言语，父亲每天对盛繁的事只字不提，只是埋头工作。盛和集团和魏氏在表面看来一切还算平静，只是没料到，在甄要武跟盛洁通完电话的第二天，她竟然接到了甄氏发来的讣告，他已经于头天夜里去世了。

盛洁惊得说不出话来，按照这个死亡时间，甄要武去世就是在和盛洁通话后不到一小时而已……

魏晋来接盛洁下班的时候，盛洁整个人无精打采的，坐在车里昏昏欲睡。盛洁是个心思重的女人，尤其在知道自己身边发生了这么多事之后，每天心里都沉甸甸的。

"接你去尝尝筠泉路的烧龙虾，味道真不是盖的，之前跟几个朋友吃得那叫痛快，今天我请你。"魏晋一边开车一边劝慰她，也许是相处久了，盛洁并没有开始这么排斥这个丈夫了，虽然心里还有一根刺，可跟他在一起的时候，也算舒坦。

自从盛洁回到铭城之后，再也没有和他有过那种关系，有两次迫不得已睡在一起，也只是同床而眠，仅此而已。前天他抱着盛洁，已经明显感到有硬硬的东西杵着，盛洁装傻扯开别的话题。后来无意中在卫生间看到他自己为自己解决，盛洁知道他憋坏了，可他没再提过那种要求。

压抑了这么久，盛洁始终没有胃口，今天他主动提出，多多少少也勾起了她的饿意。

汽车走街串巷，逐渐进了人流量较少的街道，盛洁慵懒地顺着窗外看去，一排排的树木渐渐远去。包里的手机忽然唱起歌来，盛洁掏出来看到屏幕上显示着陌生号码，犹豫了片刻，最终还是没有接听。

"怎么了？"魏晋疑惑地问道。

"没什么，号码不熟。"

他点点头，正要继续他的龙虾话题，盛洁的手机又一次响起，还是同样的号码。他停止了讲述："接吧，没准是熟人呢。"

盛洁轻轻地按下接听键，电话里很安静，喂了好半天，那边传来了一个熟悉的男音，似乎是在小心翼翼地试探："小洁。"

盛洁浑身的细胞在一瞬间膨胀了，是盛繁的声音，传言他失踪了好多天，怎么也联系不上，现在却忽然打来电话，竟还是个陌生号码，凭直觉，这当中一定是有问题的。

"哥！你在哪儿呢？现在大家都在找你，爸爸妈妈都很担心你，甄叔叔昨天去世了，用不了多久，甄家就会闹得天翻地覆……"盛洁正准备将一肚子的话都倒出来时，他忽然用沉沉的声音打断了她的言语。

"小洁……听我说，轩轩不见了……好几天了，有人打电话来，让我离开甄氏，否则让我再也见不到轩轩。我照他们的话做了，可这几天再也没接到他们的电话，没再听到轩轩的声音。他们不让报警，我和雪盈快疯了，又不敢告诉别人，只有你……"盛繁的声音毫无底气且带着前所未有的慌乱。

"你们在哪儿？"盛洁慌忙询问，神经紧绷到底。

"城郊的鱼子凹，这几天我用尽一切办法去找孩子，每天守着电话等……"

"你应该早告诉我！"他们的谈话让魏晋听出了端倪，放慢了车速靠边停住。

"你们别露面，那些歹徒很狡猾，是有预谋的，24小时有人盯着，如果被他们发现我联系了你，说不定会对轩轩……"盛繁的声音沙哑而无奈。

"可是……"

"小洁，这件事会是谁做的，其实很容易猜到，不希望我出现在甄氏的人，还会有谁呢……"盛洁只觉得指尖冰凉，这个答案她不敢猜测。

车一直在行进当中，魏晋听出了端倪，立即改变了方向，顺着弯弯绕绕的马路直奔向鱼子凹。

放下电话后，盛洁赶忙拦住魏晋。他却没有要停下的意思。

"我哥怕轩轩受到伤害，我们不能暴露行迹，万一……"盛洁慌乱地制止他的行为。

"谁说我要直接开进鱼子凹？"魏晋反问了一句堵住了盛洁的疑惑，而后猛然加速，马力比刚才快上许多。

"这一定是甄珍做的。"盛洁自言自语，握成拳头攥着所有手指。

"如果是甄珍和冯颂，他们的目的会很明确，就是阻止盛繁成为甄氏的接班人，所以我们现在要做的，是把盛繁带回甄氏。"魏晋说得郑重，却让盛洁心惊肉跳。

"你傻了？如果我哥去了甄氏，轩轩很可能就有危险！"她攥着手机强调道。

"如果按照这种算法，轩轩失踪已经好几天了，正宗的绑匪是不会拖着一个孩子这么久的。"

盛洁简直受不住魏晋的乌鸦嘴，从前轩轩好歹和他经常会打打闹闹，如今孩子失踪了，他竟然无比镇定。盛洁恼得不肯理他。

车速逐渐加快，在乡镇的道路上前进，他走的路较为偏僻，天色渐渐加深，初冬的天气，过了6点整个天就完全黑下来。到了鱼子

凹附近，魏晋找了一间地下停车场放下车，带着盛洁一路步行朝村子走去。

"到了！"魏晋喊了一句。

鱼子凹虽然靠近市区，经济却不甚发达，尤其到了夜晚几乎连路灯也没有，一排平房透着昏黄的灯光。听说这里多数是附近工程的民工聚集地。

盛洁见他熟门熟路，倒不像第一次前来，不禁心中一横，跟着他朝前走。

"你能确定我哥在哪一间？"盛洁东张西望想要在接近三十间同样构造的民房里找出关心的地方。

而魏晋已经不慌不忙地走到顶头的一户，和当中的一个中年男人说了些什么，又递了烟，那男人拉响了工地上的铃铛，所有人都穿着工服出门来，屋子里的灯都熄了，唯独西头较为偏僻的一户。

盛洁愣住了，他用胳膊碰了碰她示意道："现在是不是很明显了？"

"……"

"可不能贸然进去。"

盛洁不得不承认魏晋是个聪明的男人，不禁担忧："你怎么能确定？"

"你可以进去看看。"魏晋怂恿盛洁过去。

考虑到盛繁夫妻的情况，盛洁最终还是没有迈开这一步，而是回头问道："你打算怎么办？"

魏晋没有回答她的问题，反而蹙着眉头开启了另一个话题："甄珍和冯颂是恨极了我们俩，这几天他们一直在筹谋掌握甄氏，你和盛繁猜的应该没错，轩轩的情况，我能猜到一些。"

"我们要帮盛繁和路雪盈找到轩轩。"盛洁看着魏晋，眼神复杂而沉重，如今她越发觉得周围的人中，能靠得住的竟然只余魏晋而已。

盛洁被自己的想法吓了一跳，或者这种长期的盟友关系，让她对他产生了一种依赖感，可怕得连她自己也不敢相信。

"甄珍那边安排得应该已经差不多了，如果轩轩的事是她搞出来的，那我想我已经知道该怎么处理了。"魏晋说得信心满满。

可盛洁心里却不是滋味，甄珍毕竟喜欢过魏晋，即便到现在，也不能说完全断绝了感情，他说的处理方法，让她不自觉地往歪处想。心里莫名有一丝醋意。

"明天的情况怎么样，全在于盛繁会不会出现，他也许顾忌孩子的安危不敢露面，但机会一旦错过，甄珍和冯颂现在可不是吃素的。"魏晋分析道，目光一直盯着那间有亮光的小屋，"明天早晨9点之前，你要想办法让盛繁出现在甄氏，至于孩子的事，你相信我。"

"你别傻了，轩轩的事，连我哥都没有线索，怎么可能你丝毫不做调查就知道下落？"盛洁压低声音质问道，甚至对他的意图开始迷惑。

"你悄悄地进去见见盛繁夫妻，我去找孩子，明天中午的时候，或许我们能碰面。"

盛洁开始慌了，鱼子凹的地形她并不熟，从前几乎没有来过，已经晚上接近10点钟，郊区的位置偏僻，到处黑洞洞的，这里亮光的地方也不多，而魏晋几乎已经坐上车去跟她告别。

如果是平时，盛洁一定很害怕，可如今魏晋将说服盛繁夫妻的任务交给她，即使没底，可始终不敢退缩。

盛洁硬着头皮悄悄进了西头的那间有亮光的屋子，里面竟然是一间相当于工地的后勤保障房，有医药箱，有洗衣机和炉灶，还有两张单人床，均是临时搭建的，一个中年妇女坐在床上，旁边还有一个眼睛上蒙了纱布的女孩，一眼便看出那是程丽娟。

盛洁睁大眼睛一句话也说不出，对眼前的景物和人完全不能接受："这……你……"

"是盛小姐吧。"程丽娟笑着询问道，尽管盛洁知道她现在还

看不到，可听觉却灵敏得很。

"你怎么在这儿？"

"做完手术这段时间属于恢复期，在家也无聊，我一个表哥在这边的工地，表嫂也在这帮忙，我过来陪两天，也算叙叙旧。"

盛洁瞬间终于明白自己受骗了，盛繁夫妻根本不在这里，魏晋早就知道，他故意把她带到这里，让程丽娟陪着她，而自己一定是回了城里去处理明天的事了。

盛洁连忙拨打刚才盛繁打来的号码，已经一片忙音。拨打魏晋的号码，也同样无人接听。

"浑蛋！"盛洁怒骂道，转身气冲冲地追到院子里，可魏晋的车已经开走了，工地上只有吊车和推土机，如果想要回到市区，必须等明天早晨7点钟的班车。

程丽娟拄着盲杖从屋里出来，站在离盛洁几步远的距离，听着她的叫喊，竟然笑了起来："怪不得今天他问我在哪儿，原来是想让你暂时避在这里。"

"骗子！他到底想干什么！"盛洁没有回头，还是远望着魏晋车开走的地方，浑身气愤如火烧，猛踢了一脚堆放成叠的木头。

盛洁的举动反而惹来了程丽娟的笑："这里是赵楼镇，应该不是你想来的鱼子凹。魏晋特地把你带到我这里，一定是明天铭城那边有状况。"

盛洁气得五脏六腑都烧得滚烫，脸色阴沉地站着，拧着眉头看着魏晋车开走的方向。

"魏晋这个人做事有分寸，既然不想让你参与，那你不如就在这里休息一晚，也许明早醒来，一切都解决了。"程丽娟的手劲刚好，让盛洁既没办法挣脱，又不会觉得太痛。

她不能想象为什么很多人都替魏晋说话，嘴角一撇："我一直以为，你爱的人是冯肖，怎么会这样听魏晋的话？他让你做什么你就做什么？"

　　程丽娟总算松开了盛洁的手腕，静静地站在一边："知道我的眼睛是怎么弄成现在的样子？"

　　盛洁一心全系在盛繁和轩轩身上，哪有闲情逸致听她的故事，尽管这些若在平时她一定会有兴趣。

　　"或者这么说，你知道自己是怎么失忆的？"程丽娟这句话直接刺激了盛洁敏感的神经，她转过身来打量着眼前的女人，半晌没有说一句话。

　　"曾经我特别恨你，我和冯肖一起出来打工不易，虽然他从没说过喜欢我，可在家乡，几乎所有人都默认他和我是一对。来到铭城的最初，我们都很穷，可不管怎么样，我们都努力在这里生存着。冯颂算是我们村里唯一一个大学生，一直都是冯肖供着他，吃苦受累的，真的很不容易，尤其有一次冯肖去了建州冯颂的学校，回来之后心情很不好，我猜冯颂在那边出了什么事。没过几天，冯肖告诉我说，想换一种赚钱的方式，因为弟弟需要钱。第二天，我就听说他去了华洋做了陪酒。"程丽娟的神情极是无奈，像在追忆一段过往的辛酸，"后来的事你应该知道了一些，你硬是利用他这根软肋，把他逼得对你俯首帖耳。不知道你还记不记得你来威胁我的事，当时我恨极了你，可我知道你把他控制得死死的，我怕冯肖栽在你手里，在犹豫要不要离开铭城的时候，魏晋找到了我。"

　　盛洁若有所思地看着她，见她略微停顿，随即问道："这和我失忆有什么关系呢？"

　　程丽娟微微笑了笑："魏晋帮我安排好了去处，就在清逸别墅那边，派人每天照顾我，好吃好喝地供着，那段时间我突然不知所措，逐渐才明白，魏晋是因为你的缘故，才找到我，说白了他是想利用我，只是他在无形中也对我实施了保护，所以我在某个层面上，也算感激他。冯肖出事的时候，你回到了魏晋身边，或者他有愧疚，或者是他良心未泯，总之魏晋安排了冯肖的治疗，并负担了所有费用，而我自然也回到了冯肖身边。"

"冯肖出了那件事之后一直不肯说话，整个人颓废得很，我当时认定了幕后主使非魏晋莫属，疯了一样去找他，当时你们的婚礼刚刚举办过，去了国外度蜜月，魏家和盛家都大门紧闭，我谁也找不到。就在南湖广场上用白布黑笔写了冯肖的遭遇，铺开来让所有人看，我想让所有人都来评判这件事，让别人都知道所谓的大家族干的事有多肮脏无耻！"

盛洁紧蹙眉头，认真地看着她，她承认程丽娟说的这些直接吸引了她，让她迫切地想了解下面发生的一切。

"不到两个小时的工夫，各路娱记纷纷围观拍照，更有甚者要采访我。后来警察赶来了，将我强制带走了。当时我也害怕了，因为冯肖还躺在病床上，除了我，没有人照顾他。我在看守所里待了一天一夜，直到听说有人来保我出去，我看到是个不认识的女士，她说是魏晋的秘书。那时候不断有新闻传来，说你和魏晋起了冲突，甚至还动了手，已经被圈里公认是貌合神离。"程丽娟紧了紧衣领，眼角细纹微显，可整个人却显得沉静很多，比当初印象里的那个人成熟了不少。

盛洁猜她说的那个时候，应该就是家暴传言沸沸扬扬的时期，原来那时，她和魏晋在度蜜月。"后来呢？"

"我没放弃，后来我找到了你，破口大骂你的负心和无耻，骂你明知道不可能的结局，一开始还要和他在一起……"

盛洁忽然好像记起了曾经的那段往事，身体里的每一个细胞似乎在一瞬间猛地翻新了一把。或者她那时候确实是天真又自私，有盛繁的前车之鉴，竟然还用这么拙劣的方式抗争。

盛洁想到了那天程丽娟找到她的情景，两个激动的女人，在南沙江大桥上，迎着冷风大声地对吼，那天她终于被滚滚而来的情绪弄得痛哭不止。

车就停在身边不远的地方，发动机还没有熄火，音响里播放着沉缓而忧郁的歌曲。那天盛洁终于甩开程丽娟哭着上车，她死命地拍打车窗，盛洁狠了狠心锁紧了车门，就在她踩上一脚油门的时候，程丽娟已经拦在车头前面，巨大的冲击力直接将她带倒，在后视镜里接连翻滚了几圈，躺在冰冷的桥面上。

盛洁当时吓坏了，连忙下车来想扶起程丽娟……

盛洁忽然间发现，记起曾经的事已经不再头痛，不再有恍惚和空白，而是开始自然而然的，完全像是正常人一样。这个认知让她心慌了一阵，脸色煞白地站着，眼神定格在一处。

她记得那时程丽娟被送进医院了，尽管受了伤，可她猜测那并不算严重，应该是外伤居多，盛洁在医院里看她的时候，她虚弱地拉着盛洁，请她照顾冯肖，那时候内心的酸楚滴滴渗透到心中，盛洁何尝不想随心所欲，可事实已经将她逼到了这个地步，关于冯肖，永远成为她任性妄为付出的代价。

"那回在医院的时候，医生说你只是外伤，有轻微的脑震荡。"盛洁提出疑义，企图看清楚她的心思。

"之后没过多久，也许是情绪不好，也许是那次撞击，医生说我的视力先天就存在问题，经过这一次视神经开始萎缩，从看东西模糊到只能白天看到东西，再到完全失明，起初我简直觉得人生彻底毁灭了。其实我知道我的眼睛已经难以治愈了，可魏晋一直都不放弃，到处帮我求医，他始终都想治好我，也想让冯肖好起来。他一直说自己是忌恨冯肖，希望我们都好起来之后，把我们送得远远的，永远离开你们的生活。可我知道，他是怕你伤心。"

"魏晋做了很多让我伤心的事，如果他不想，冯肖就不会变成这样。"在盛洁记忆里，魏晋的印象始终都是反面的，和他的相处心平气和的日子不多，连那段时间的蜜月旅行都充满了剑拔弩张。

脑海里甚至闪过了几个和魏晋大打出手的场景，盛洁强硬地瞪着他，那时候他们真的是如同仇敌："我会让所有人都知道，你魏大少爷其实什么也没得到……"

"我得到了你。"魏晋丝毫没有被盛洁的话打击到，反而清晰

地强调道。

盛洁心里竟一直回荡着这句话，她曾经那样鄙视魏晋，憎恨他，厌恶他，却不得不向他妥协，在漫长的相处过程中，那种恨竟然渐渐麻木了。

"我开始也一直认为魏晋的嫌疑最大，其实这件事，正常人想来，不是你的父母，就是他最可疑。因为得益的人就那么几个。冯肖决定去找冯颂的时候，在火车站就昏了过去，辗转从省立医院进了东方医院，或者那个时候，你得到了消息，那几日你连夜在医院里陪护，有一天晚上，我在走廊上听到你和魏晋的争吵声，后来你恼怒地说要和冯肖一起在医院里当疯子，我看不到东西，不能分辨其中的情形，后来声音停止了，那之后的第二天，我听说你失踪了，尽管魏晋一直把消息封得很死，可我还是听到了。那天也是在医院，魏老爷子居然来了，我就在走廊的卫生间里，卫生间离拐角的楼梯很近，那里极少有人。"程丽娟眉头紧蹙，摸索着往前走了两步，而盛洁始终站在原地，"魏晋一直在质问他，语气强烈，甚至充满愤怒。"

据盛洁所知，魏晋和魏钦岚父子的感情一向和谐，孝顺儿子通常是熟悉他们父子的人对他们的评价，很少听说他们争吵，这让她觉得不可思议，可程丽娟现在的情形，应该不像在骗人。

"魏老爷子感慨说自己其实做过很多亏心事，从年轻的时候就做过，他打拼到今天，能混起来靠的不只是才能，还有很重要的一点，是手段。魏晋的母亲前些年就离开了他到国外常住，后来他自己又下肢瘫痪，他说他能寄托的只有这个儿子。魏老爷子身体不太好，早年打拼太过，落下一身病，那晚我听到他说，他这辈子活到现在，只剩下两个愿望，一个是老婆能回来看看他，二是儿子能幸福。他说魏夫人对他芥蒂很深，回来的理由也只有儿子结婚或者是他自己死去，而魏晋能幸福的理由，无非是娶到喜欢的女人……"

盛洁整个人石化一般站在工地的广场上，心中百感交集，冷冷的感觉被一种莫名的情绪代替。魏钦岚那幽默和蔼的神情又浮现在脑海里，盛洁是不是该相信程丽娟的话，相信自己的直觉呢？

和程丽娟整整聊了一夜，外面冷风夹杂了枯黄的树叶，铺了一地，金灿灿的，直到天色见白，房间里栗色的石英钟指向7点的位置，疲惫的盛洁终于意识到回铭城的班车已经开通了。

她慌忙收拾了东西，程丽娟却从容地站了起来。一夜过去，现在看到她竟然坦然了很多，心里始终是有愧疚："我要谢谢你，曾经的我做过很多错事，尤其是对于你，对于冯肖……我会尽我所能去补救……"

"你想过如果有一天，冯肖醒来了，会是怎样？"

程丽娟的问题盛洁终究没有回答，那个答案似乎不管怎样都是错的。

盛洁抱着一袋热豆浆和饭团上了长途汽车，掏出手机来，一夜平静，竟然没有一个人联系她，她不知道魏晋这次要用什么方式，却前所未有的放心，或许这一夜，让她改变了心境。

拿出手机来摆弄，登录了微博，一夜过去，竟有二百余条更新，盛洁拉到最顶，出现了盛繁的照片，原本的困意全部烟消云散。

"甄氏新董事长人选确定，长子甄繁横空出现逆转败局。"

盛洁猛地有种说不出的激动，图片的旁边观众席上，竟然有雪盈和轩轩的影子，时间刚好是早晨8点钟，一时间心情大好，尽管心中臭骂魏晋一夜，可此刻仍然充满感激，盛洁确定他这一夜没能闲着。

盛洁连忙拨通了魏晋的电话，只是一直无人接听，盛洁编辑了一条短信想发给他，只打到一半的时候，微博的更新自动在上方的任务栏里跳了出来，临时打开来看才发现，短短的几分钟竟然有如此大的波澜。

"甄氏新接班人甄繁当即宣布让贤，甄珍夫妻爆冷成家族最大股东"……

第十八章　再遇刘志新

一路堵车严重，到达铭城市区的时候，已经接近中午，甄氏的高层已经去了酒店摆庆功宴，魏晋的电话也打不通，盛洁颓然地坐在盛和集团一楼的大厅里，前台的冰冰看到她失魂落魄的样子，连忙帮盛洁倒了水来。

拖着疲惫的身子进了办公室，整个人都陷进宽大的转椅里，傻愣愣地对着高大的落地窗看了很久，忽然手机振动起来，在安静的环境里刺激了盛洁的神经，她看到屏幕上显示着盛繁的号码，连忙滑动屏幕接听。

"小洁！"他的声音相较于昨晚，显得轻松了不少。

"哥！我刚才看了新闻，你怎么……"盛洁有一肚子话想询问他。

"什么都别问了，这次真的要谢谢魏晋，他帮了我们全家很多……"

"哥……"盛洁听到电话里很安静，判断他可能在走廊一类的地方。

"小洁，其实哥是个没什么野心，没什么大作为的人，就想和雪盈和轩轩在一起，这些就够了，我从小的志向也不是经商，后来一步步被爸妈逼得不得不担当大任，可我一直都不是经商的材料，后来我和雪盈被迫分开了，那些日子，我几乎觉得生活已经失去意义了，不管我是姓甄还是姓盛，这浑水我没有想要介入的意思，甄家的产业是甄珍的，盛家的产业，也由你来继承最为合适，我只想和妻儿一起开间小画廊，或者办个美术班，做自己想做的事。"

至此盛洁不再有一句劝阻的言语，一直觉得盛繁的文艺气质更深厚些，可没想到他内心竟是这样的。盛洁确信魏晋现在一定恼恨异常，因为他苦心帮助盛繁成为甄氏第一大股东，到头来却成了为他人做嫁衣裳。一时间她竟特别想看到他那张又气恼又无奈的神情，不禁差点笑出来。

"哥，昨晚给你打电话的时候，明明还这么危险，你说轩轩被人绑架了，我担心了一夜……"

盛繁忽然失笑，声音低沉道："小洁，从前你和魏晋结婚的时候，说实话，我不喜欢这个妹夫，总觉得他这个人油腔滑调，纨绔习气更重，可如今看来，他是个值得信任的人。"

盛洁静静地听着电话，二十几层的高楼，下面的景色尽收眼底，盛繁的话却让人心中为之一震。尽管盛洁不喜欢魏晋的行事作风，不喜欢他事事扛在自己肩上，可这种结果她却是认同了。

盛繁的话语中夹杂了很多复杂的东西，有欣喜，有感慨，有释然，或许这是在终于得到自己想要的东西，卸去身上长久以来的包袱之后的情绪，一时间盛洁竟羡慕得很。

魏晋的电话一直打不通，盛洁吃过午饭后，就离开了公司，开着车沿着街道漫无目的地行驶，看着两边的风景，吹吹冷风。

一直到了傍晚，她感觉身体微微地疲倦，拐过两条小巷，在街头的一家小吃铺门前停了下来，这块地方盛洁是极熟悉的，驻了车放下了车窗，小铺里顾客络绎不绝，这里曾经是冯肖准备租下来创业的地方，那时的门头挂得很有特色，叫做"肖洁小吃铺"，她还以为那会是她人生重新开始的起点，没想到开铺子的计划最终不了了之了，盛洁和冯肖一直也没能走到一起。

盛洁下了车进了店铺，见到里面生意兴旺，几乎连坐的地方也没有，老板见她东张西望的，忙擦了擦角落的一张桌子招呼道："小姐，到这边来坐吧。"

　　盛洁点点头坐了过去，旁边是一个身着黑色尼龙风衣的男人，墨镜还挂在身上，身边摆了一份排骨馄饨，白色热气腾腾的瓷碗，干净整洁的店面，小有特色的吃食，看起来让人胃口大开。

　　她坐定了才看清这男人竟然是魏晋，他同时也看见了盛洁，突然间惊讶、诧异，或者还有一点庆幸，都涌到心头，毕竟她今天确实是在找他。

　　"怎么会到这来？"五分钟后，他面前空空一片，盛洁面前却放了一碗乌鸡汤馄饨。盛洁从来没想过和魏晋一起来这种地方吃饭，加上心中有一肚子话想问他，竟迟迟没能拿起勺子。

　　"这间铺子挺有特色的，格调让人喜欢，虽然还是太小了，我问过老板，他说装修是他的上家就弄好的，里面的陈设基本也都是前一个店主准备的，那个店主很用心，说是和老婆开始创业的店面。"魏晋认真地看着盛洁，她确信他知道这间铺子的来历。

　　"是很用心，几乎是全部心血，可惜还没开张就夭折了，两人也被恶人蓄意拆散了。"盛洁暗有所指，死死地盯着他。

　　他忽而笑了起来，示意她快吃馄饨。而盛洁心里却说不出的滋味，拿起勺子猛吃了两口，味道不错，汤汁很快溢了出来，流了一嘴角，他赶忙递来一张纸。

　　"昨天丽娟是不是跟你聊了很多？"

　　"你的目的达到了，她的确跟我聊了一整晚，你可真会借着别人的嘴说出自己想说的话。"盛洁的眼神想洞穿眼前的男人，"不过你筹谋这么久，最后也落空了，我哥是个没野心的人，这回他根本没想争董事长的位子。"

　　"是啊，我从昨晚到现在，几乎一口东西没吃，眼也没合，以为这次不会有错了，谁知道盛繁关键时刻掉链子，他以为他退出，甄珍和冯颂就会放过他们一家？接下来的问题只会更多罢了，甄珍是个大胆又不计后果的女孩，冯颂对咱们一向成见颇深，这样的对手，难道不值得人担忧吗？"魏晋掏出烟盒叼起其中一根，被盛洁一把夺下来。

"别咱们咱们的，冯颂是怎么样的人，我心里清楚，即使他一时被仇恨蒙蔽了眼睛，可本性不坏，何况，冯肖的事，你们魏家要负主要责任。"她终归没敢大声，在这种市井场合，不想让外人看了笑话。

这样的心思让她自己也吃了一惊，下意识地把魏晋归为了自家人的行列。

两人均熬了一夜，此刻吃了东西更觉得困意横生，在车里便昏昏沉沉地睡着了。到了下午竟开始飘起了雪花。盛洁睁开眼睛的时候，挡风屏已经被雪花覆盖了，抓了抓睡得乱蓬蓬的头发，看到魏晋还睡得正沉，忽觉车厢里暖融融的，揉了揉鼻子，轻轻开了点车窗，顿时有大片的雪花吹了进来，大约是冷风的关系，魏晋皱了皱眉头，慢慢睁开了眼睛。

车上已经显示5点钟了，窝在这样的位置始终睡不舒服，隔着街道，还能看到中午吃饭的那家小铺面，盛洁只是出神地看着，不发一言。

"这铺子我已经买下了，下个月开始改为洗车店。"魏晋冷不丁冒出一句。

盛洁转头惊讶又愤恨地看着他，他忙笑了出来："看你吓的，一点幽默细胞都没有，你以为我真的无聊到会买这种店面？开玩笑而已。"

"你！"盛洁气得七窍生烟，又找不到措辞来骂他。

魏晋笑得直摇头，发动了车带着盛洁开出了小巷，一路上她都用沉默来对付他。

"盛洁，说实话我挺佩服你的，华洋的那个娘娘腔，在这几天总在找你，我听前台的冰冰说，他来打听过你好几次，有一次还被我撞了个正着。"

盛洁想到魏晋说的很可能就是何嘉，按说她的行动算作很隐

蔽，而且从何嘉那边得来的消息已经算全面，答应过他的好处也都兑现了，他还来做什么？

"你怎么对他了？"盛洁故作不知情，佯作无辜。

"我什么都没说，只往他身边一站，吓得他走得比耗子还快。"魏晋语气中根本没把何嘉放在眼里，"不过你这种女人，眼光向来不怎么样，当年不管是你父母，你朋友，所有人都力挺你和我在一起，你那时不怎么答理我，还告诉我你喜欢别人，我还以为你喜欢的那个人，怎么说也必须和我条件相当，没想到就是冯肖那种人，你失忆以后，竟然又喜欢上了冯颂，现在连何嘉这种男不男女不女的都频频来找你，真让人怀疑你的审美是不是天生就有问题。"

"他们各有各的好，别以为你条件多好似的，其实你很多方面完全不如他们。"盛洁决定刺激魏晋到底。

他深吸了一口气，眼神凌厉地瞥了盛洁，作势要圈住她，凑过来低声说："哦？不过有一方面我自信我比他们要强。"

盛洁戒备地看着他，挥开他的胳膊，却在半空中被他捉住了手。

"你想干吗？"

"我们之间好像还没尝试过在车里……"

盛洁吓得连忙要躲，被他顺势抱住，车内空间小，盛洁几乎没有舒展身子的余地，挣脱不开："魏晋，你别乱来。"

"如果被人发现我们在车里，被爆料出去，也只能说咱们俩夫妻恩爱，所以有什么可怕的？"魏晋整个人贴了过来，盛洁躲闪不及，被他抱了个满怀，还没来及开口，他却继续说道，"要不我们可以另外做一笔交易，下一步，我们可以联手，盛魏两家合作，让甄氏消失。"

盛洁很早就猜到魏晋有此意图，他打的算盘从来都带有攻击性："我觉得你比魏叔叔更会谋算，他的步步为营把你妈妈气走了，把自己弄得一身病，然后又教会了你，使你比他更胜一筹，将来你算计多了，不知道会得到什么恶果。"

"我父母都是要强的人，我妈说，我出人头地的一天，就是她回来和我们父子团聚的一天，所以我从来不敢疏忽。昨天我尽最大努力把轩轩救了回来，为的就是盛繁出任甄氏总裁，他却愚蠢地放弃了，唾手可得的机会，他就这么浪费了。"魏晋对于盛繁的举动到底是恼恨，黑眸闪耀着失望的神情，轻轻换了个姿势，将情绪掩饰过去。

盛洁竟然发现自己现在对他的脾气了然于胸，这种了解源于内心一种体会，一时间说不出的感觉涌上心头。魏晋向来是个能沉住气的人，现在却想将计划加快速度，看来他也明白，魏叔叔的身体状况，或者等不了他太久。

舒软的床上睡了一整夜，盛洁和魏晋分在两头，像是一对年久的夫妻，只顾倒头睡觉，没有任何激情缠绵，各怀心事。虽然盛洁累得昏昏沉沉，但她清晰地记得，昨天他要和她做的那笔交易。

躺在床上，谁都没有要起来的意思，像他们这种夫妻关系，或者是别人所不能理解的。

"冯颂在我最需要帮助的时候救了我，他给过我最简单的生活，是个好人，他只是因为冯肖变成这样才被仇恨冲昏了头，和甄珍一样。"盛洁终于没有答应他提的条件。

魏晋就躺在身边，胸膛上下起伏，匀称健硕的身材似乎有一种勾人的气魄，他什么也没说，其实他应当清楚，盛洁不会答应。

从失忆到现在，盛洁的生活似乎才刚刚步入正轨，父亲开始对她的要求越来越高，每天的晨会要求她来主持，他从旁督导，手把手地教她业务，指导她谈生意的秘诀，带她出席的场合也越来越多。盛繁的离开给了他很大的打击，他把希望似乎全盘寄托在盛洁身上。

"小洁，爸爸是个严谨苛刻的人，不利于公司发展的事，我不希望出现，尤其你的事。你现在已经接任了总经理，要时刻知道自

己的身份。其实魏晋就是个很好的典型，他接手了魏氏以后，你魏叔叔几乎没有再过问，生意反而越来越好，他是脑筋清明的人，依爸爸看前途无量，当年把你嫁给他，也是我和你妈妈经过深思熟虑以后决定的，是明智的。当中你们经历了这么多事，有段时间，爸爸真的以为你们俩已经相爱了，你却遭逢这种变故，现在总算稳定了，其他的人和事，就忘了吧。"父亲开完晨会在盛洁的办公室里语重心长地教导，一时间让她无言以对，他似乎怕她对从前的事还不能释怀。

"爸，我虽然之前失忆了，但我自己的事，我会有分寸的。"盛洁给了他一句模棱两可的回答，温和地笑了笑。

父亲似乎并不满意，重重地点点头又道："其实爸爸打听过冯肖的病情，医生说，重新苏醒的可能性不是很大，当年他遭到歹徒袭击，如果不是我们出钱医治他，连今天他也活不到，你对他其实已经仁至义尽，别再为了一个植物人再伤害自己身边的人了，魏晋已经等了你很久了。"

盛洁终于按捺不住，从转椅上站了起来，抑制不住激动："爸，冯肖不是遭所谓歹徒谋害，他只是一个普通老百姓，他会得罪谁呢？据我了解，魏叔叔他……"

"好了！"父亲生硬地打断了盛洁的话，"你听来的那些传言，都是有预谋的人说给你听的，是希望盛和和魏氏翻脸的人说出来挑拨离间的，你已经是这么大的人了，这点分辨能力还是应该有的，随随便便谁说出的话，都是可信的吗？别傻了！"

未等盛洁再开口，父亲已经转身出了门，"嘭"的一声关紧了门，她终于明白，自己根本无法忤逆他的意思，他完全不容得女儿辩解，这和之前的记忆一样，和哥哥也一样，一直都怕父亲。盛洁忽然想起昨晚魏晋向她提议关于联合排挤甄氏的事情，似乎隐隐猜到父亲如果听到一定会答应下来的，除了战略眼光外，还有一个重要原因，父亲一直都恨甄氏，尤其是甄要武，虽然他已经去世了。

晚上原本魏钦岚请了盛洁和魏晋去那边吃水饺，他自从赋闲在家之后，常常自己动手弄些家常菜，尽管腿脚不方便，可这似乎是他的乐趣。平时盛洁也乐得答应，可今天，种种心情让她觉得无法面对，于是让魏晋独自过去。

下班后盛洁没有开车，公司离公寓并不算远，今天魏晋去了他父亲的别墅，盛洁的住处就可以随意些。坦白说她很久没再有高兴的事了，她似乎很少有朋友，尤其回到铭城以后，只听说从前和甄珍是好姐妹，还因为不愉快撕破了脸，之后就全是一些工作关系。所以有些心情是无法排遣的。

走到楼下前台的时候，冰冰也正在收拾东西，见盛洁走过来礼貌地跟她打招呼，她走过两步，又重新回过头来，朝她笑了笑问道：“晚上有约会吗？要不我请你吃顿饭吧。”

进了日式料理店的时候，冰冰还一直疑惑盛洁今天为何会请一个下属吃饭。她比盛洁小两岁，可在外人看来，盛洁似乎已经算是职业老女人，而她还是年轻小女孩，公司里追冰冰的男同事很多，可她一个也没有选定，盛洁记得冰冰曾经告诉过她，她是有标准的。

“总经理，是不是魏少今天没空陪你？”冰冰是个直爽的人，问话总是直奔主题，从不委婉，对于盛洁来说，反而喜欢这种性格的人。

“是啊，他今天没空。”

“我说呢，平时这家店，我都没有进来过，据说价格不菲，本来公司销售部的赵伟来请我的，没想到总经理先请了，看来回去我可以跟赵伟说，把约会取消了。”她齐齐的刘海露出可爱的诡笑。

盛洁也被她逗乐了：“赵伟不是前两个月才刚离婚，这么快就要约你？”

“所以，我才不屑于答理他，要不是他说来这里，我都懒得听他把话说完。”冰冰用筷子夹起一块寿司放在嘴里道，“不过他自

从离婚后，身价似乎比以前更高了，男人就是有这样的资本。"

"噢？这么说，有一天，我要是和魏晋离婚了，他反而会过得更滋润？"盛洁玩笑似的询问，其实她明白这是必然的。

"那可不是，魏少和赵伟可不一样，赵伟从前的老婆是农村的，家里条件差得很，也没什么学问，他靠老子混出头了，离婚后能找到更好的。可魏少和你是门当户对，总经理也是很多人暗恋的目标，又是盛和的总经理，他离婚了可就打错算盘了。从前甄大小姐喜欢他，总来黏着他，他都不为所动，这么久了，也鲜有什么绯闻，所以魏少还是不错的男人。"冰冰夸奖道，她似乎以为盛洁和魏晋的感情闹了危机，今天一门心思来当和事老。

听到她的劝解，盛洁反而笑了起来，喝了一口大麦茶。

一晚上聊了很多，冰冰虽然只是个前台，可稀奇古怪的想法却异常多。

吃到一半，正对门的位置，有位服务生恭敬地打开玻璃门，几个穿着正式而得体的男人相继进入酒店，走在最前面的竟然就是冯颂，而他身后的那个人戴着一副金丝边眼镜，黑色风衣，身材英挺，从侧面看，盛洁竟觉得似曾相识。

目光随着他们的步伐移动，虽然盛洁的座位较偏僻，他们进门后直奔二楼应当看不见她，可对面的冰冰却发现了盛洁的神色异常。转过头看去，忽然撇了撇嘴道："总经理，我听赵伟说，甄氏从南陵那边高薪聘请了一位新的副总，预备这两天上任呢，想必就是冯颂身后的这个人。"

"噢？看来冯颂挺有计划的，这个副总什么来历？"盛洁盯着他们上楼的位置，隐隐预感到了点什么。

"他是南陵那边的销售大王，听说娶了一个贪婪的老婆，从前创业得来的那点家产都败光了，离婚后几乎一穷二白了，这趟冯总请他来，他可是求之不得。"冰冰显然听到了不少内幕，故意低声冲盛洁讲道。

　　"我总觉得他挺眼熟的，很像我之前认识的一个人。"盛洁忍不住猜想，握紧手里的杯子，忽然想到了一个人，却不敢肯定。

　　"总经理也许真的认识他，赵伟说他的铭城方言讲得很好，从前在铭城读过大学的，他叫刘志新。"冰冰凑近盛洁，她的最后一句话让盛洁原本疑惑的心忽然间悬在空中，她之前的猜测似乎一瞬间有了印证。

第十九章　何嘉的交易

冯颂竟然请来了刘志新做甄氏的副总，盛洁不知道这是巧合还是一场预谋，或者其实冯颂根本不知道她和刘志新从前的过节，只是恰好觉得他是个人才，可以重用。

不管怎么样，内心还是有种异样的感觉，意兴阑珊地回到公寓，发现魏晋竟然已经在沙发上等她，膝盖支撑着笔记本还在继续工作。

盛洁愣了一下，随手将门关上："你不是去你爸爸那边了吗？"

"刚回来。"魏晋换了个姿势，将笔记本放下，"我煮了咖啡，是从爸爸那里拿来的，他一个老朋友从国外捎来的，味道不错，你可以尝尝。"

"我晚上从不喝咖啡，睡不着。"盛洁放下提包，将围巾和外套脱下来预备去换睡衣，"你怎么知道我在这里？"

魏晋将自己桌上的咖啡喝掉，穿着蓝底带白色动物图案的睡衣，胸膛在宽大的睡衣领口露出，完美的身材略有显现，这样的男人看起来很居家："我一猜你肯定不会回别墅去，所以要找到你，只有来这边。"

盛洁还在为今天吃饭的事而忧心，对他没有表现出足够的重视，在走进卧室的一刹那，魏晋从后面拉住了她的手腕。

"怎么？魏总今天兴致很高？"盛洁回头揶揄道，他的神态确实和往常不太一样。

"我今天之所以早早地就过来找你，因为爸爸的私人医生说，他的情况不太乐观，爸爸今天问我，你为什么好久没去家里了。"

"那你怎么说？"

"我当然说是因为你现在接任总经理，公司的事太忙。"

"识相。"盛洁笑了笑预备抽手，反而被他拉得更紧。

"盛洁，其实爸爸没多少时间了，医生说最多还能撑三个月到半年，他一直念叨着想抱孙子……"

"魏晋！"盛洁猛然缩手抬高声音，"你别得寸进尺，咱们俩早已经说好了，你爸爸做的那些事，我念在他年纪大，又救过我的命，不再去追究，我也答应你会和你维持着夫妻关系，直到你父亲离开，现在你不会想要让我跟你生个孩子吧？"

魏晋脸色凝重，盯着盛洁仿佛有一肚子话要说，最终却平和地放开了她的手："我知道你不可能会同意，所以我只是想要你配合我，在爸爸面前演一出戏，让他以为你怀孕了，让他高兴高兴，按照医生说的，他已经不可能撑到抱孙子了，让他知道你怀了孩子，或者他会走得放心一点。"

盛洁回头嗤笑："也只有魏少你能想出这种法子，这种谎言迟早会穿帮的。"

"我只想让爸爸高兴。可能你恨他，觉得他得到什么报应都是应该的，但他是我爸爸，不管什么时候，我都无条件相信他是好人，我只想尽最后一份孝心而已。至于甄要武之前在你面前如何诋毁过我爸爸，我不予置评，但凭你的感觉，你认为谁的话更可信呢？你不会傻到去相信那个甄老狐狸吧？"魏晋的每一个字都如同重槌敲击着盛洁的神经。

魏晋和她父亲的说辞几乎一致，他们都选择相信魏钦岚，盛洁沉默地盯着他，不断地思考他们所说的，眼底的光芒逐渐变得幽深。

"如果你不愿意，也不要紧……"魏晋渐渐放开手。

"你知道吗，刘志新回来了。"在他放手的同时，盛洁忽然提

起，让他的眸子重新转移到她身上，那种目光带着一种不可置信，或者还有一种担忧，"他现在是甄氏的副总，冯颂请他回来的。"

"刘志新是哪种人，我想你总应该能够看清了，冯颂请来这样的人，用意何在？"魏晋双手插进睡衣的口袋，审视的目光看着她。

盛洁只是轻轻笑了，进屋去换衣服。

浴室里每次总被魏晋搞得一团糟，用过的洗发水、沐浴露横七竖八，毛巾牙刷也散落一片，连成卷的卫生纸也湿了半卷，好像只要自己洗完了澡，其他的事就可以一概不管。盛洁对他这种做法每每都恨极了，可看到披着干净浴袍站在客厅里的优雅男人，很奇怪那股火气早已灭了大半。

盛洁的手机接连振动了几次，白天也有过这种情况，她一直没有接听，是何嘉打来的，有种预感，他要说的话似乎会让盛洁产生困扰，终于在手机有一次响起的时候，盛洁直接将何嘉的名字拉入了黑名单。

一夜睡得不踏实，各种混杂的场面充斥脑际，身边的魏晋显然也不安稳，来来回回翻身数次。盛洁猜他们俩关系已经进入了中年夫妻甚至老年夫妻的阶段，每天在一张床上，却可以什么也不做，他们更多的聊天都是无关情感的。魏晋从来不像个无欲无求的人，有一次盛洁发现他偷偷使用了右手情人，再后来他竟然弄来了一个大号的充气娃娃，充好气赤裸裸地摆在沙发上，让空气中陡然多了暧昧的味道。

"你是不是疯了？这种东西摆在这么明显的地方，平时如果有朋友来……"盛洁开口兴师问罪。

"朋友来了就来呗，最多就知道咱们俩那什么不和谐了，其他的还有什么？"魏晋的举动让盛洁无言以对，他却表现得自然极了。

连接几天魏晋总有饭局，盛洁想了很久，最终还是决定自己去魏家看看魏钦岚，关于冯肖的事，她也没有确凿的证据证明他是受到魏钦岚的陷害，何况他一直对盛洁不薄，面子上的事，总要做一做。

魏钦岚还在轮椅上拿着一本旧版本的线装书看，佝偻着背，戴着老花镜，整个人显得苍老了很多。在盛洁现在的记忆中，魏老一直很安静，完全是一个慈父的形象，既不像她父亲那样威严，也不像甄要武那样老奸巨猾。他就像一个普通的父亲，可以开开心心聊天开玩笑的父亲。

"魏叔叔。"盛洁轻轻叫了一声，换了棉质拖鞋走到他跟前。

魏钦岚诧异地抬起头，瞬间由懵懂变为惊喜："丫头，是你啊！你可来了！坐，坐！"

他忙着让佣人给盛洁倒茶拿点心，满带皱纹的脸显出欣慰和宠溺："魏晋说你现在接任了总经理，忙得脱不开身，天天都在加班，所以很久都没看到你了。你可要注意身体，工作忙也别累坏身体，该休息的时候还是要休息的。"

盛洁连忙点头表示赞同。从前她面对魏钦岚的时候，坦然而没有城府，不需要算计，可现在尽管她一再告诫自己目前不要多想，可仍然被魏钦岚看出了端倪。

"丫头是不是最近有心事？"魏钦岚担忧地问，盛洁正不知道该怎么回答，他忽然像想到了什么，"是不是魏晋那小子欺负你了？"

盛洁连忙摇头，而魏钦岚却不相信："丫头大胆跟叔叔说，没关系的。"

她仍旧解释说没事。

"我也听说了一些，你也不用替魏晋掩饰，我听说他在清逸别墅包养了一个瞎女人。我问过他这件事，他没解释什么，但凭我对儿子的了解，这件事应该不是表面看起来这样……"魏钦岚以为她和魏晋的感情出现了问题，连忙向她解释。

盛洁仍旧摇头否认："叔叔，其实没什么，可能最近太累了。"

魏钦岚点点头，轻轻摘下眼镜擦了擦："丫头啊，你的记忆

是不是恢复全了我还不知道，但是我知道，自从你回来以后，和魏晋一直有不和。魏晋这孩子有时候很傻，不知道怎么表达心里的想法，但他对你怎么样，叔叔很清楚。"

这天晚上盛洁一直很少讲话，直到站起来，魏钦岚忽然说："你们年纪也不小了，可以考虑考虑生个孩子了，其实魏晋很喜欢孩子……"

盛洁话到嘴边，却心头一软，怎么也说不出让他失望的话："叔叔放心，我们会努力的。"

魏钦岚忽然间欣慰地笑了，笑得皱纹也陡然深了。

出了魏家的大门，浑身竟有说不出的滋味，天空已经飘起了雪花，盛洁长叹了一口气，坐进了自己的车里。

手机响得厉害，刚才在魏家的时候，手机一直忘在车里，现在才发现竟有接近十个未接来电。

都是同一个陌生号码。盛洁不放心地回打了过去，竟然是何嘉的声音。

盛洁皱着眉头要挂，那头的声音却急切贪婪得很："盛小姐！盛小姐您千万别挂，我找了您很多天了，始终打不通，我到您公司去找您也被拦了下来……"

"你到底有什么事？"盛洁厉声训斥道，"我警告你别得寸进尺，上次答应你的钱，我已经打到你账上了，两不相欠，以后你的爆料我已经没兴趣听了。"

"别别，您别啊！"何嘉一直赔着小心，盛洁几乎能想象到他那副嘴脸，"大小姐，我自信我何嘉对您还是有用的。我今天就是想帮你提供一份证据，这份证据，能帮你一举打垮甄氏！"

盛洁怒火直蹿，心中聚集着不能言喻的烦躁："你再纠缠我，我就报警。"

发动了车子，沿着湖岸行驶，朝着自家的方向走去，何嘉急切地诉说着："您听我说，我前段时间已经离开华洋了，我最近一直在暗中帮您收集线索，我发现甄要武不是突发疾病死亡，而是被他女儿女婿蓄意谋杀……"

盛洁猛然踩了刹车，急促的巨响带着路面上冰雪打滑的声音，车轱辘受到影响，偏离了原来的位置进了路边的草坪，额头碰在了挡风玻璃上，生疼一阵。心里怦怦直跳，她好像已经听不到外面的声音了，只能感觉到嗡嗡的响声。

何嘉还在电话里不住地叫盛洁："盛小姐？盛小姐？我保证这些都是真的，现在证据都掌握在我手里了，这对您极其有利……"

盛洁握着手机静静地停在湖边，三分钟后猛然反应过来。迅速地拨通了魏晋的号码，竟然处于占线状态。

将车掉了头，一边朝何嘉说的地方赶，一边继续拨打魏晋的手机。

何嘉约定的地点是一座还没竣工的大楼，呼呼的冷风夹杂了雪花，让整个路面打滑，盛洁只觉得脸快被冻僵。

黑漆漆的大楼只有一小撮火光，一个裹着军大衣的瘦弱男人正蜷缩在一角。

"何嘉？"盛洁试探性地问了一句，那男人转过头来，头发蓬乱，下巴胡楂尽显，却忽然笑了起来。

"盛小姐，没想到你来得这么快，还是你想赢。"何嘉面部扭曲，笑得疯癫。

"快进入正题吧，你有什么证据？"盛洁不想在他身上浪费太多时间，想速战速决。

"我在电话里提出的条件……"

"一百万的支票，我现在就可以开给你，但我要先拿到对我有用的东西。"

何嘉笑得更加放肆，站起身来，整个人一瘸一拐的："盛小姐以为在打发要饭的？我今天已经豁出去了，干的都是不要命的生意，如果甄大小姐他们夫妻知道我泄露了这个秘密，我一定得横尸街头。所以一百万这么少，怎么够我逃命的？我要一千万，另外还

要飞美国的机票，我要马上办签证出国。"

盛洁冷笑了一声，觉得他这种狮子大开口只能把矛盾激化："你一开口就是一千万，这可不是一笔小数目，你确定你的证据对我们这么有用？"

何嘉不紧不慢地转过身，似乎根本不急于谈价钱："盛小姐如果不需要这份证据，有好多人会出更高的价格来买的，例如魏老爷子，例如您的父亲盛董事长，再例如现在甄氏新来的副总刘志新……"

他提到刘志新让盛洁心中一震，如果连他也关注这项证据，看来想分甄氏这块肥肉的人，着实不在少数。刘志新难不成想利用这一点掌握甄氏？

"盛小姐考虑的时间可不多，不及早作决定，恐怕后悔莫及……"何嘉变相地催促她，不过刘志新横插一脚，确实激起了盛洁对掌握甄氏的兴趣，他曾经是为了钱背叛她的男人，现在她有充分的理由相信他会为了自身的利益而背叛甄氏。

"好，成交！"盛洁答应了下来，"不过我想先听听你所说的证据。"

何嘉笑得嗓子沙哑，甚至走路有一瘸一拐的迹象："盛小姐还怕我骗你？"

"防人之心不可无。"

"好，我可以告诉你，甄要武是被人强行注射了过多的催眠药物致死的。他死前闹得动静很大，一心想要把公司的产业给盛繁少爷，因为他发现甄大小姐联合冯颂，以及她的亲生母亲，一直通过他的主治医师，控制他的饮食慢性地逼死他。甄老爷子年轻的时候还是省运会的跳水亚军，身体状况很好，这几年却迅速衰弱。"何嘉凑近火光点了支烟，面带讽刺，"不过这也是甄要武自己作的，他几乎没有真正给过女儿关心，给他生了孩子的女人，他名分也不给一个，分手费也少得可怜。他是个薄情寡义的人。所以日久天长，就没有人再真正关心他，反而更多的是想算计他。"

盛洁疑惑他所掌握证据的真实性，蹙眉看着眼前潦倒的男人："你是怎么拿到你所说的那些证据的？"

他漠然摇头："不是我拿到，是我偷的。"

盛洁震惊地想追问，被他挥手止住。

"有一个人处心积虑才收集到的证据，他以为没人知道，放在一个皮包的夹层里，打算锁进保险柜的，被我无意间和华洋的搬运车撞在了一起，掉了包，我拿回去才发现，里面都是甄要武的死亡报告，用药报告，药品小样和照片……"何嘉的眼眸在火光中一闪，显出了一种别样的神采，"我当时就在想，真是天助我也！有了这些证据，我这辈子都不愁吃喝，我可以风风光光地过下半辈子，不用在华洋里做这种生意，不用面对这么多恶心难缠的客人……"

"所以你赶快从华洋辞职，然后东躲西藏，联系到我？"盛洁终于了解了他的意图，明白了整个来龙去脉，"如果我给了你说的数目，把你送走，你必须把被你掉包的那个人的名字告诉我。"

"当然可以，不仅可以，我还可以附送你一份礼物。"何嘉抽干净最后一口烟，将烟头扔进火堆里，回头意味深长地朝盛洁笑了笑："我还可以告诉你，魏晋到底是用什么方法找到了盛繁和他的孩子，我想这个问题他应该没有告诉你吧？"

他直接说到了盛洁所关心的问题，她下意识地朝前迈了一步，赶忙压制住心里的情绪。

盛洁转过身去，走开了几步回头道："这笔钱我最快也要两三天才能凑齐，这段时间，我会想办法保证你的安全，而你要保证证据的完整和有效性。"

何嘉眼带邪魅，嘴角咧着，轻轻点了点头："OK，我何嘉说到做到。"

第二十章　冯肖之死

　　盛洁仍旧不放心，毕竟三天的时间太长了，何况她看不到那些证据，就无法判断证据的真假，盛洁还不敢用这么多钱来换。一千万，真不是小数目。如果是真的，甄珍和冯颂将万劫不复，其实从内心里，盛洁并没有让他们坐牢的想法，可如果不选择下手，以何嘉这种人的个性，一定会再找下家，之后的形势就很难控制了。

　　直到深夜，魏晋的电话始终打不通，盛洁坐在车里，一遍遍拨着他的电话，到现在她身边能商量的人也只剩下他了。

　　间歇的空当，盛洁感觉到手机在振动，激动地连忙接起电话："魏晋！"

　　电话那头传来了礼貌的女声："盛小姐，我是铭城东方医院的护士，是这样的，今天晚上魏先生来过医院，之后冯先生突然醒了，主任帮他检查了一下，可在换药的过程中，他离开了医院。我们打了程小姐的电话，一直不通，才找到了您……"

　　盛洁忽然觉得整个人都处于一种高度紧绷的状态了，连忙询问状况，顺着她提供的时间和线索，一刻也没停留，沿着医院附近的地段到处寻找。他身上应该没有钱，加上身体状况是走不远的。

　　夜越来越深，雪越来越大，盛洁不断用雨刷拂去挡风屏上的雪花，可依旧影响视线，路面也开始打滑，她不敢开快，只沿着已经人烟稀少的街道慢慢寻找。

　　直到下半夜的时候，魏晋才打来电话，她已经找了整整三个小时，急得已经没了主意："魏晋，你在哪里？怎么才回电话？！"

那头的魏晋似乎在一个空旷的地方，声音也带着回响："丽娟今天眼睛拆纱布，我原来答应过她，陪她挺过这一关，刚才在病室里，手机调成了静音。"

不知为何，听到这一句回答，内心深处竟泛起一丝酸意："你知道吗，冯肖醒了，现在失踪了……"

天空渐渐泛白，雪花却没有停止的意思，路上依旧行人稀少，冰天雪地覆盖了这个城市的繁华，一些24小时营业的场所透着暖暖的光，照亮灰蒙蒙的街道。

盛洁忽然想起有一个地方没有找过，就是当年他们一起筹备的那家小吃铺。

走街绕巷地进了那条胡同，那里已经完全被雪覆盖了，门头上的几个字也掩在白色下面，门前一排店面全部关闭着，因为时间还早，没有人营业，一个穿着灰色大衣的人斜靠在小吃铺门前，一动也不动。

盛洁像疯了一样下车跑过去，脚下咯吱咯吱的声响，每一次呼吸都凝聚成了白烟。

"冯肖！"盛洁跟跄着扑过去，用力扶起他，真的是他，盛洁忍不住激动和难过，触手间才发现他的手冰凉，半闭着眼睛，任盛洁怎么摇晃再也没有反应，"你醒醒……冯肖，是我，我是盛洁……"

他的脸色苍白发青，浑身无力，已经完全没了知觉，周围的冰天雪地将这里包围了，盛洁用力地抱紧他，忍不住眼泪上涌……

"盛洁，要是有一天你父母来找你，逼你回家怎么办？"冯肖担忧地看着吃得满嘴沙拉酱的盛洁，轻轻递了一张面巾纸。

"当然不回去。"盛洁擦了擦嘴角，兴奋地冲他道，"知道么，我从来没有吃得这么爽过，他们不让我失了身份，所以一举一动都要优雅。永远都要按别人的想法活着。如果他们硬要逼我回

去，我就跟你去外面闯。我还有一些私人的首饰、衣服，可以支撑一段时间，我会弹钢琴，可以去辅导学生，到处都是赚钱的门路，我们不会没饭吃的，放心吧。"

冯肖定定地看着眼前的女人，幸福和欣慰完全溢于表情之外，在那个阳光灿烂的午后，紧紧地拥在一起。

或者终究是那时候太单纯，想得太美好，所有勾画出来的蓝图和许诺最后都化成了泡影。

冰冷的冬天，冰冷的小胡同，冰冷的世界……好像只剩下他们，忽然间盛洁从抽泣变成了放声痛哭……

有些人活着已经死了，有些人死了却还活着……

在冯肖的葬礼上，盛洁唯一想到的就是这句话。

医生出具证明，说冯肖是回光返照，忽然间醒来，出门这一趟耗费了他仅剩的元气，全身功能衰竭死亡……

而盛洁还是将医院告上了法庭，因为他们没有看好已经进了特护病房的病人。

葬礼由冯颂主持，办得风光不已。甄珍已经怀孕5个月，不宜来这种阴气过重的地方，所以始终没有露面。

程丽娟的视力已经恢复了一部分，现在已经能大体上看清周围的事物。她一刻也没停留，几乎充满绝望地冲进灵堂。她是哭得最痛彻心扉的一个，像要把所有对这个世界的爱恨都凝结成眼泪。任谁也劝不住，接近两年来，她是始终守候着冯肖醒来的人。或者连她自己也分不清是为了爱，还是为了义。

盛洁彻彻底底地哭过了两场，安安静静地坐在椅子上，看着冯肖的遗像，这么帅气阳光的小伙子，这样灿烂的年华，曾经的一切都涌上心头。

整整两天两夜没有睡，整个人都陷入了一种极度的悲痛中。程丽娟被扶下去休息了以后，整个灵堂只剩下盛洁和冯颂。

夜渐渐深了，他一身素服，眼睛里空洞得吓人。今天铭城的大小媒体几乎全部出动，就为了捕捉这段新闻，是魏晋全部帮忙挡下了。

冯颂一直跪在冯肖的遗像前，额头贴着地板，剧烈地抽泣着，拳头狠捶着地面，瞬间青红一片，连声音也变了，成了失声痛哭，他没在众人面前扫一丝颜面，此刻却怎么也控制不住情绪："哥！……"

一切声音都停止了，只剩盛洁像木头一样坐在大厅里，尽管这里死寂一般，她的耳朵里却嗡嗡地掺杂了很多声音。

冯颂哭了很久，最后变成躺在地板上，睁着眼睛望着天花板。

"我哥犯了什么错？他犯了什么错？"冯颂嗓子也哑了，瞪着灵堂上黑色的挽联，指甲挖住地板，整个人都好像疯了一样，"从小就只有我和哥哥相依为命，他比我大不了多少，可他为了我，辍学打工，什么都愿意做，他原本成绩是全校第一名，老师都夸他聪明有前途，可他就为了我，放弃了很多本该属于他的东西……"

盛洁静静地看着冯肖的遗像，此刻觉得整个人都陷入了无底深渊一般，她怕那种情绪会一发不可收拾。

"他什么都没为自己留，他对自己苛刻得很，一分钱都舍不得乱花，却拼了命地想保护身边的人，直到他想跟你结婚了，他说想赚钱让你过上好日子……"冯颂呜咽着说每一句话，每一句都是一根钢针，"他犯了什么错？他唯一的错就是爱上了一个富家女，难道就因为这样，他就要被人残害，他就是死有余辜吗？！"

盛洁好容易抑制住的眼泪猛然落下，却挡不住冯颂的语气一步步尖锐，一步步紧逼："你这种不知道世间冷暖的富家女，凭什么去招惹他？就是因为你，他才会死的！他到死还想着你，而你呢？你最终会回到家族中去，会和魏晋结婚生子当你的富太太。而他只是你生命里的一个过客，却要为此付出一生，他才是天下第一大傻蛋！"

"你住口！"盛洁用力捂着耳朵，用力摇头，瞬间好像整个脑

袋都要被撑开了一样疼。冯颂的面容也变得狰狞，他在控诉她，在咒骂她……

"而我还傻傻地以为你只是一个普通的失忆女孩，我以为只要我在庆城山那片天地，就可以找到幸福，就能过上好日子。"冯颂头发也乱了，衣服也散了，整个人颓废得不像话，"可我后来发现自己干了一件大蠢事……我又一次做了一件对不起我哥的事……"

"冯颂……"盛洁艰难地叫了一声他的名字。

他却忽然笑了起来，笑得癫狂，眼神却前所未有的深邃："但我以后不会了，我会用我自己的方式，凭着自己的努力，帮我哥讨回一个公道！"

盛洁定定地看着他，看着他一瘸一拐地走过来，从口袋里拿出一张皱巴巴的纸，在转过身的时候，轻轻甩手朝她扔过来，在天空中回旋了几圈，遮住了盛洁的视线，就那样飘飘荡荡地落在地上。

隐隐的字迹透过遮盖的部分显现出来。她整个人僵住了几秒钟，俯身捡起了那张纸……

"阿颂，哥哥可能见不到你了，我失去了盛洁，失去了健康，真的什么也不剩了。我看到丽娟了，她哭着问我难道不后悔吗？其实我后悔过，我后悔为什么自己不能早点变得更强大，这样或许我还能抓住自己的幸福……阿颂，你一定要好好的，凭着自己的双手打拼，然后找一个门当户对的好女孩，这很重要，真的，在自己什么都没有的时候，别相信虚无缥缈的幸福，现实会让你付出惨痛的代价，尽管那感觉太美好了，美好得让你迷失自己，坚守爱情的前提必须有充分的实力。好好努力生活吧，你会幸福的……"

盛洁止不住落泪，信纸被打湿了，她觉得整个心都跟着抽痛，空荡荡的灵堂，明晃晃的烛光，依稀灿烂的遗像，她失声痛哭，像一个迷失方向的孩子。

冯肖的葬礼风光得几乎压过了前段时间甄要武的后事。盛和集团，魏氏集团，还有甄氏主导的嘉陵集团全都参与了此次葬礼，当天到场的媒体多达百余家，信息灵通的也爆出了冯肖的身世，可没人知道这当中的真正原委，那是藏在很多人心中不愿提起的一段往事。

雪已经停了，路面却积着厚厚的雪，前来拜祭的人，大多数是看了盛、魏、甄三家的面子，花圈排了很远，魏晋过来祭拜，将一件黑色厚重的大衣披在盛洁肩上。

"那天晚上，你去过医院？"盛洁轻声质问，将心底那点疑惑牵连到他身上。

"你说的是哪家医院？"魏晋脸上几乎没有异样的表情，和盛洁并排而坐。

"你心里清楚。"

"冯肖的事，和我无关。"

"可医生说，你走了以后，他就醒了，并且不见了。"

魏晋哼了一声，掏出烟要点，被盛洁一把拽下来，他不满地伸手搂住她的腰，搂得她紧紧的："那你觉得是怎样？你想得到的结果就是让我承认是我找人做了他，是吧？"

"浑蛋！"盛洁瞪着他，从牙缝里挤出两个字。

"谁浑蛋？其实真正害了冯肖的人是你，是你拿他当挡箭牌来逃避跟我的婚事，其实你从一开始就知道，和他根本没有可能，只有你放弃他，才是对他最大的保护，可你没这么做……"魏晋臂膀的力度丝毫没有放松，气息中还带着淡淡的烟草味。

"你知道是谁害了冯肖是不是？是不是！"盛洁拽紧魏晋的衣领，红红的眼睛，连看他的样子也开始模糊。

魏晋任由盛洁拽着，表情却依旧没有变，从口袋里拿出一小块沾了污垢的绒布："我不知道是谁，但是那天我去找轩轩的时候，在他被绑架的那间屋子里，找到了这样一块东西，塞在轩轩口中的。和当年冯肖遇害的那间浴室里包裹刀具把手用的那块绒布是同一种质地，甚至从纹理来看，可以断定是从同一块布上裁开的。我

找了专业人士鉴定，得到的结论说，从这种布料和角落的小商标来看，是某一知名品牌的钢琴赠送的擦拭布。也就是说，冯肖的事和轩轩的事，很有可能是同一个人，或者说同一拨人所为。"

钢琴……也就是说，凶手极有可能买过这种牌子的钢琴，或者在这种商家工作过，又或者是通过某个机会得到这种布。

盛洁跟着魏晋，看着他拿来的分析材料，整个人都陷入沉思，从复原的商标来看，这种牌子的钢琴算得上中上等品牌，价格也高于一般，能买得起，又舍得在这种事上花钱的人，盛洁忽而想到了一个人，心底一凉。

出神之际，拜祭的队伍中忽然让出了一条道，几个穿着制服的警察朝这边走来，掠过人群，一直停在了盛洁和魏晋身边。

为首的警察三十几岁，干脆地亮了证件说道："魏先生、魏太太，现在怀疑你们跟一宗凶杀案有关，请跟我们走一趟协助调查。"

一时间所有人的目光都集中到了这里，盛洁像被人钉在了当场，一时间不知所措，凶杀？

盛洁和魏晋一直都以光鲜体面的身份亮相人前，一直是家族企业的代表，今天赶来做葬礼报道的媒体像有了意外的大收获，他们被戴上手铐上了警车的场面，成了今天最轰动的话题。

盛洁的思维中，一直以为她和魏晋被带进来为的是冯肖的事，直到警察亮出了死者的照片，盛洁才震惊地发现，原来她之前的料想错了，那上面是一个染着黄毛的伪娘形象，韩范儿的打扮，瘦削的脸——何嘉。

第二十一章　何嘉凶杀案

　　这几天忙于冯肖的葬礼，盛洁差点忘了和何嘉的约定，三天之期，到昨天晚上为止，已经晚了这个期限。他说他掌握了冯颂和甄珍谋害甄要武的证据，于是东躲西藏，这些事她是不是应该跟警察说呢？可这整件事和魏晋又有什么关系，他为什么也被带进了警局？他应该完全不知道这件事才对，到底是怎么了？

　　"死者何嘉是被人连捅几刀后焚尸的，从烧毁的手机中复原了他的电话卡显示，他临死前的三天和你有过通话记录，案发当天连续拨打你的手机三次，都没有接通。请问盛小姐，你2月5日晚8点到10点这段时间在哪里？"审问盛洁的是一名女警官，国字脸，眼睛大大的，口齿异常伶俐。

　　盛洁忽然想起昨晚在灵堂的时候，手机有振动，可当时的情绪太激动，所以什么电话也不想接，索性连看也没看："我在灵堂，电话没听到。当时冯颂先生也在场，他可以给我作证。"

　　"冯颂先生在配合我们调查的时候说，他在吊唁会结束后就离开了，没和你有过多的交流，那段时间根本不知你的去向。"女警察表情严肃道。

　　盛洁愣了片刻，知道冯颂已经很是恨自己，到这个时候，完全不想帮她，反而使她更没了辩驳的理由，震惊之余失望之情涌上心头。

　　"那我要见魏晋！你们即使怀疑我，为什么他也被抓了？"盛洁不能理解目前发生的一切。

　　"现在我们怀疑因为何嘉敲诈勒索魏先生，导致他杀人灭

口。"女警察一如既往地没有表情。

这个回答让盛洁彻底无话可说，或者何嘉也找了魏晋，或者他也知道这件事？但是事到如今，她的辩驳和诉说似乎都不再起作用，唯一只有等待律师过来。

盛母是下午和律师一起过来的，律师来和盛洁交流了半晌，关于如何应对这场官司，提了很多中肯的建议。其实盛洁心里隐隐地猜到哪些人会去杀何嘉，他曾经告诉过她甄要武不是突发疾病去世，而是被甄珍和冯颂所害，何嘉既然知道了这个秘密，是极不安全的。这个幕后主使人，如果不是想不花钱就得到这些线索的人，那就是想杀人灭口的人。

母亲也一直在场，脸色凝重，末了竟轻轻拭泪："家里一下子发生了这么多事，你爸爸受了不小的打击，刚刚已经被送进医院了。你哥哥只想着他和那个女人，连家都可以不要。其实他根本不是甄要武的儿子，我跟他说过，我甚至向他发誓过，可他宁可将错就错，认贼作父。现在你和魏晋也出了事，盛家这一下就受了重创，股价下跌严重。家不成家，也许经过这一次，盛和集团就会江河日下了……"

盛洁不敢再往下想，转而问道："魏家那边怎么样？魏叔叔有什么动静？"

母亲叹了口气："他动用了很多关系，正在积极奔走，可情况不容乐观，那个叫何嘉的，到底怎么会跟你们扯上？"

盛洁抚了一把额头，觉得所有的心事都压在一起："说来话长，和甄家那边多少有些关系。刚才和律师详细地说了一遍，希望能洗脱嫌疑。"

接下来的几天，盛洁一直待在看守所里，每天看不到外面的世界，律师偶尔和她交流一些案子的情况。她将这件事的利害关系人都分析了个遍，那件东西随着何嘉的死丢失了，一定是凶手拿走了，既然拿走了，就有两种可能，一种是和甄要武的死有关的人，想毁灭证据，还有就是想利用证据赚一笔。

上庭的时候，盛洁始终也没看到魏晋，说不上为什么，对魏晋的担心反而更多一些。虽然是名义上的夫妻，可她似乎一直猜不透他的心思，他们两个就在一种不信任和猜忌的过程中，在一种合作和利用的过程中相互熟悉。

看守所里始终睡得不踏实，接连几天都被噩梦吓醒，总是感觉有人追着自己，凶神恶煞地要杀她，有何嘉的面孔，冯肖的面孔，冯颂的面孔，最终梦里定格在了魏晋的背影上。

他一直朝着满天通红的远方走去了，怎么也不回头，盛洁惊恐地叫他，他只是无动于衷地走得更远。

噩梦醒来总是一身冷汗，看着小小的天窗，心里说不出的难受。

这样的状况持续了几天，直到盛洁忽然被无罪释放了。

"盛小姐，经过查证您的杀人罪名不成立，现在可以走了。我们已经找出新的证据，证明您的先生魏晋有可能就是杀害何嘉的凶手……"

盛洁听到这里整个人都镇住了，身子像被钉在了当场："你说什么？魏晋是凶手？"

女警官端庄的长脸确定地点了点头："没错，我们已经在魏先生的家里找到了证据，他有可能就是杀害何嘉的凶手。"

盛洁简直无法相信自己的耳朵，下意识地抓住了警察的胳膊，她知道自己失态了，可依然没法控制："这不可能！你们一定弄错了，一定错了，魏晋他凭什么杀何嘉，根本不可能！"

盛洁被几个人带出了看守所，母亲已经站在外面，巴巴地等着她。想起这几日的经历和现在魏晋的状况，盛洁忍不住鼻子一酸，趴在母亲肩头就哭了起来。

"魏晋的事，我们听说了，警察在他家里发现了一份资料，上面有血迹，已经证实是何嘉的。"

"那也不能证明他是杀人凶手啊。"盛洁内心忽然间竟比自己

被冤枉了还要着急。

母亲没有回答盛洁的问题，反而无奈地说："这些天，你爸爸身体不好，你和魏晋又进了看守所，报纸上大肆报道，现在盛和集团和魏氏的股票大跌，你哥哥和那个女人在一起就像缩头乌龟，这么大的事也不露面。公司现在暂时由赵副总负责管理，我真担心……"

盛洁知道赵副总年纪不小了，比父亲更大，时不时还要吃速效救心丸来缓解病痛，几乎不能受刺激，前两年已经退居二线，回家休养了。他的儿子就是销售部的赵伟，只知道玩乐泡妞，如果不是因为赵副总当年帮了父亲很多，赵伟根本没可能在盛和工作。而现在母亲说公司暂时由赵副总代为管理，让人想不通他那种身体状况怎么会有精力管理公司。

从看守所出来的每一分一秒，盛洁都觉得心中焦虑不安，魏晋这场官司律师说很难打，现在能找到的证据，几乎都指向他就是杀人凶手。

司机载着盛洁一路回家，盛洁却疲惫得连一句话也说不出，心里唯一的念想就是魏晋的事。

车停在红灯前，旁边的车道并排停住了一辆黑色的奥迪，对方摇下车窗，一个似曾相似的男人摘下眼镜朝盛洁笑了笑。

盛洁才看清是刘志新。

他如今的气派果真不同以往，原来的感觉一扫而光，从前那种斯文书卷气，在西装和名表的包装下，再也不见踪影。盛洁突然觉得自己似乎从来都没有认识过眼前这个人一样。

虽然曾经憎恨过父母用钱赶走了他，可现在的感觉，竟没有后悔，没有遗憾，一瞬间盛洁觉得自己释然得很。

"原来是嘉陵集团的刘副总，幸会。"盛洁程式化地笑了笑，明白这一刻自己的表情很假。

"你比从前瘦了很多，这些年是不是过得不太好？"刘志新明着是慰问，可话里怎么都像下了套，或者他希望盛洁的回答是肯定的。

"你比从前胖了不少，看来当年那30万的功劳不小，你算是出头了。"盛洁不客气地讽刺道，不只是针对当年的行径，更重要的是，盛洁明白他这趟来者不善。

"最近这一年多，铭城关于你的传言很多，说你失忆了，说你失踪了，说你遭遇家暴了……"

"还有说我罹患精神病，说我和牛郎私奔的是吧？"盛洁没等他说完就接上，从鼻腔里冷哼了一声。

刘志新反而笑了起来，或者他对盛洁的反应还是满意的，轻轻挪了两步到她跟前："小洁，我知道你和魏晋没有感情，而且你和他仅有一场婚礼而已……现在的情况，其实你也很清楚。"

盛洁忽而攥紧拳头，却努力挤出一个笑容："我是很清楚，我清楚魏晋是不会杀人的，他肯定是被人诬陷的。"

"你凭什么这么认为？"

"凭直觉。"

"你这么信任他？"

"是。"盛洁回答得无比肯定，其实说来，也许魏晋并非善类，但这个时候，她忽然无比确定他的清白，连她自己也不知是怎么了。

刘志新沉默了几秒钟，忽然笑着摇头道："可惜只有你信任他是没用的，警方相信的是证据。"

"谁说没证据呢？天网恢恢疏而不漏，谁做过什么，掩饰不了，没做过什么，也冤枉不了。"盛洁冷冷地看着刘志新，从唇边挤出一个笑容，"甄氏这块肥肉没那么容易吃，别想得太简单了。"

盛洁开车过去的时候，从后视镜里看着刘志新的车，直到变成一个小黑点，消失在她的视线范围里，盛洁知道他还站在那儿。

　　开车的速度已经超出了平时，脑中前所未有的清醒，忽然间有个念想强烈地驻扎在盛洁的脑中。

　　手机响了，铃声大得刺激到每一根神经……

　　赶到机场的时候，已经是下午时分，盛洁气喘吁吁地跑到出口处，迎面一个穿着黑色风衣的中年女人过来，推着箱子，踩着高跟鞋，头发盘得整齐利落，脸盘棱角分明，尽管戴着墨镜，盛洁还是一眼认出了她，盛洁知道那就是魏晋的母亲，孙明丽。

　　"阿姨！"盛洁迎过去叫住她，心里说不出的激动，仿佛在混乱迷茫中找到了一个可以分担、可以商量的人，"您终于回来了！"

　　孙明丽没有摘下墨镜，也没有停下脚步，而盛洁却极力跟上她的步伐，以她的个性，如果不是知道魏晋出了事，恐怕是不会轻易回来的。所以当盛洁接到电话，心里燃起了一股火苗，她知道她是目前唯一一个愿意并且有能力帮助魏晋的人。

　　"真是丢人，从前我跟魏晋说过，要我重新回来，只有等他混出头来，谁知道这小子不但没有达到我的期望值，反而不争气地成了嫌疑犯。"孙明丽声音质感深厚，愠怒中还带着关切，只是脸上毫无表情。

　　"阿姨，他是被诬陷的。现在不止魏晋和魏氏，连盛和集团也一起遭殃，股价大跌，魏叔叔一直身体不好，我爸爸现在也病了，真的连个能出来主持大局的人也没有。说实话，我接手公司时间很短，也不算有天分，这段时间公司……"

　　"公司怎么样我不管。"孙明丽挥手止住了她的言语，停下脚步，轻轻摘了墨镜正色道，"我回来唯一的目的是帮魏晋，你们盛家的事，包括魏钦岚那个老疯子，我一概不管。"

　　盛洁的母亲虽然温柔漂亮，却是个没主意的女人，她会烧一手好菜，会逛街整天给丈夫孩子采购衣物，会安安静静地给家人打毛衣，会轻声细语地劝解身边每一个人。也许正是这样，在无事春秋里，她成了许多男人心中的理想伴侣形象。

但在如今的情势下，一个才华横溢，内心强大的女人，似乎才应该是舞台的主角。

"从现在的情况来看，魏晋的处境很不好，因为……"

"不好是一定的，我们现在最重要的是商量对策，不是发表感慨！"

盛洁还未及说完，就被孙明丽劈头盖脸地压回来。要是在平时，盛洁多少会还击两句，可现在的情形，她已经顾不得和她斗嘴，何况她是长辈，现在的局面，一定程度上还要仰仗她。

"何嘉被杀的事情，可能性很多，但是最有可能的就是被人灭口。你刚才说，他之前找过你，希望你以一千万来换他手上的证据，然后送他出国。接下来的三天，你虽然答应，但是没有行动，因为别的事情耽搁了，也就是说，他有可能就是在这段时间找过魏晋，很可能是把开给你的条件，给魏晋再开一遍。"孙明丽分析情况的神情专注而仔细，一字一句清晰明了，"魏晋很可能见过何嘉，就在这三天的时间里，具体情况，我想我们得见一见魏晋。"

盛洁赞同地点头："何嘉告诉我，甄要武的死，并非正常的死亡，是被人注射了过多的催眠药物而死，甚至直指凶手就是甄珍母女和冯颂，他说这些证据是他掉了包拿回来的，也就是说，这些证据在他拿到之前，已经被有心人搜集好了。会不会是搜集证据的人，找到了何嘉，将他杀了？"

孙明丽蹙眉思考着，手里握着签字笔仔细看着纸上绘出的分析图："当然也有可能是何嘉贪得无厌，同时给好几个人开价，除了你和魏晋，还有其他人，或者有可能就是甄珍夫妻。"

"我听说关于甄要武的死，甄氏一个跟了甄要武十几年的元老级人物也提出了质疑，警方也在展开调查，或者这两件案子，其实某种程度可以算一个案子。"盛洁心中有些隐隐的感觉，总认为其实这件事牵连不小。

　　盛洁和孙明丽似乎一下成了站在同一战线上的人，即使在工作的时候，也时常保持联络。去看魏晋的时候，原本言语颇多的孙明丽变得沉默不已。直到见了儿子。

　　他一下瘦了很多，整个人也变黑了，精神状态还算好，一身衣服虽然显得灰头土脸，却掩不住他浑身透出的感觉。

　　盛洁忽然心里一阵不是滋味，泪意瞬间上涌，连忙努力憋了回去。

　　魏晋见到盛洁和他母亲一起来到，欣喜之情溢于言表："妈，您回来了？"

　　孙明丽依旧冷着脸，可微微的表情变化让盛洁捕捉到，她也是心疼儿子的，不管外表多么坚强的女人，母爱永远是不能改变的。

　　"看来我进了这里，也不完全是坏事，至少妈回来了。"魏晋到这个时候竟然还懂得调侃。

　　两个表情严肃，甚至带着心酸的女人面对面看着一个满脸带笑的男人，这场面在外人看来该有多诡异。从前盛洁一直觉得自己和魏晋之间实在谈不上爱，可如今知道他进了看守所，忽然感觉自己的心就像悬在半空中，没有着落点，面对他的时候百感交集，担心的感觉连盛洁自己也没想到。

　　"何嘉找过你？"孙明丽到底是个懂得控制情绪的人，几乎没有多余的话，直接切入主题。

　　"嗯，找过，希望我出钱买下他手里的资料。可我没同意。"魏晋坦然道，慢慢两手交叉，流露出一种无奈。

　　"他说的那份资料，后来在你家找到了，上面还带有何嘉的血迹。"孙明丽指甲轻轻敲着桌子，那几乎成了这场官司里指证魏晋的最不利证据，其实将这样重要的证据藏在家里，一定不是魏晋这种人能做得出的，可推断并不能当做证据。

　　"你们看过那份资料没有？"魏晋沉着脸问道。

　　孙明丽摇了摇头："我推断那资料一定有问题，现在证据被封存保管，要上庭才能公开。"

"那资料如果我没猜错的话，应该是指证甄要武的私人医生的。"魏晋说得肯定，似乎早已经想到了如今的情况。

盛洁和孙明丽还在混沌中，疑惑地看着魏晋。

"他的私人医生是从爸爸这里跳槽过去的。这几天我想过很多，这个案子之所以这么快有眉目，一定是预先有了准备，替罪羊也找好了，胸有成竹。"魏晋压低声音，盛洁她们拧着眉头听他的分析。

他们三个心里都明白，这场阴谋不在小，不仅关系到公司，关系到前途，一个不小心，会牵连到很多人的性命。

到了末了，魏晋仔细地看了看盛洁："盛洁，你先出去一下，我有话想单独跟妈妈说。"

盛洁不知道魏晋卖的什么药，可也明白他是个聪明谨慎的人，不会无缘无故地作决定，扭头看了看孙明丽，才点了点头出门。

第二十二章　寻找真相（1）

　　长叹了一口气出了探视室的门，盛洁几乎已经理不清现在的思路。这几天几乎把什么都放下了，一心为了魏晋能洗脱罪名，案情虽然疑点重重，可不利证据却依然摆在那儿，离上庭的时间越来越近了，如果没有确切的把握，魏晋的前途很可能因此一败涂地。

　　盛洁听到手机的声音，响着悦耳的轻音乐，知道是同事打来的，低头看了屏幕发现是冰冰。

　　"怎么了冰冰？"盛洁尽量让语气放得轻松些，这些天公司里传言很多，有些人已经感觉到风向不对，说盛和和魏氏都即将面临倒闭的风险，也许不久的将来就要被甄氏所收购，即使盛洁的情绪再差，毕竟现在还是公司的总经理。

　　"盛总，你还好吗？"冰冰的语气很是关切。

　　盛洁心中微微一暖，这似乎是这些日子里，唯一一个同事主动打电话来询问盛洁的情况："还好……"

　　"我看到报道了，说现在魏少是嫌疑犯，我一看到就知道是假的，那个牛郎怎么可能是他杀的，魏少肯定不可能干出这么傻的事。"冰冰凭着自己的推理分析着，肯定的语气让盛洁忽然觉得感动。

　　"冰冰，谢谢你。我也相信不是魏晋，所以这几天，还要努力……"盛洁的声音渐渐低沉，心中叹了口气。

　　"盛总，最近赵伟在公司很牛的，自从他老爷子赵副总代管公司以后，他的尾巴就翘起来了，原先对他不屑一顾的女人，现在居

第二十二章
寻找真相（1）

然主动投怀送抱。那天他路过前台看见我，一反原来像哈巴狗似的样子，理都不想理，咋天竟然还说我原来不识抬举。"冰冰说得气愤，而盛洁却从中听出了端倪，看来这些天公司里的人已经开始见风转舵了。

"他只是代管公司，并且是他父亲代管，我看他是嘚瑟过头了。我明天就回公司。"听到这里，盛洁确定要先回一趟公司看看了，这几天虽然每天小杨会电话过来跟盛洁汇报公司的事，可看来情况不太平。

正在出神之际，孙明丽从里面走出来，墨镜已经重新戴上，脸色却比刚才更加凝重，从侧面的角度，盛洁隐隐地看到她的眼角红红的，看来刚才哭过。

"盛洁，下面我们得继续想办法。"孙明丽出了口气说道，听出那感觉并不轻松。

"阿姨，您说怎么办，我听您的。"她从一开始就不乐意承认盛洁这个媳妇的身份，所以她也不赞成盛洁叫她"妈妈"，索性就一直用阿姨称呼，竟觉得也很自然。

"我想请黄律师出来打这场官司，他是行业里的常胜将军，很是有名，前几年妻子去世了以后，就金盆洗手了，我想我可以邀请他重新出山，当年我帮过他的忙，看看这次去求求他，能否让他出面。"孙明丽想得很细致，甚至想利用自己多年积累的人脉关系去影响整个官司。

虽然盛洁赞成这种做法，可依然觉得有好的律师仍没有完全的把握赢下官司。

盛洁和孙明丽一路步行出了看守所，期间除了几句官司的事，几乎什么也没聊过，临到上车的地方，她忽然开口："盛洁，刚才魏晋跟我说，如果他的官司输了，让你立即将和他没有注册登记的事公布于众，这样对你，对盛和集团都有好处，他说一荣俱荣是好的，但没必要一损俱损。"

177

　　盛洁忽然停住了脚步，脑中反应了几秒，感觉嗓子眼像有什么卡在了当中，是气愤，是憋闷，是无法言表的心情，最多的竟然是一种莫名的恼怒。

　　盛洁没和孙明丽一起回去，而是打了一辆车自己在街上转悠。这些天发生的事太多了，周围的人一个个离开，几乎连喘口气的工夫也没有。

　　盛洁坐在后座上，头靠着椅背，整个人疲惫到了极点，心里的酸楚和激愤被魏晋那几句话彻底撩起了，他让她出去，和孙明丽说了这么久，竟然就是让自己和他撇清关系，想到这些，盛洁胸中如火烧般。

　　心中暗骂，他以为他是谁，这么做她会感激他？会觉得他大仁大义有担当？他总是这么愚蠢地想当然地作这种决定，盛洁越想越生气，整个身子都颤抖起来。

　　车开到市中心的时候，她果断让司机掉了头。

　　不知道为什么要回到看守所门口，可这次她始终没有进去，整个人定定地站在那里，看着周围从白天变成晚上……

　　冷风呼啸着从身边掠过，她感到凉意深入骨髓……

　　盛洁不知道冯颂是怎么找到她的，总之当天空又一次飘起了小雪的时候，她被接进了一辆车里。

　　醒来的时候，盛洁似乎在一间小诊所里躺着，周围环境简陋了些，而她却惊讶地发现身边除了冯颂以外，竟然还有程丽娟。

　　冯肖的事似乎对她打击很大，她比前些日子瘦了很多，眼睛却是复明了。冯颂见盛洁醒来，扭头就出门来，只剩程丽娟一个。

　　"你……"盛洁意识到自己发烧了，胳膊抬起的时候酸酸的，浑身无力。

　　"别惊讶，我已经能看见了，不过医生说我哭得太多，所以原本能恢复得更好，现在只恢复了一半。"程丽娟的声音平和而沙哑，看来这段日子耗尽了心力。

盛洁一直盯着她的眼睛，许久才慢慢点点头："幸亏你能看见了。"

她却苦笑了一声："我见到你的次数很少，坦白说，盛小姐，你没有在大排档威胁我的时候漂亮了，黑了瘦了，却比那时候和善了很多。"

盛洁不知心里是什么滋味，酸涩苦楚涌进心里："最近发生了太多事，一时间都无法接受，魏晋他……"

"我听说了，看来你的心里也只惦记着魏晋了。"程丽娟适时地打断了盛洁，尽管声音不大，语气不强，盛洁还是感觉到了她的恨意。

"魏晋也帮过你，不是吗？"

"是，他也帮了我，可不代表我永远对他感恩戴德，毕竟冯肖死了。"

盛洁沉默了，心里像被人一点点凌迟一样地痛，头晕晕的。

程丽娟站起来面向窗外，看着打在窗户上的雪花，尽管已经立春了很久，可寒冷依旧没有褪去，今年的雪特别多，零零散散地下了一个冬天："我和你不一样，尽管你时时地也能记挂着冯肖，可魏晋给你的记忆可能会更多，因为你有过他的孩子……"

盛洁惊讶地抬起眼睛看着程丽娟，仔细分辨她话里的真实度，她以为自己已经什么都记起来了，可关于孩子的这一段，她真的一点印象也没有，茫然而恐惧，好像单脚站在悬崖边的感觉："你说什么？"

程丽娟转过身，少了之前的温婉慈和，多的是一种悲凉和看透："自从那次你在他的生日会上向他求婚以后，他走到哪里都带着你，你们办婚礼后没有多久，就传出你怀孕的消息，当时我见过魏晋，他好像很少有像那一天这样高兴过，我猜他应该是在那时知道你怀孕的消息，可第二天他整个人忽然颓废变了样，我当时不知道是怎么了，后来想想，你应该是瞒着魏晋把孩子做掉了。"

盛洁愕然地看着程丽娟，一时间完全失去了思考的能力："怎么可能？"

她两手抱着胳膊，确定地看着盛洁："事到如今，我还有什么好瞒你的？你应该从一开始就爱上魏晋，这样就不会发生这么多事了。冯肖，阿颂，他们都是被你害的……"

盛洁抱着额头，将眼睛闭上，缓解头晕的感觉："我是害了很多人……但这次，我一定要想办法让魏晋平安。"

程丽娟听到盛洁的话，朝门外望了一眼，表面上脸色未改，眼底却闪现出一丝疑虑："你有没有想过，魏晋或者就是凶手呢？"

盛洁几乎连想都没想，直接摇头道："没想过，因为这不可能。"

"凭什么？"

又一次有人问盛洁为什么，可原因其实只有一个："直觉。"

程丽娟没再说什么，沉默了半晌，终于点了点头："其实阿颂虽然恨你，但还是关心你的，今天在路边，是他先发现了你，他曾经是真的想过跟你结婚。"

盛洁彻底沉默了，想起在庆城山的日子，可能是她这辈子最平静最无忧的时刻了，冯颂本来也是个单纯上进的人，现在却卷进商场的争斗里来。前些日子冯肖的葬礼上，他把话说得很清楚了，他在今后的日子里，一定会竭尽全力斗败盛魏两家，不留余地，可今天却在她即将站立不稳的时候，把她接到了这里，或许她也不能完全清楚他的想法。

"你让冯颂进来，我有话想跟他说。"盛洁不得不开这个口，一切都在朝着盛洁不能预料的方向上走，如果不能解决问题，事态将越来越严重。

程丽娟迟疑了一下，终于还是站起来去叫冯颂。

盛洁安静地在病房里等了一刻钟的时间，冯颂才拖着脚步进来，盛洁知道他不想见她。

180

　　他进来后坐在病床对面的靠背椅上，抱着胳膊，一脸淡然和不屑："想说什么就说吧，不过别指望求我帮魏晋。"

　　"你越来越瘦了。"盛洁盯着他说道，"那时在庆城山的时候，生活艰苦平淡，但你的气色比现在好多了……"

　　"算了吧，你不就是想说，我深陷钩心斗角当中，所以面相很差吗？所以你打算劝我放下屠刀立地成佛？"冯颂嘲讽的语气直接将盛洁逼到无话可说的地步。

　　"其实，我只是还想以李青铭的身份再问你一次，甄要武的事，何嘉的事，魏晋的事，是不是你谋划的？"做坏事的人往往不会承认自己的图谋和计划，而盛洁面对冯颂，却无法将他看成对立的。

　　"是又怎么样，不是又怎么样？有分别吗？如果我是，你认为我在你面前会承认吗，魏太太。"冯颂语气冰冷，而眼神里却掩不住情绪的外露，"不要再提'李青铭'三个字，那时候的我太傻了，对一个来历不明的女人就动了感情，我一辈子都不想再记起那段往事！"

　　"冯颂，如果你因为恨我，恨魏晋而做了什么自毁前途的事，就太不值得了！何况你本来就是一个单纯的人，商场上的弯弯绕绕只怕你还没弄清，就把自己绕进去了，你的筹谋只怕还没实现，就被更有居心的人利用了！"盛洁拧着眉头，心里酸涩得难受，其实原本一切都很美好的。

　　"用不着你的提醒，我会很好的，魏晋和他的父母，包括你的父母，没一个人是干净的，但是人在做天在看，总会有报应的，魏晋的报应已经来了……"冯颂的眼眸里忽然闪过一种光彩，是夹杂了泪水和寒气的色泽，一瞬间竟让盛洁觉得害怕。

　　门被狠狠地带上了，这间小诊所寂静得吓人，盛洁知道现在说什么也没用了。努力整理了自己的情绪，抓起提包出门的时候，程丽娟还站在门外，此刻的她却平静异常，见到盛洁只是轻轻笑笑：

"已经是深夜了，等到明早再走吧。"

盛洁一句话也没有说，轻轻擦过她的肩膀，踩着高跟鞋朝外面走去，尽管心情沉重，可脚下的步伐前所未有的快。

盛洁坐上出租车，已经睡意全无，睁着眼睛看着凌晨的街道，尽管铭城的繁华将白天和黑夜淡化了很多，可现在很少半夜出门的她，还是觉得有种异样的感觉。

"送我到地铁站吧。"盛洁淡淡地说了一句，跟着司机到南门地铁边。

凌晨的风很冷，地铁站里几乎空无一人，灯还亮着，却寂静得连呼吸声都听得清。她静静地找了个位子坐了下来，南门可以直接一站通到盛和集团的大楼，这几天的糟乱情绪，和公司的纷杂，是时候理清了。

手机的铃声打破了地铁站的寂静，将这凌晨的静谧瞬间拉回现实，低头看了看屏幕，竟然赫然写了"哥哥"两字。

一秒钟也没迟疑，直接接了起来，这些天盛繁一直没有消息，连母亲也抱怨他胆小怕事，没有良心，现在他突然联系她，第一反应竟是事情有变。

"喂……"盛洁警戒地看着两边，轻轻答应，竖起耳朵听着里面的动静。

"小洁……"果然是盛繁，在盛洁心里，他一直是那种谨慎忧郁的人，他一直害怕抗争最后却这么决绝，有段时间，她真觉得他已经不是原来的盛繁了。

"你在哪儿？这么久都没有你的消息了，爸妈真的很着急……"盛洁放低声音，语速却比平时快很多。

"你先冷静冷静。"电话里盛繁仔细地劝慰着盛洁，"魏晋的官司就快开庭了，这几天被我发现了一条线索，我想应该给你……"

盛洁整个心跳都在加剧，尽量平和心情，一种乌云压顶后看见阳光的感觉，盛繁一向实在理智，办事能力不容否认，他所说的线索，一定是非常有利的。

跟着呼啸而过的第一班地铁，盛洁直奔公司大楼，时间还早，除了保安外，没有一个人。她的进入让门口的安保人员也愣住了。一个眼尖的保安忙先站起来，大声朝她打招呼："总经理早！"

其余人才恍然大悟起来。大约没人想到盛洁忽然来公司，尤其是这么早的时间。

"这几天有我的快递没有？"盛洁直奔前台收发处询问。

其中一个是整栋大楼的安保头目，听她问得急切，连忙答道："都放在您旁边办公室的储物室里了，这几天快递很多，不知道您说的哪件。"

"帮我开门！"盛洁边吩咐边往楼上走，一个年轻的保安跟着她去开门。

储物室里东西堆得杂乱，平时有很多广告似的快递，几乎原封不动地扔进垃圾箱，盛洁在的时候，有很大一部分是小杨帮忙拆开，只有重要物件才是交由她亲自打开。而盛繁寄来的东西，不知道放在什么地方。

石英钟指向早晨6点50分，盛洁开始在储物室里乱七八糟的废弃快件中找寻想要的，保安一脸疑惑地看着盛洁，帮她将室内灯打开，甚至还要帮她一起找。

盛洁挥了挥手示意他出去，保安为难地看着她一遍遍地翻找着，没敢离开，反而在身后出谋划策："总经理，昨晚抬下去一堆废品，可能这会儿正在楼后面装车，那里面不会有您要的东西吧？"

盛洁愣了一下，回头看着他，静静地想了几秒钟，连忙冲向楼下去。

走到一楼大厅的时候，她发现后面正巧停了辆收废品的车，隔着车子的挡风玻璃，看到前面的卡车上装了许多麻袋，有几只袋

子敞着口散放着，车上载着一只小狗，用嘴叼着一个物件，拉扯间"叮铃铃"的响，盛洁追了几步，废品车浑然不觉，已经发动了车子朝公司后门开去。

她连忙拦下了一辆前台值班小姑娘的甲壳虫，开车随着废品车后，看着小狗嘴里的东西，骤然间让她意识到了什么。

废品车出了医院门朝东，走了半条街，她才终于确定车上那只脏脏的小狗嘴里叼的竟然就是一个扯坏的快递盒，尽管周边用胶带黏住，仍然开始散落。

盛洁直接超车拦住了前面的废品车，司机气愤地伸头看着拦在卡车前米色的甲壳虫，开口刚想叫骂，盛洁下车从包里掏出几张钞票，朝司机的驾驶仓里塞了过去："我想看看你们车上的东西。"

盛洁没顾上今天穿了裙子，双手一撑就敏捷地爬上了卡车的后车厢，顺着几袋散落的废品仔细翻找，司机五十几岁，一脸大老粗的模样，营运多年，第一次看见有女人穿着高跟鞋和裙子爬到货车上翻垃圾，不禁又是尴尬又是同情，看他的样子应该不晓得盛洁是盛和的总经理，否则只怕更会大跌眼镜。

"小姐，这些都是公司收来的废品，又脏风又大，你这是干什么啊？"司机见盛洁没反应，依旧低头翻弄，不知所措地跟在她后面，"是不是你的订婚戒指什么的掉了？不一定在这里面呢，你再好好想想……"

盛洁拽过那只小狗，将已经被它咬坏了一半的纸盒拿了出来，顺着它咬坏的地方，从废品中翻出一块半片的钢琴布和一张小小的说明字条。

盛洁对着盒子发了会儿呆，抱起来放在膝盖上，仔细地把东西放进盒子里。光滑的硬纸面让手感更多了些柔和。

"原来你找这东西啊！我还当什么贵重的！现在的年轻人……"司机抱怨着将剩下的麻袋口扎好，将小狗抱到前仓去。

盛洁回到办公室后，已经浑身是汗，从包里掏出盒子，轻轻拿出那块钢琴布，这质地应该是和魏晋说的那两次的事故里发现的一样，只是这次更明显的是，角落处还隐约能看到"施坦威"的标志，是个德国牌子，算是钢琴中的好货色。

字条上的说明与其说是文字，不如说是一幅简易绘画，盛繁是个绘画高手，各种画法几乎都很擅长，这个时候，他没露面，看来心中打算已经很明显。而盛洁只是隐隐了解了一个方向，具体含义还是不能完全明白。

第二十三章　寻找真相（2）

　　早晨员工们陆陆续续来上班了，有些机灵的人发现盛洁来了，惊讶之中慌忙收敛了行为，整个办公室都进入了紧张工作的状态，而她却满心疲惫。

　　小杨过来给盛洁倒水的时候，显然满脸惊喜，见她情绪一直低落，没说什么就要离开了，走到门口处，盛洁连忙叫住他："把赵伟叫来，我有事找他。"

　　小杨似乎惊讶于盛洁为什么找赵伟，露出为难的神色："总经理，赵经理他……今天请假了……"

　　盛洁已经感觉到问题，此刻听他一说，反而心中一撮怒火起来："谁准他的假的？部门经理请假必须要向我直接请，我手机24小时开机，没有接到他任何电话。昨天王副总汇报工作的时候，还说赵经理好好的，才一天的工夫，就请假了？"

　　小杨似乎没想到盛洁一连串的问题这么犀利，站着面色尴尬，一句话也不敢说。小杨没有冰冰这么直肠子，他思虑得多，哪些该说哪些不该说，他比别人清楚，所以他才成了盛洁的秘书，而现在她却希望他能说得更多些。

　　"小杨，这几天，除了工作的事，公司里还有什么动向吗？"盛洁见小杨不肯说话，主动问了两句，凭直觉这几天公司一定是不太平的。

　　小杨犹豫了几秒，大约感觉到盛洁决心刨根问底了，索性开口："其实就是谣言比较多，很多人都说盛和集团现在面临困境，已经倒闭，赵经理这几天是不安分，不过我觉得以他的能力，掀不起什么风浪，他也只是和甄氏那边接触比较多罢了。嘉陵甄氏的刘副总这两天一直在秘密宴请赵经理。"

盛洁心里忽然被他的最后一句话说得警惕起来，这几天她的猜测一直都只是一个方向，现在却好像越来越清晰了……

小杨出去以后，盛洁连忙拨通了孙明丽的电话，对方接听得很快，她们的沟通现在已经到了一种连自己也没想到的默契程度。

"阿姨，我想，我可能有了新线索。"盛洁放低声音，等着那边的回应。

孙明丽好像丝毫没感到惊讶："黄律师我已经请来了，今天研究了一上午，我想我也有了新线索，你一起过来吧。"

克莱斯大厦的顶层是一间拥有绝美精致和私人空间的咖啡馆。每个包厢都是一种暖色调，而走廊上的灯光却偏暗一些，走进去静静的，有服务生过来礼貌地迎着盛洁进去。

在木门的后面，孙明丽和黄律师已经就座，而且从桌上放着的资料来看，显然他们已经聊了不短的时间。

"谢谢，一份芒果捞。"盛洁轻轻地吩咐服务生。

"盛小姐为什么不要杯咖啡，这里的咖啡煮得很好。"黄律师礼貌地向盛洁推荐道，的确，这里的主打就是咖啡，其他的饮料都在背面不显眼的位置。

"不用了，最近整夜失眠，如果再喝咖啡就更睡不着了。"她实话实说，事实上从那晚见过何嘉开始，再到冯肖去世，而后进了看守所，直到现在魏晋出事，这段时间来，盛洁已经被这些困扰得无法安心，尤其最近，从看守所出来后，她几乎整夜睡不着，有时即使睡着了，也会半夜被噩梦惊醒。

孙明丽大约也理解盛洁的心情，倒也没像之前那样对盛洁充满敌意，反而认真道："你也别太担心了，还是有办法的，你这么年轻，思虑过度会影响身体的。黄律师说了，这个官司不是完全没有

突破点。"

盛洁点点头，从包里拿出那天魏晋给她的那块钢琴布和今天从垃圾车上翻出来的那块，都仔细地用储物袋装起来："我想或许我找到了一个突破点，但我不能确定，只是猜测……"

孙明丽和黄律师仔细地看着盛洁拿出的东西，等着她进一步分析。

"这种钢琴算是不错的货色，用的人也不算少，但从各种迹象和我自己猜测的结论，都指向和一个人有关。其实我也并不想怀疑这个人，虽然他跟我有过节，也许我的理解有偏差，但到现在为止，我觉得他是我最能想到的嫌疑人。"盛洁跟着盛繁的绘画中所指的线索，将她所怀疑的人都说了一遍。

孙明丽和黄律师都是聪明人，盛洁只是简要地说了几句，他们就明白了大概。

"你怀疑刘志新这件事，虽然有几分道理，但是到底证据还是不足，毕竟习惯于用这种钢琴的人不止他一个。他之前和你们有过仇怨，但也不能说明就一定是他。"黄律师分析道。

孙明丽也沉沉地点了点头："魏晋这孩子脾气直，容易得罪一些小人，加上这些年老魏一直没能帮上他什么，都是他自己撑起整间公司。盛洁之前又出了事，他的压力太大了。"

盛洁知道魏晋从前的本事大，可这些都是靠自己一点一滴积累的，其实从某个方面来说，她是佩服他的。

"我会想办法查查这个刘志新的，可能从他身上有意外的收获呢。"孙明丽表态道，"不过最主要的还是那份资料。我总怀疑那当中一定掩藏了什么。"

他们都知道问题出在哪儿，可材料怎么拿到手却成了问题。

沉默之际，包间的服务员轻轻地将门打开，所有人都惊诧地望向门口，却看到一个人步履缓慢地被旁人搀着走进来，穿着灰色的外衣，脸色苍白，却掩不住复杂的情绪。盛洁一眼就认出是魏钦岚。

"魏叔叔！"盛洁连忙站起来，不可置信地看着他，"您怎么站起来了？"

魏钦岚微微笑了起来，可目光却落在了孙明丽身上。

"你回来了也不让我知道……"魏钦岚的声音深沉中还带着一丝颤抖，这些天听说他病得不轻，却因为魏晋的事，没空去看望他一眼。

"我是为了魏晋的事回来了，和你无关，为什么要跟你说？何况听说你卧床不起，跟你说不说又有什么区别？"孙明丽果然一点情面也不留，说话一如既往的尖刻，可盛洁却看到她刻意避开的目光。

魏钦岚慢慢倚着沙发坐下，盛洁连忙去搀扶，他却摆摆手："我还能行。"

盛洁连忙要给魏钦岚要杯喝的，被他又一次制止了："别忙了，丫头。今天我来，就是要把话讲清楚的，别的什么都不需要。"

孙明丽瞪了他一眼："儿子还在里面，如果他有三长两短，你就是搭上全部家产和你这条老命也换不来！"

盛洁终于看不下去孙明丽的指责，毕竟魏钦岚这些年的所作所为她总是怀有一种感激，即便是别人向她讲述魏钦岚的劣行时，她也无法接受他是一个这样的人，毕竟有些人在心里的地位不是轻易能动摇的。

"阿姨，叔叔为了魏晋，这些年不容易。"盛洁帮忙辩解道。

"他不容易？他不容易都是自己作的！他心心念念的人也不是我们母子！"

"不，他很爱你们！"盛洁无比肯定道。

魏钦岚再次冲盛洁摆了摆手："丫头，我和你阿姨的事，你们都不明白……"

"不明白就别再说了！现在最棘手的事是魏晋的事，一切其他

话题都应该停止！"孙明丽努力控制了自己的情绪，咬着嘴唇理性地敲了敲桌子企图让话题回到原地。

魏钦岚沉沉地点了点头："我来的目的，就是为了魏晋的事情。"

他从助手手里接过自己的包，拿出几份材料，颤抖着放在手底下，凭感觉盛洁知道他下面要说的话很长，并且绝不轻松。

"这件事我想我心里有数。"魏钦岚仔细地看了他们每个人的表情而后开口，"当年魏晋求着我要去一所离家很远又名声一般的中学时，我就知道他的想法。他喜欢盛洁。不过我当时觉得他还小，一时冲动而已，何况即便是真的，丫头也是个不错的女孩，老盛家和咱们也是知根知底，没什么不好。只是后来我逐渐发现情况和我想的有些不同。"

盛洁和孙明丽，甚至包括黄律师在内，对魏钦岚的叙述都充满了兴趣，所有人都静静地等着他，尤其是孙明丽。

"高中生当然是以学习为主，我一再提醒他，别的心思都要留在高考以后，他不愿意听。那时候我去找老盛，让他去跟魏晋说，要想和盛家的女儿在一起，别管什么出身，必须有学识有才能，盛家的女婿位置不会留给纨绔子弟。"魏钦岚脸色一直严肃，在印象里，他少有像今天这样严肃过，"老盛的话起了很大作用，那小子当时终于开始收心学习，每天放学就回家做功课，终于高考挺过去了。可后来他去参加了一场同学聚会，回来后却一句话也没说。那时候我派人打听过，说他彻夜未归，而后盛洁也躲了起来。一个暑假，那小子好像忽然就变得沉默了，直到有一天，他跟我说，盛洁永远也不会喜欢他。那时候我才知道，丫头和刘志新在一起了。"

"就这些，连我都知道，你到底还有什么要说的，我们现在的时间可不多！"孙明丽是个急性子，听到他长篇大论的回忆已经忍不住催促。

魏钦岚却没理会她的催促，继续道："魏晋整个大学又开始恢复了从前的样子，再也没提过盛洁这个人。直到不久以后公司出了些状况，我当时被拘留了起来，差点面临破产，那次魏晋竟然说服了盛洁和盛立兴帮我。魏晋这孩子很孝顺，很懂事，也很有能耐，那个时候我就决定等我出去就让魏晋接手总经理的位子。"

"退休在家以后，我看到魏晋整天忙忙碌碌，将魏氏当做自己的终身事业一样，养儿如此，真的欣慰得很，我能为他做的，也只有让他在感情方面也得到自己想要的归属。我和老盛联合给刘志新开了条件，让他离开铭城，事情办得特别顺利，三十万就把他打发了。"

盛洁才知道原来刘志新是被魏钦岚和父母联合赶走的，他们之间就像有一根利益链条，不允许当中出现任何不该有的人和状况。

"我以为事情办得很漂亮，没想到这件事给了盛洁很大刺激，以至于对老盛夫妻起了逆反心理，反而更不愿意接受魏晋。之后还找了个夜店里的男人。盛洁和那个人搬进那间简易楼的时候，魏晋忽然颓废了很多，有一天他跟我说他死心了，喝了很多酒，是甄珍把她送回来的，坦白说我一直不喜欢甄家的女儿，当时魏晋还处于情感失落期，一时冲动极有可能和甄珍在一起，这是我不愿意看到的。"

孙明丽嘲讽地撇了撇嘴，仿佛已经将魏钦岚的内心看透："你当然不想看到他和甄珍在一起，因为甄珍的母亲是个歌舞厅出身的放荡女，而盛洁才是你心里的女神生的女儿。"

盛洁和黄律师早已经听得目瞪口呆。

魏钦岚却笑了起来，手微微发颤："你还是跟以前一样，从来没变过。"

孙明丽始终是敌对的表情和语气，或者这么多年来，他们确实积怨甚深。

"丫头，我必须向你道歉，冯肖的事，也是我出谋划策，是我出钱雇人想把他赶出这个城市，用和刘志新同样的方法。但是没成

功，当时我就听说他有个弟弟，他很疼这个弟弟，于是就想如何用这个方法让冯肖离开。刚刚找到冯颂的所在地时，就听说冯肖被人害了……"

魏钦岚沉默了，孙明丽和黄律师都沉默了，可盛洁却觉得喉咙里有什么被塞住了，张了张口，却被孙明丽抢先了："盛洁，这点你可以相信魏老疯子，因为他做过的坏事从来都是敢于承认的，我从年轻的时候就知道。冯肖的事，应该另有玄机。"

魏钦岚将桌上的资料朝前推了推，已经充满皱纹的手轻敲了两下桌面："如果只凭臆测，我魏钦岚来这一趟意义何在？这些天我已经搜集了证据，明确地说是魏晋之前就搜集了大半的证据，冯肖的遇害，盛轩轩的绑架案，都指向和刘志新有关。甄要武的突然死亡目前那份报告没有看到，所以只能凭猜测。以我多年商场的经验来看，刘志新是想独霸嘉陵甄氏。"

盛洁定定地看着他拿来的材料，他们都不约而同地怀疑到了刘志新，看来这条线索已经越来越清晰。

他组合好的材料里面有刘志新案发那几天的行程安排，目击人资料，竟然还有当年为冯肖切除肾脏的黑医生的资料。一时间盛洁好像忽然看到了希望，第一反应是兴奋，而后又觉得刘志新可怕。当年他还是一个才华横溢的男孩子，那几年这么美好，如今好像很多年前的那些全都支离破碎了。

"魏晋应该早已经知道了是刘志新，他也见过何嘉，想要接受何嘉的条件，但最后被人算计了，不出意外，现在的突破点就在何嘉说的那份资料上了……"

盛洁还在沉思中，就听到手机铃声大作，低头看了看屏幕，竟意外地发现是甄珍打来的。犹豫了一下，起身到包间外面的走廊上轻轻地滑动屏幕接通电话。

电话那头甄珍的声音比平时微弱得多："盛洁吗……你……快来救我……"

盛洁忽然脑中一钝，连忙对着电话大声问道："你在哪儿？你在哪儿呢？"

电话那头没有挂断，却也没人再说话了，盛洁连连"喂"了很多声依旧无人回答。凭女人的直觉，甄珍一定是出事了。她出事没有找冯颂帮忙，没有找自己的母亲帮忙，却找到了盛洁，这让她嗅到了异样。

停了三秒钟，盛洁连忙踩着高跟鞋跑到楼道里的电梯口，猛摁了几下，上面显示还在遥远的楼层晃荡。她按捺不住直奔楼梯，以冲刺的速度下楼。

车钥匙还在包厢里盛洁的手提包中，所以无奈之下她只有拦了一辆计程车。

"黄桦路37号，世纪景园。"盛洁异常流利地报出了地址。一时间脑中的景象高速运转，她才意识到，自从回到铭城以来，她似乎从未去过甄珍家里，而自己却好像对这个地点熟悉不已。

一路到了甄珍家的小区下面，看着一排排漂亮的洋房，盛洁竟下意识地知道往哪一栋楼里走。

"甄珍！"用力拍着门板喊着她的名字，周围静静的，没有人应答。

盛洁掏出手机来拨打她的电话，隔着门板，能隐约听到她的手机铃声，让她再一次确信她在里面："甄珍！我是盛洁，你还能开门吗？"

她目前已经是怀孕快八个月的孕妇，独自在家危险性很大。拍了几次，指头发红，她只好放弃这条线路，转而绕到房子的后面，从落地窗子往里面看。

下午外面的阳光强烈，屋里却因为北面背光的缘故，看得不清晰，她的房子很大，里面布置得很豪华，却显得空了些。

盛洁一扇窗子一扇窗子地检查，终于在连续5扇密闭的窗子之后找到一个松动的，使劲拉开一条缝，一股刺鼻的煤气味道扑来，她

立刻意识到问题的所在："甄珍！"

这片豪华洋房区白天几乎很少有人，一楼的窗子虽然打开一条缝，可依旧有防盗网围着，顺着墙壁和一条管道后面，洋房二楼的阳台上有两扇窗子，虽然关得紧紧的，可外面却没有防盗网，盛洁一边打电话给110，一边脱了高跟鞋扔了上去，顺着楼后的黑色管道攀上二楼的台阶。

那两扇窗子连着的是卫生间，窗口很小，而且是从里面锁上的。盛洁顾不得别的，拾起扔上来的高跟鞋，用尖尖的后跟猛击窗玻璃。

"哗"的一声，其中一块碎裂开来，她伸出手从里面打开窗子，探身跳了进去。

从卫生间拿了条毛巾掩上口鼻，顺着装修高档的走廊朝几间卧室找去，煤气味道大得让人窒息，应该是煤气管道泄漏。

"甄珍！"盛洁喊道，一间间房门打开，终于在二楼主卧的床沿下发现了甄珍，被子铺散在地上，双手护着肚子，整个人半躺在被子里，看起来已经昏迷了。盛洁赶忙将所有门窗打开。

"甄珍！甄珍你坚持住，我带你出去。"盛洁用力将她挽起，帮她挪动着步子朝外走。

孕妇的身子沉，盛洁看到她的眼睛微微张开了一条缝，看到是盛洁后，竟然微微笑了起来，显得几分苍凉："幸好是你……"

"是我，你等着，我带你出去。"

甄珍却死死地抓住她的胳膊，紧锁着眉头，像是找到一根救命稻草，在盛洁抱着她出门的时候，听到她虚弱的声音："他要杀了我和孩子……"

甄珍重新闭上眼睛，而盛洁心里咯噔一声，像被什么重重地一击……

第二十四章　漫天火光

在医院走廊里，盛洁前所未有的狼狈，丝袜早已经破了，光着脚踩着一双护士临时为她找的拖鞋，裙子上撕裂了一条缝，脏兮兮地裹在身上，头发散乱，眼睛却不住往监护室里张望。

"病人吸入了过多的一氧化碳，因为是孕妇，本来就很虚弱，幸亏送来得及时，应该没有什么生命危险，但是鉴于她现在的情况，孩子有早产的迹象，你们作好准备。"大夫出来平静地安慰盛洁道。

盛洁不知所措地看着大夫，不知道是点头还是询问，大夫大约看到她的样子已经十分惊异，料想他们一定经历了不小的波折，于是鼓励地冲盛洁说："放心吧，我们会尽最大努力。"

盛洁呆呆地坐在走廊的椅子上，整个人都混沌了，远远地看到冯颂从另一边过来的时候，心里的愤恨和怨怒都集中在了一起。站起来直接挡住了他的路。

"甄珍在里面吗？"冯颂想推开盛洁进去，却被她挡得死死的，惹得他微微一皱眉。

"冯总，哦不，应该是甄总，我忘了你早已经入赘了，你失望极了吧？甄珍母子幸好没事。"盛洁斜着目光冷冷地看着他，带着嘲讽和难以置信的失望。

"不明白你说什么，让开！"冯颂伸手要推她，被她抢先将他的胳膊挥开，从小到大盛洁几乎从没跟人动过手，尤其没跟男人动过手，而这一次她像铁了心，死死地杵在这里。

"甄总你可别忘了，一个男人不该利用一个女人达到上位的目的，而上位以后过河拆桥更不是男人所为！"盛洁的声音清脆而尖锐，让整个走廊上所有人的目光都集中到了这里。

冯颂的脸瞬间变得苍白无色，愤恨地盯着她，他也是个爱面子的人："别以为我心软帮了你一次，你就以为可以对我妄加评论，别用你的那些臆测来想我！"冯颂猛然推开盛洁要靠近监护室的门。

盛洁一把死死地抓住他的衣袖，眼睛睁得大得几乎可以冒火："我也希望是我的臆测，可甄珍的那栋房子所有的窗子都紧闭，煤气管道开到最大，家里只有她一个人，她拿着手机只能向我求救！"

"这只是一场意外！"

"是意外她就不会想到找我！因为我已经是和她分道扬镳多年的朋友，甚至是反目成仇的朋友，她怎么会认为我会救她？"盛洁瞪着冯颂企图将现在的他看得更清楚些。

他回瞪着盛洁，没有说话，却饱含了各种复杂的情绪。

"我以为你是善良淳朴的人，即使被仇恨冲昏了头，至少良心未泯，你还是当年那个冯颂，即便你恨我，我也觉得你都是情有可原的。可甄珍呢？她是你妻子，还有着和你的孩子，你想要独霸甄氏也要问问自己的良心！"盛洁觉得自己的表情已经扭曲了，整个人都像在极度的失望和愤恨中。

"我也希望我一直是善良淳朴的，可你知道善良淳朴的人过的都是什么日子？"冯颂冷冷地嘲讽，眼眶里却分明聚集了泪水，眼圈瞬间红了，而他却尽力想掩饰过去，"别以为你了解我似的，从来到铭城的那一天，原来的冯颂已经死了，你回到铭城的那一天，就注定变回盛洁了，从前的那段日子，就该烂在心里，就该一把火烧了！"

盛洁简直失望至极，望着冯颂，感觉从前的那些真的已经越

196

来越模糊了，她每次见到的他都是这样冷言冷语，极度憎恶她的样子，盛洁知道自己和他也许已经彻底变成仇敌了。

盛洁执意挡着监护室的门，拦着他高高的身子，沉声警告他道："你难道不知道'螳螂捕蝉黄雀在后'？你本来已经接近成功了，现在的棋却越走越错！我告诉你冯颂，不管你再怎么不承认，你只适合搞研究，商场的斗争早晚把你啃得一根骨头都不剩！你已经在引狼入室了，现在还想干掉最亲近的人！实话跟你说了吧，你离翻船不会远了！"

冯颂真的被盛洁的话镇住了，定定地看了她很久，拳头攥得紧紧的，连鼻子上也冒出细密的汗珠，良久，周围几乎完全安静下来了，他猛然转身朝医院外走去，步子大大的，却显出慌张和颓丧……

一直等到后半夜，盛洁倚着医院的靠背椅快睡着了，孙明丽给她打了电话，交代了一些上庭的细节。他们对于盛洁的突然离开都表示诧异，而她只淡淡地答了一句："一个朋友难产，我送她来医院了。"

孙明丽是个聪明的女人，没再多问什么，只让盛洁调整好心情等着见魏晋。

夜里外面下起了雨，医院窗缝里透来的风让她忽然觉得冷，渐渐地睡着了……

"你还是真的嫁给我吧，因为我们办了婚礼，就等于告诉所有人了，如果我们有一天不在一起了，你的名声也受损了，并且你也拿不到赡养费，对你只有不利。"魏晋像是劝慰，又像是在恳求。

"我已经答应了冯肖，这辈子只和他结婚。所以在其他方面我可以尽我所能帮你，你也可以选择适当的时机跟我分手，但我们不能领证。"盛洁说得无比郑重，看到魏晋自嘲地笑了，眼睛里是一种苦涩的恨意。

"既然是这样，就是说除了我只能当你的编外丈夫，其他的我

可以随意？"魏晋故意反问了一句，像是埋好了陷阱等着她，身子探过来低低地说着，她忽然感觉到了危险的气息。

还未及制止，他的手已经伸进了盛洁的衣服里，不容反抗，他已经将她整个身子压在床上……任凭她如何反抗挣扎……

辗转炙热的交缠，急促难耐的喘息，催生成那个暗夜里的回忆，一个妒恨交加的男人将所有的情绪都发泄在那场欢爱里……

突然间，盛洁感觉有人叫自己的名字，她模糊中下意识地回应："魏晋……"

"盛小姐！"有人轻轻推了推盛洁的肩膀，让她惊醒过来。尴尬地看着眼前面带微笑的护士小姐，她才意识到自己还在医院里。

从护士的嘴里了解到，甄珍早产生了一个女婴，只有三斤半的重量，一出生就进了暖箱，现在还在观察，但甄珍已经清醒，正吵着要见盛洁。

甄珍被推进了病房，盛洁一路看着虚弱的她，只能用微笑去安慰，死里逃生对她来说是一件庆幸却又心酸的事。

"恭喜你生了个女儿，我虽然还没看到小家伙，但一定跟你一样漂亮。"盛洁尽量说得轻松来安慰她。

"盛洁，我们还是朋友吗？"甄珍苍白的脸，凌乱的头发，一行清泪随着眼角渗出。

"是，当然是。"

她点点头："从前咱们是姐妹花，我以为我和你是一样的，可后来所有人都告诉我说，我妈妈只是当年歌舞厅的三陪女出身，爸爸始终不愿意娶妈妈，周围很多人看不起我。妈妈总是找我要钱去澳门的赌场玩，爸爸不愿意给，怕妈妈把我带坏了，于是整天把我锁在家里不让我和她见面……

"幸亏有你，盛洁，幸亏有你那些年陪着我，就像我的姐姐一样，不然我早就挺不过来了。后来我知道爸爸整天抑郁的原因，因为他也喜欢你妈妈，并且曾经是你妈妈的未婚夫。我从小生活在支离破碎的家庭，每天都是保姆和你陪着我，我心里说不出的自卑，就想找个机会证明自己。魏晋是挺不错的，关键是爸爸也喜欢他，所以我要和魏晋在一起，让爸爸觉得他这个女儿其实是有本事的，可惜我失败了。明明你宁愿和一个那种职业的男人在一起也不愿意嫁给魏晋，可他还是在你需要妥协的时候给你机会，让你跟他在一起。"

盛洁怕甄珍刚刚生产过后就操劳过度，连忙要提醒她先休息，她却摇了摇头执意说下去。

"我当时真的很恨你，特别恨，我真怕你抢了我想要的东西。"甄珍声音都在颤抖，盛洁上前抓住她的手，想安抚她激动的情绪，毕竟她还是个产妇。

"甄珍，其实我并不恨你，虽然我失忆了，有些事直到现在我也不敢说完全回忆了起来，但我知道咱们以前是真正的好姐妹，那些误会就别再提了。"盛洁轻拍她的手背，希冀她不要多想。

"不，盛洁，你听我说，时间不多，我只说三件事，我必须现在说……"甄珍急切地回握着盛洁的手，指尖发白，眼睛里却放出不同寻常的光芒。

盛洁点头，安静地坐下来等着她的讲述。

"第一件事，这个孩子，不是冯颂的……我那段时间受了打击，玩得很疯，每天去夜店，我不知道是怎么了，竟然怀孕了。就在那时候，我看到了冯颂，他很淳朴，提着两个大袋子，装的全是喜糖，到处在打听冯肖的事，当时我就大概明白了状况。冯肖的事，是我告诉他的，他受了很大打击，那时候我才知道你没死，也是那个时候，我打定主意让冯颂入赘甄家……"

盛洁震惊地看着她，过往的事件件都让她感到迷茫和讶异。

"很惊讶对吗？那么第二件事也许你会更惊讶，我听说你和魏晋吵架后意外失忆了，是我出钱雇了个贪财的女人，就是你后来认识的那个人贩子，把你带得远远的，让你永远在铭城消失。不然以

你的年纪，早已经过了人贩子锁定目标的时期了……"

盛洁忽然不明所以地笑了，不知道是愤恨，是苦恼，是无奈，还是其他的，总之这些事当经历过以后，她重新说出来，盛洁反而没有那么多恨意存在了："原来是这样，其实甄珍，你要是不说，我一辈子可能都不会知道的。"

"我心里不安，尤其在你救了我和孩子以后，我不想再这样了，我以前不信命，但是现在有了孩子，特别怕有一天这些事报应到孩子身上，所以我……"甄珍哽咽着说不下去，眼泪却流得更厉害。

"我明白了，什么都明白了，甄珍，你现在需要的是好好休息，什么都别再想了，等你恢复了，聊多久我都陪你，真的。"盛洁轻轻地帮她整理好被褥，想用微笑来缓解她的痛苦。

甄珍一再摇头，死死地抓住盛洁的手腕，尽管力道不大，可她确是用尽全力："不，盛洁，第三件事是最重要的，你一定要听我说完……你要救魏晋……何嘉的那份资料……我影印了一份，就放在我的住处……那份是真正的资料，被公安局封存的那份是伪造的……"

她的声音越来越小，盛洁猜她是累了，或者她故意低声不让其他人听到。医院里好像忽然安静了，盛洁仔细听着她的讲述，回忆着她房间里的摆设和她说的具体位置……

"阿姨，我想请你帮个忙。"出了病房盛洁一边朝甄珍的别墅赶，一边打电话给孙明丽。

她是个聪明人，听到盛洁的反应，干脆地答应道："好，你说。"

"甄珍刚刚生了个女儿，在第一医院，现在身边一个人也没有，我想请你务必帮忙照顾好她。"外面已经开始下起了雨，盛洁冲过马路，拦了一辆计程车，电话里孙明丽还在询问她的状况，她只答了一句，"我现在要去找一份重要资料，我已经知道它在哪了。"

之前因为报警的缘故，现场已经被警察勘查过了，认为是意外煤气泄漏，只做了一般处理。破碎的窗户还未及修理，用木板遮挡了暂时将就。

这次盛洁是拿甄珍的钥匙从正门进入的，已经到了凌晨，到处黑漆漆的一片，她摸索了半天，找到开关来将一楼大厅的灯打开。

房间里依旧干净整洁，只有门前的脚垫大半翻了过来，看来有人从这里绊了一脚所致。

甄珍的别墅里房间很多，但大多数是关着门的，这也就是为什么煤气的味道散不出去的缘故。

盛洁踩着高跟鞋上楼，顺着她说的方向找到书房的位置，甄珍是个爱看小说的女孩，家里的书架上总是堆得满满的，还有各种时尚杂志和明星写真等。琳琅满目，看得人眼花缭乱。

"第三层书架的夹缝……"盛洁默默重复着她刚才的话，开始到处翻腾，夹缝只有一个，里面空空的，盛洁开始在那周围找寻，一本本书拿出来找，一点线索也不放过。

窗外雨声哗哗的越来越大，她打开台灯地毯式搜索。心焦气躁，加上天气的缘故，她感到浑身冒汗。第三层找过后，依旧不见那份资料的踪影，于是开始从第一层往上逐一搜索，直到拉开一本厚厚的全英文大辞典时，第四层最上面排列的书全部随着盛洁的动作散落下面，"哗"的一声掉落了一地，一个薄薄的文件袋也随之散落。

她看着那个袋子，不顾一身的汗水，捡起来拧开线绳的封口，从中抽出资料，里面林林总总各种报告，盛洁耐下性子给材料归了类，对着台灯仔细研究。

果然不出魏晋所料，这份资料是指证甄要武的私人医生违规使用了静脉麻醉催眠。盛洁大概脑中有这个概念，曾经在什么地方听说使用这种催眠必须有导管辅助，不然会造成窒息死亡。而甄要武的死，现在分析起来大约正是这样。

　　盛洁赶忙继续往下看，中间一部分是嘉陵甄氏最近两年来的财务报表，成本核算表，以及各部门赢利情况走势表，从上面可以看出，甄氏对于沁水和安纺的两家一直亏损的子公司投入了大量资金，甚至比铭城本部这边的大型项目投资更为巨大。再往后是最近两年几个大项目的合同，盛洁尤其注意到，自从冯颂到了甄氏以后，接连引进多个成本极高的大项目，动辄上千万。在最近一项涉及甄氏整个加工链更新换代的合同中，盛洁惊讶地发现下面签字的主要负责人忽然变成了"刘志新"，在合同相对方的执行决议上，列出了好几个人的名字，其中一个竟然是"赵伟"。

　　盛洁觉得猛然间心跳加速，快速朝后翻找，眼睛几乎凝结在这叠厚厚的纸上，心中忽然明白了很多环节。

　　直到有股浓重的焦糊气息开始弥漫整个房间，盛洁嗅到汽油的味道，惊觉到了问题，赶忙将资料重新装进袋子里，抱在怀中，打开书房的大门。

　　一阵浓烟瞬间飘进来，吓得她赶忙关上门，从窗户玻璃处已经能看到明火的存在。盛洁急得到处找手机，才发现手机早已经不在身上，明明自己上计程车的时候还在的。她攥紧拳头，四处张望中，看到桌上放着一只白色的欧式电话，她像找到了大海中的一块浮木，连忙拿起听筒来，才看到电话线全部被人割断了。

　　脑中"轰"的一声，每个毛孔都瞬间充满了恐惧，后背发麻。有人想让她死……她清楚地认识到这一点，感觉到周围的危险气息越来越重，那么强烈的感觉，好像有种力量让人瞬间不能呼吸了。

　　一楼的火苗已经急剧蹿到二楼来，火光照亮了盛洁布满汗水的脸，一时间她的脑袋里充斥的第一念头就是如何保全手里的这份资料。

　　屋里温度骤升，隔着门板能听到外面烧坏的东西咔嚓的响声。

　　环顾房间的每个角落，从储物架上扒出一个大号的巧克力糖的铁盒，打开盖子将所有的糖果都倒出来，将文件袋塞进去，紧紧地盖上盒盖。

　　回头扯掉屋里的窗帘，撕成几条来拧成一股绳，又将桌上小鱼缸里的水倒在绳子上，扯了一块窗帘布浸水后掩住口鼻。

　　门板已经被烧得变了形，盛洁连忙将侧边的窗户打开，大声地呼救，把文件盒上又套上两层塑胶袋，扎得紧紧的。使尽全身力气将盒子扔进了小区的池塘里……

　　暗夜里，波光粼粼的池塘在路灯的照耀下泛起了涟漪。

　　冲天的火苗淹没了她的声音，门板轰的一声倒地，强烈的火光瞬间冲进屋子……

第二十五章　其实你爱我

"其实你爱魏晋对吗？"甄珍声音轻柔地问道，在盛洁的记忆里，她很少那样温柔那样平静地说过什么。

"不，我没有。"盛洁回答得干脆而决绝，甚至没有经过任何思考就脱口而出。

"他有什么不好？"

"太多了，他脾气差，自以为是，爱捉弄人，缺点多了去了。更重要的是，他还总想利用自己那点身家来胁迫别人做别人不喜欢的事。"

甄珍轻笑，眼里却饱含深意："即便你说出他这么多缺点，可你还是在他困难的时候，尽你最大的努力帮助他。"

盛洁脑中混沌，那是多久以前的事了，在周围都安静下来的时候，她竟然记起了这些。

看守所里，魏晋端着餐盘坐在食堂的桌边，没滋没味地吃着米饭，突然听到管理员叫他，说是有人过来看他。

走进会面的那间屋子，隔着玻璃他才看清来的人竟然是刘志新。很多年两人没有单独地正面接触，今天他来看魏晋，更让他颇为意外。

"魏总久违了。"刘志新穿得体面，淡定地坐在对面，脸上似有若无地挂着笑，显得成熟而危险。

"你和上学时候不太一样了。"魏晋笑了笑，在他的印象里，刘志新上学时是个刻苦的斯文男孩，而现在却完全让人看不懂了。

"这么多年过去了，如果还是从前那样，早就不知道死过多少次了。"刘志新自嘲地哼了一声，表情依旧不阴不晴。

"听说你前两年离婚了？"魏晋想起关于他的八卦，这么多年过去，倒勾起他的兴趣。

"是啊，和盛洁分手以后，我就在想，我的条件也许只能找个普普通通的女人，没想到娶回来的是个恶妇，处心积虑地想榨干我那点钱。奋斗了这么多年，现在感觉，什么都不如钱来得实惠，只有有钱了，你想进的圈子才会带你玩。"刘志新笑得声音沙哑，他觉得到了如今，他终于可以坦然地平视魏晋，甚至带点优越感。

"你来找我有什么事？"魏晋知道他的到来不会那么简单，即使到现在这个光景。

"没什么事，单纯来看看老同学，难道不行吗？"刘志新嘴角拉开一个讽刺的弧度，跷着二郎腿，整个身子晃了晃。

"那你现在看到了，你满意了？"魏晋站起身想要离开。

"别那么急嘛，魏总，我还有一些事没告诉你。"刘志新坐着没动，语气也不急不躁。

魏晋转过头，一句话也没说。

"路上听新闻说，甄总那栋别墅失火了。"刘志新带着笑意，双手抱在胸前。

"和我有什么关系？"魏晋讥讽地笑了笑。

"抬出两个烧得半死的人。"

"甄珍出事了？"魏晋想起她还是个孕妇，不禁皱了皱眉。

"不是甄珍，甄珍今天早晨刚生了个女儿。抬出的那两个人是冯颂和你老婆盛洁，据说是通奸的时候赶上了意外……"

"你放屁！"魏晋气得大骂，转过头怒瞪着他。

"别急呀魏总，我也知道你在看守所里整天很压抑，又听到这样的消息，但事实胜于雄辩，甄珍都到医院生孩子了，盛洁和冯颂跑别墅里面干吗？何况据我所知，盛洁之前在庆城山疗养，当时就

认识了冯颂……"刘志新显然一脸看好戏的表情，趴在玻璃上笑得肆意。

魏晋终于明白他这趟来做什么，他只是想来羞辱他，看他落魄，看他生气，看他潦倒崩溃的样子。

魏晋咬着牙怒瞪他，血丝布满眼球。

"人不可能事事顺意，三十年河东三十年河西，这个道理你也懂吧？别老指望翻案，指望出去继续当你的总经理了，想想怎么交代后事比较重要，你父亲最近身体也每况愈下了，你判刑以后，盛洁现在的状况，你觉得她会等你，给你守节什么的？"刘志新伸出一根手指，轻蔑地指了指他，"你之前看着风光百倍，其实最蠢的就是你啊！"

魏晋浑身上下像被火烧的感觉，如果不是在这个场合，不是隔着一层玻璃，他想他早已经一拳抡过去，但今天，他什么也做不了。

"别以为你这么说，就能得什么便宜，你的卑劣肮脏无耻下流，早晚会把你拖进来的。当年你为了三十万，抛弃盛洁，现在又为了夺取嘉陵甄氏的股份害盛繁一家和甄珍。人一辈子没有那么多好运，亏心事做多了，半夜都会被鬼掐死的……"魏晋狠狠地盯着他，剜了他一眼，头也不回地走了。

站在看守所的广场上，魏晋整个人陷入了一种呆滞，不是因为刘志新说盛洁和冯颂在一起，而是不知道她现在伤成什么样子了，他现在已经完全和外界隔离了，而且不知道这样的日子还有多久。

"有的人整天魂不守舍，可能是得老年痴呆了。"两个狱友在不远处晒太阳，朝这边讥笑道。

"他那是抑郁的，人家原来可是个富二代，听说杀了人，老婆也跟人跑了，所以……"另一个偷笑着跟旁边人爆料。

"这么惨，那他现在被关起来，他老婆岂不是随便和哪个男人上床都行了？"

"那绝对啊，这么年轻的女人，哪耐得住寂寞，肯定在外面找别的男人逍遥自在去了……"

两人放肆地笑了起来，一字一句在魏晋听来那么刺耳，刚刚积聚的怒火还没消散，又被撩起了。他恼得三两步走过去，抓起其中一个笑得正欢的人就是一拳，另一个见状刚要跑，被他从背后抓过来，猛地又是一拳。

三个人扭打在一起，两个人鬼哭狼嚎地倒在地上，远处狱警已经朝这边跑来："住手！不许打架斗殴！"

魏晋被狱警钳制住，瞪着眼睛躺在地上，胸膛急剧起伏。心里遏制不住地悲愤。

第二天，盛洁睁开眼睛，觉得眼皮重重的，浑身很疼，火辣辣地疼，每一寸皮肤都像被毁坏撕裂了一般，身子疼得一动不能动。她听到了救护车的声音，接着有人一路跟着她，一直在安慰她，那不是妈妈，不是爸爸，而是孙明丽，她着急得一直拜托医生救盛洁，腔调几乎已经快哭了。

"阿姨……"盛洁努力想伸手抓住她的衣服，只是胳膊疼得怎么也抬不起，睁不开眼睛，她几乎看不到外面，不知道为什么，此刻她心里很高兴，她没见过那样的孙明丽，至少表明她是关心她的。

"夫人您放心吧，我们会尽最大努力救盛小姐的，您的伤口也要尽快处理，不然后果也很严重……"这应该是医生的话，盛洁已经听得不太清晰了，周围还有人在说话，她隐约听到是在讲那栋别墅已经烧毁的事。

孙明丽捂着胳膊凑近盛洁轻轻安抚道："孩子，什么都别想了，你会好的，你是咱们魏家的媳妇，魏家即使倾家荡产也会把你治好。"

印象中孙明丽一直是排斥盛洁的，她恨盛洁，讨厌盛洁，甚至对于盛洁的一家都持否定和鄙夷的态度，而这段时间，直到今天，

她似乎真的将她当成一家人了，真真正正的一家人。

其实盛洁是想告诉她那份资料的位置，可身体和精神似乎都已经累到了极点，头昏昏沉沉的，连动动手指的力气也没有。

她感觉到自己被推进了手术室，之后就再无知觉了……

醒来的时候已经是个阳光明媚的下午，监护室外面站了很多人，母亲泪眼婆娑地堵在门口，听说盛洁醒来，第一个冲进来趴在她的床头，心疼的样子让整张脸都扭曲了，她一直在哭，一直感叹命运的不公。

孙明丽就站在后面，盛洁想示意她过来，被母亲冷冷地制止了。母亲一向以柔弱示人，今天眼神里却全是怨毒和愤恨："孙明丽，你有什么不满，有什么仇恨都冲着我来！我知道你一向都记恨我，可这些和盛洁都无关！我知道魏晋是个好孩子，可因为有你这样的婆婆，当初我也是犹豫了很久才将女儿嫁过去，我真心希望她能过得幸福，但这几年经历了这么多事，我以为她福大命大，总该过上好日子了，就因为你的心狠手辣，让她变成了这样！"

孙明丽少有地沉默了，扭过头去拭泪，屋里的气氛紧张不已。

盛洁想跟母亲解释，可软软的使不上劲，她不知道现在是什么时间了，想到魏晋那个案子开庭的事，心中急躁，打起万分精神朝孙明丽动了动手指："阿姨……您……过来……"

盛母和孙明丽都惊讶地看着盛洁，片刻，孙明丽连忙到盛洁的床前，轻轻握住她的两根没有受伤的指头："我在这儿，孩子，阿姨对不起你……"

盛洁想摇头，却怎么也动不了，努力张了张口，母亲却恼怒地上前来拉孙明丽："你离她远点！你满意了？我的女儿变成这样了！你终于满意了？！"

孙明丽不肯走，挥手甩开她，低头靠近盛洁的脸，想听清她的话。盛洁迷糊中努力将那份材料的位置告诉她，用最艰难的气力。

孙明丽听着，脸色逐渐变得深沉，继而重重地点点头，表示已经明白盛洁的话。

身后盛母像看着仇人一样盯着孙明丽。

突然间，她抬高声音，既像安抚，又像承诺："不管你以后变成什么样，你都是我们魏家的媳妇，如果魏晋有一天对不起你，我这个当妈的就跟他拼命，别人也许不信我说的，但是魏老疯子知道，我这个人说到做到。"

屋里再也没有人讲话，母亲满脸泪痕愣在一边，孙明丽正面看着她，一种坦然平和："我会给你个交代的，一定会。"

孙明丽快步朝外面走去，走廊上响起越来越快的脚步声，盛洁知道她一定是奔向她说的地方去了。母亲愣了很久，最终开始抽泣。

盛洁感到浑身疼痛，已经接近没有知觉，但是心一直悬着。住院的几天来了很多人看望，包括盛繁和路雪盈，他们来的时候，盛洁还只是勉强能睁开眼睛，可心里有太多的话想跟他说，激动地一直看着他。

父亲病了，盛洁也变成这样，现在公司已经没有自家人管理了。按照盛洁的设想，盛繁是时候重新出来主持大局了，可母亲似乎已经对他失望了，从他们夫妻进来的第一步，她一句话也没说过，连盛繁叫她母亲，她也充耳不闻。

盛洁知道因为之前甄要武的事，母亲已经伤透了心，早已经决心和盛繁脱离关系。

"妈，我想跟哥说几句话。"盛洁恳求地望向母亲，希望得到她的谅解。

这些天盛洁看到了一个不同以往的母亲，她所有的柔弱都收了起来，更多的是一种强硬、尖锐和对周围人的戒备。

"妈……"盛繁也跟着盛洁喊道。

母亲只是冷冷地说："别叫我妈！你们都别叫我妈！一个可以为了女人连父母都不要，一个为了男人连命都不要。妈在你们心里

算什么？什么都不算！"

母亲掩面转身出了门，保姆玲姐赶忙跟着追了出去。

直到如今，盛洁才真正明白，母亲这两年来的煎熬，她承受了很多很多，只是身边纷繁的事和内心的波折让他们都忽略了她的感受。

盛繁沉默地看着盛洁，良久重重地叹了口气，盛洁知道他是个拙于言辞的人，心里的包袱永远比说出来的东西重得多。

"知道吗？今天是魏晋上庭的日子。"盛繁开口道，看来他料定了这是盛洁目前最关心的事。

"我知道……"盛洁轻轻地回答，几天没有见到孙明丽了，也没见到和这件事有关的任何一个。在母亲面前，她不敢提这个，怕惹她伤心，于是将所有的心事憋在心里，直到今天看到了盛繁。

"你放心，他会赢的。"盛繁凑过来低声说道，盛洁不知道他怎么会这么有信心，但他说得肯定，从心里她是相信这个哥哥的。

"你是怎么会怀疑到刘志新的？"盛洁开门见山地问道，憋了很久的问题，终于可以一次问个清楚。

"从轩轩失踪的时候。"盛繁人长得刚毅，只是眉心中间有道细纹，看起来极有气质，可盛洁知道那是他长期思虑过度所致，"其实魏晋也很清楚，他当初这么顺利地找到轩轩，也是因为早已经料定了幕后主使是谁。不过在那之前，我已经和刘志新达成了协议，我让出甄氏接班人，他放了轩轩。但是刘志新根本没想兑现诺言，他只是想骗我放弃嘉陵甄氏董事长的位子，而轩轩，他已经准备好了撕票。幸亏了魏晋，是他凭借当年认识刘志新那点经验，一晚上的时间找到了孩子。所以那天我放弃了那个位子，一来是怕再次引火烧身，二来暗地里收集刘志新的犯罪证据。后来没多久，我发现魏晋也在收集……"

盛洁皱了皱眉头，不满于魏晋和盛繁在这件事当中的深藏不露，虽然已经没气力再多说话，可依旧觉得心中郁积："那冯颂怎么会和刘志新结成联盟？"

盛繁轻笑："冯颂一个读完书就到大山里搞科研的孩子，怎么能和在社会上打拼多年，城府极深的刘志新比？他略施伎俩，冯颂就把他当亲大哥一样看待。甄珍又是个只知道吃喝玩乐，对父亲又极度不满的娇小姐，刘志新早就瞄准嘉陵甄氏这块肥肉了，他怂恿冯颂先把甄珍除掉，他再想方设法架空冯颂。"

盛洁觉得心口某个地方被刺痛了，从前熟识的人和事，逐渐变得可怕，虽然这与她事先预料的很接近，可听别人诉说还是觉得沉痛："我早就知道魏晋是被刘志新陷害的……"

盛繁没有说话，愣了片刻，笃定地朝盛洁道："不，魏晋的事，是冯颂做的。"

盛洁的脸色逐渐暗沉，眼睛睁得大大的，想从盛繁的表情里看出些什么，他却依旧是严肃的。

冯颂处心积虑想置魏晋于死地，想来是心中恨透了，这一层恨，或者由来已久了。

盛洁被鉴定为局部重二度烧伤，身上或许永久都会有疤痕，医生说她很长一段时间都要在医院接受治疗，今后能恢复到什么程度，只能走一步看一步。

听到这样的消息，她却没什么感觉，不觉得难过，也不觉得忧心，只剩下一种说不清的情绪，盛洁的心似乎不在这家医院里。

盛繁陪她聊了很久，直到他离开了，盛洁才开始直愣愣地望着天花板，所有的想法仍在转个不停。

刘志新在病房外看了看盛洁，始终没有进去，静静地站着。想起从前上大学的日子，他忽然觉得已经非常遥远，工作以后的打拼，职场的尔虞我诈，婚姻的不顺利，让他这些年逐渐偏离了从前的单纯。或者盛洁才是代表他当年无忧无虑的记忆，但事到如今，他只能选择继续用现在的生活方式走下去，从前的那些仅仅是回忆。

　　站了很久，直到有护士在旁边叫他，刘志新"嘘"了一声，轻轻笑了笑，转身离开了。

　　坐电梯下楼的时候，刘志新看到楼层标识有"妇产科一病区"的字样，他果断按了楼层键。

　　顺着护士的指引，他站在甄珍的病床前，一言不发，而甄珍却吓坏了，已经下意识地往另一边蜷缩了一下。之前冯颂把他请来的时候，他们曾经寄希望于他丰富的商战经验，处心积虑地谋划着将公司从盛繁手里抢回来。没想到盛繁得到了公司，却意外地拱手相让。

　　她成了甄氏的法人，冯颂告诉她，刘志新这个人油得很，不能久留，必须想个办法将他踢出公司，尽管这有点狡兔死走狗烹的意味，可情势如此，没有办法。

　　只是这一步棋只实施了一个开始，就出了这么多状况。刘志新反而在短短的时间内，将公司上下员工都收买了，联合几个老古董成了这家公司的实际领导者。因为在甄氏，冯颂和刘志新都算是空降兵，甄珍是个大小姐，根本不懂得管理公司。而冯颂的城府，自然无法和刘志新相比。

　　现在甄珍明显感觉到自己处于弱势，连看到刘志新的眼睛，也感到害怕。

　　"别怕啊大小姐，你不是一向颐指气使，不把任何人放在眼里吗？"刘志新坐在一旁的沙发上，点了支烟抽起来。

　　"你来干什么？我妈呢，我要找她！"甄珍惊慌地喊道，抓紧被角，嘴唇吓得苍白。

　　"你妈那点出息，现在估计还被几个麻友控制着呢。"

　　"不可能。"甄珍慌忙找寻身边的呼叫器，想叫护士，被刘志新一把夺了过去。

　　她想喊，刘志新却恶狠狠地将她的声音瞪了回去："别指望别人了，你做了多少亏心事你心里比谁都清楚！"

"我没有！"甄珍哭了，想反驳却显得十分无力。

"你当大小姐当得太久了，脑筋简单，还想设局来对付我和冯颂？"刘志新将一口气吹到甄珍脸上，呛得她直咳嗽，"冯颂也不是吃素的，如果你不把盛洁骗过去，他一定不会上你的当。而至于我，现在你孤儿寡母的天真相，想接手公司，不是痴心妄想吗？"

甄珍吓得连哭也忘了，连连求饶："你放了我和孩子，我什么都不要……"

"你本来也就什么也得不到，还记得你当年帮着魏晋挤对我的事吗？你们这些富二代，以为父母有两个钱就把眼睛放在头上？其实你们什么才能也没有。这话我放在这儿，只有我接手公司，它才能蒸蒸日上，换作你和冯颂，这家公司永远都没有希望，尤其你还有一个贪婪的妈……"刘志新凑近甄珍，狰狞的表情让她连呼吸都困难。

甄珍的精神已经处于极度紧张状态，身子微微发抖，说话也颤巍巍的不能完全，眼泪已经干在脸上。

门忽然间被打开了，竟是两名穿着制服的警察。屋里窗帘被吹动了，刘志新和甄珍惊诧地看过去。

"刘志新先生，经过查证，现在怀疑您和华洋会所的何嘉死亡案有牵连，请跟我们走一趟接受调查。"警察例行公事地将他铐了起来。

这次轮到刘志新紧张，他睁大眼睛，半晌又大笑起来，露出孤傲绝望的神情。

甄珍几乎还没有反应过来，刘志新就被带走了，临出门的警察帮她把门带上时。她才渐渐有所知觉，笑得哭了起来："谢谢警察同志！谢谢！谢谢！"

第二十六章　尘埃落定

几天的时间让躺在病床上的人觉得度日如年，每天用手机查看各方面信息，累得胳膊和眼睛酸疼。

盛洁的病房门什么时候被打开的，她都没有察觉，直到有熟悉的脚步声慢慢地走到床前，走进了她的视线。盛洁抬起重重的眼皮，看到一个穿着白色低领T恤，满脸胡楂的男人，头发理得更短了，而整个人的感觉却没有变。

两个月没见到他，却好像隔了很久很久，像有好几个世纪这么长了。在看到魏晋的同时，盛洁的心终于觉得踏实了，目不转睛地盯着他，脸上却挤不出一丝笑容。

他先笑了，笑中却带着重重的苦涩，而后眼睛红了起来，他低下头来，额头贴着盛洁的额头，胳膊轻轻揽过盛洁已然包扎起来的肩膀。

"……出来了？"她努力张口，觉得嗓子里涩极了。

"你……傻瓜……"盛洁感觉到魏晋的身体在颤抖，忽然间一滴温热的泪水落在她的脸上。盛洁愣住了，从没有见过魏晋哭，他在她心中一直都是心理素质极佳的那一个，今天却像完全变了个人。

盛洁舔了舔干燥的嘴唇："哭什么？在里面很苦吧？"

"现在看来，没有你在外面苦……"

"你不是说……你上庭过后，让我把我们之前没有领证的事实公诸于众吗？"

"我怕连累你，连累盛家，那些日子，我怕我永远也斗不过刘志新，甚至连冯颂也斗不过。"

"魏晋……我一直都觉得我并不爱你，可那天听到阿姨转述的这句话后……我忽然觉得伤心极了……你让我从来没有这么恨过你……"

魏晋笑了，却带着哭泣的表情，低头吻了盛洁。盛洁没有拒绝，他就继续深入，交缠的湿热感让她慢慢闭上眼睛，不知道多久，盛洁感觉到眼底湿湿的，从眼角渗出的泪水逐渐浸湿了纱布。

"知道吗，刘志新去找过我。"魏晋坐在床头，用胳膊支撑着身子，目光柔和地看着她。

"噢？他还有什么可蹦跶的，他没想到他犯案证据已经被我找到了吧？"盛洁想起在别墅里的经历，现在还在后怕，如果没有及时救援，她应该已经烧成灰了。

"他是来耀武扬威的，可能他觉得，他会赢。"魏晋认真地盯着她，轻轻将她散在肩膀上的头发理顺。

"如果当年，他没接受那三十万，也许就赢了。"

魏晋笑了："你还是跟以前一样单纯，这是一个局，甄珍知道那栋房子会着火，她早就布好了局，是打算让冯颂去死的，可冯颂反而先下手，差点让甄珍母女丧命。所以她故意让你去……"

盛洁拧着眉头看着魏晋，一种难以置信的感觉，整个心都透着深深的凉意："所以她还告诉我了那份资料的位置，她只是料定了我一定会去，一定会……"盛洁之前听到她的肺腑之言，还这么相信她，还以为从前的友谊真的能回来，看来她真的大错特错了。

浑身的疼痛已经赶不上内心的疼痛，所幸魏晋还是平安的，他成功地翻了案，所以盛洁去了那栋别墅还是值得的，至少帮助了自己牵挂的人。

"魏晋，我想拟份文件，你帮我。"魏晋搀扶着盛洁站在走廊上时，周围早已经静悄悄了，对着窗外枝叶繁茂的景色，盛洁想要

把手上的事尽快解决了。

"好，关于什么？我帮你弄好发给小杨秘书。"魏晋答应得爽快，一夜过去，他已经将头发胡子都理过了，换了一身休闲深蓝色衬衫，整个人清爽很多，他一直在陪着盛洁。

"将销售部经理赵伟开除。"

魏晋愣了片刻，不明所以地笑了："只是这么简单？赵伟做的事，坐几年牢也不为过，只是开除，便宜他了。"

"你不懂。"盛洁反驳道，"他的父亲赵副总是我爸爸出生入死的手下，当年最艰难的时候，他都跟着爸爸一起创业，是个难得的好人，现在赵副总病了，已经不能再受刺激了，他只有一个儿子，如果赵伟坐了牢，他会承受不了的。"

魏晋终于点点头表示赞同。

"我可能以后都不能穿短袖和裙子了，甚至还要一直用长披发来遮盖颈脖受伤的地方。"盛洁看着魏晋，心里涌起一阵哀伤。

"没关系，我会帮你找最好的医生，一定要医好你，即使医不好，那也没关系，反正有我在这儿。"魏晋说得郑重，瞳孔在窗口的光线处显出透明的色泽，见盛洁这样盯着他，反而笑了起来。

每天挨个病房叫卖报纸的大婶打破了这点温馨的气氛，拿着今天的晚报不合时宜地叫道："先生小姐，来份报纸吧，今天大新闻，嘉陵甄氏风雨飘摇，CEO犯罪，管理层内讧，就快被收购了……"

盛洁几乎没有迟疑地接过那张报纸，因为动作太大，触动了伤口，忽然间火辣辣地疼，可眼睛始终没离开那张报纸。

"有人完全掌握了刘志新犯罪的证据，已经提交公安机关了，这会儿他可能已经被戴上大银镯子了，很快就要到监牢里吃免费午餐去了。"魏晋说这句话的时候，不无得意。刘志新是他多年的宿敌，从上学时候起就从没停止过争斗，他的落败让魏晋多少显得沾沾自喜。

盛洁依旧在看那份报纸，文中居然有冯颂的消息，"在私人别墅被烧伤，同时在场的还有盛和集团的总经理盛洁，两人均受重伤住进铭城第一人民医院……"

盛洁怔怔地看着那行字，心中惊诧已经大过所有情绪，冯颂当时也在场？如今也住进了医院？

魏晋收起了刚刚的表情，轻轻揽着她的肩膀，示意护士将轮椅推过来："他就在楼下，如果你愿意，我可以带你看看他，听妈妈说，当时他进去救你的……"

"后来呢？"

"后来你们都是被妈妈报的火警救了。"

盛洁恍惚地点了点头，已经说不出的感觉，眼神定定地望着空荡荡的走廊。

"昨天冯颂也上庭了，之前我们收集了这么多证据，包括你找到的那份资料。加上冯颂亲自上庭指证，刘志新才落马了，不过冯颂这次很决绝，把甄珍也指证了，包括他自己怎样联合甄珍以及甄要武的私人医生害死了甄要武的事，都坦白交代了。冯颂目前正在保外就医。甄珍因为还在哺乳期，被判缓刑了……"魏晋推着盛洁的轮椅边下楼边告诉她这场官司的情况。

楼下的病房依旧安静，魏晋帮盛洁推开冯颂病房的门时，里面空空的，东西还在，人却不见了。程丽娟提了保温桶上楼，高跟鞋的声音打破了周围的宁静，她人憔悴了很多，可依旧是淡定非常，看到他们站在病房外，仿佛没感觉一丝意外："阿颂应该是去冯肖的墓地了，事到如今，他应该已经彻底放下心里的包袱了。"

盛洁望着空空的床位，心里说不出的滋味："丽娟姐……"

"丽娟。"魏晋这次抢在了盛洁前面，"我公司里最近缺人，我给你留了个位子，过些日子去我们那边上班吧，保证薪水从优。"

程丽娟笑了起来，眼角的鱼尾纹明显了许多："我一没学历，

二没能力，眼神也不怎么好，之前都是在饭店里当当服务员，洗碗工什么的，到大公司里，怎么会有我的用武之地？冯颂给我留了一笔钱，我已经把冯肖生前选中的那家小吃铺店面盘下来了，我想自己经营点生意。另外，清逸别墅那边，我都收拾干净了，已经搬出我所有的东西了。魏晋，我始终要谢谢你，不管怎样，你实实在在地帮了我，让我无家可归的时候有了住处，让我的眼睛复明……"

这些年里，盛洁从来没觉得程丽娟这样清丽动人过，尽管在朦胧的印象里，她早已经不像当年在大排档里的那个服务员怯生生的样子了，而她却发觉现在的她更多了一种淡然和蔼之美。

在医院里住了段日子，每天接受各种治疗检查，通过报纸和电视了解外面的一切。魏晋每日来看盛洁，或讲笑话，或聊天谈工作，他几乎把业余时间都给了她。

直到有一天孙明丽带了注册登记处的人来到医院里，那气势大有皇太后逼宫的感觉。

魏晋正端着一小碗草莓，坐在床头和盛洁聊天，看到母亲这样进来，赶忙站起来招呼。而孙明丽看起来并不像是来探病的。

"阿姨……"

"妈……"

孙明丽招呼跟随她一起来的人坐下，而后郑重其事地说："魏晋，我知道你们之前没有正式领证，主要因为一些误会，距离你们办婚礼已经两三年了，现在可以说已经风平浪静了，也是你们该领证的时候了。考虑到盛洁现在还不宜出门，我特别打通了关节，让注册登记处的人员上门服务，不如现在就开始吧。"

魏晋看了看盛洁，有点不知所措，将小碗放在床头的桌子上，站起来低声对孙明丽道："妈，您怎么也不跟我商量商量，就直接把工作人员都带上门来了？"

"这种事还商量什么？"孙明丽直接一句话反驳了魏晋，理所当然的语气，"水到渠成的事，你们的证件都齐全，两人都在场，

218

有商量的必要吗？妈妈一向做事干净利落。"

"妈！"魏晋蹙着眉头，对孙明丽的做法很是不满。

孙明丽看了看盛洁，又死死地盯着魏晋："你不愿意？"

魏晋看了看盛洁，紧紧地捏了捏指尖，他是在等盛洁的反应，等着她的表态。

偏偏孙明丽没有看出这一点，以为魏晋的犹豫是拒绝的前兆，怒火骤然上升，看着眼前的儿子，一种恨铁不成钢的感觉油然而生，手抬了一半，恼得整个身体都在颤抖："妈妈之前是觉得你们在一起不合适，可后来妈妈知道，你魏晋这辈子再也遇不到下一个肯为你拼命的女人了！"

"妈！我……"魏晋来不及辩解，又被孙明丽抢白。

"我想起来了，你因为清逸别墅那个女人吗？"孙明丽的质问简直让魏晋不知从何说起，哭笑不得地看着她，而这个女人完全没有要停下的意思，"我就不明白，男人总是被外表柔柔弱弱的女人吸引，哪怕那是再普通的狗尾巴草，也会一叶障目，看不见身边盛开的牡丹！你爸爸是这样，你也是这样！"

"妈！根本不是这样！"魏晋大声想要辩解。

身边的登记处人员及时过来制止了，从旁劝解道："魏太太，结婚是件大事，如果不是双方当事人自己的意愿，而只是顺从父母的意思或者其他的，我们是不予办理注册的。"

孙明丽没有理会身边的工作人员，依旧目光凌厉地看着魏晋："我自己的儿子自己了解，而且我也已经认定了这个媳妇，我的眼光是不会有错的。"

"妈。"盛洁抬高声音打断了这场争执，这是盛洁第一次大胆地叫她"妈"，"我和魏晋单独谈谈好吗？"

孙明丽没再坚持，黑着脸瞪了儿子一眼就出了门，两位公职人员也跟随着离开了，临走前还说了一堆诸如婚姻大事要慎重，假如想通了欢迎到登记处来办理注册之类云云。

　　魏晋此刻已经满脸是汗，定定地侧对着盛洁，尴尬得脸色通红，眉头却拧得紧："我知道你曾经说过，怎样都可以，但不会和我真正成为法律上的夫妻，因为你答应过冯肖，这辈子只和他结婚。现在他死了，冯颂也变成了这样。你更不会和我结婚了……"

　　"魏晋……"

　　"没关系……其实我一直都很明白，你的初恋幻想就是刘志新当年那种感觉，而你后来的所爱也只是冯肖。连冯颂也能像亲人一样被你一直记在心里，但我却没这个机会。咱们俩办完婚礼的时候，其实我是想利用长期相处的机会慢慢打动你的，可你失忆了，回来以后就发生了这么多事，可能老天爷也不希望我们真正在一起……"

　　"这就是你的理解？"盛洁依旧平静地质问，脸上没有表露出任何情绪。

　　"有段时间，我以为我们已经相爱了，可再次见到你的时候，你什么都不记得了，却把冯颂当做人生中最信任的人，那个时候我就知道可能真的是个缘分的问题。"魏晋眼神一黯，"不过其实我们这样也很好，真的。"

　　盛洁沉默了很久，失笑道："魏晋，等我这一阶段的治疗完成以后，我想回一趟庆城山，那边还有我的东西，虽然不值钱，可我想拿回来。"

　　魏晋点点头，答应得很爽快。

　　之后的几天，母亲和孙明丽都没有再出现，父亲和魏钦岚都在住院，她们忙碌得很，魏晋也几头跑，时不时地去看望，只是听说父亲的情况越来越好了，魏叔叔却每况愈下。

　　盛洁的治疗接近尾声，那天外面忽然台风刮起，猛然吹进房间来，将桌上的报纸和文件吹得漫天飞舞，盛洁停止了在病房里工作的进程，赶忙叫护士小姐关窗。

　　豆大的雨点啪啪地打在窗玻璃上，接着是倾盆大雨，在铭城这一带，夏天的台风是比较常见的，而今天却比预报的更加迅猛。

魏晋往常这个时候已经下班赶到医院来看盛洁，今天已经晚上快7点光景，依然不见人。外面风大雨大，想必汽车难以行进，盛洁连忙拨通了他的电话，竟然是无法接通状态。

护士小姐关窗的同时，将电视机电源切掉，又提醒盛洁暂时别用电源才放心地出去了。从窗外看去，远远近近的树木在风云猛烈地摇曳着，从城市底层刮起来的塑料袋、废纸风中飞舞，有哪个楼上没来得及关窗的人家，敞开的半扇木质窗玻璃在来回扯拉中碰在墙壁上"哗"的一声碎裂。盛洁吓得一个激灵，听着挡在玻璃外的狂风怒吼，心里一颤一颤的。

护士怕医院里电路不稳，进来跟盛洁道了歉，将屋里的灯关了。

夏天的7点钟，平时都大亮的，今天由于下雨的原因，整个屋里都处于昏暗之中。

盛洁躲在被子里，左思右想，今天是父亲出院的日子，算了算时间，现在他们应该已经到家了。

辗转反侧，又担心魏晋的事，连打了三遍电话，都处于无人接听状态，她不禁开始着急了。低头想拨打第四遍的时候，程丽娟的号码打了过来。

盛洁连忙按了接听按钮，电话里面很吵，哭声不绝于耳，她愣了一下，还没开口，程丽娟沉重地说："盛洁……魏晋的爸爸他……刚刚去世了……"

一时间，好像所有的声音都停止了，盛洁甚至没反应过来他说的噩耗，魏钦岚那样开朗可爱的老人，在她的印象里，他一直是精神百倍的……

魏钦岚的葬礼办得风光而充满了年代气息，孙明丽将所有当年创业的照片和魏氏发展史办成了一个展览，并将魏晋接手几年来的成效做成幻灯片在大厅里循环播放。

盛洁一袭黑衣，长发披肩，站在灵堂里看着这气派的场面，她没顾上医生叮嘱她现在不宜出门，硬是赶来给魏钦岚送行。迎来送往的人几乎全是商界名人。盛洁和魏晋分站在孙明丽的左右两边，她的气势似乎带动了他们，挺直腰板，好好生活。

从来没有一个葬礼办得如此特别，似乎魏钦岚个人的生死荣辱，早已经和这个企业的命运联系在一起，在传承中间显现出一种无形的价值。

盛立兴和妻子一同前来吊唁的时候，孙明丽一如既往地平和，在盛洁平时认知当中，她和母亲总是针锋相对的，她们的怨念已经积聚了多年，可现在像是完全化解了。尤其孙明丽的眼中，已经完全没有了从前的恨意。

魏晋忙着去招呼别人的时候，孙明丽静静地侧过身子，和蔼淡然地对盛洁说："你很惊讶？"

盛洁没料到她这么快看出她的想法，只有自嘲地点点头："你和我妈妈不是关系一向紧张吗？"

"我和魏老疯子这么多年分居，全因为当年他暗恋你母亲，后来还奋不顾身救了你。我一直以为，他不爱我，所以我坚决不会和一个不爱我的丈夫在一起。于是我提出离婚，他不愿意，我就出国去，再也不回来。一走就是十几年。其实我每天在国外都很牵挂他们父子，他为了证明自己要跟我在一起，再也没碰过其他女人。是我太偏犟了，总是那么固执，不肯低头，不肯服软，其实他很多次求我回去，甚至派过直升机接我。我的执拗让我们白白错过了这么多年，我就是不肯相信他真的早已经爱上了我，回想起来，心里全是悔恨。从前的那点凌厉，还是只放在生意上吧，至于生活里，以后的日子希望都能开开心心的。其实我虽然外表强悍，可内心却是自卑的，所以我总是怀疑魏老疯子跟我的感情……"孙明丽叹了口气，两行泪水落下，连忙拿手绢擦干，她眼睛红红的，鱼尾纹很深，这两天的熬夜使得黑眼圈也加重了。

"魏叔叔是好人，一直都是，他是我见过最好的长辈。"盛洁不会安慰别人，但她对魏钦岚的印象中，似乎只剩下那个可爱的小老头，他用他剩下的所有生命去等一个错过的女人回头。

"所以盛洁，你和魏晋一定不要步我们的后尘，别因为任何可笑的借口和心里那点说不出来的隔阂就否定两个人的感情，等有一天醒悟了，你们会后悔的。"孙明丽轻轻拍了盛洁的肩膀，而后走向灵棚的位置，她的背影很沉重，带着从未见过的忧郁感。

盛洁一直站着没动，却感觉周围的景物越来越模糊了。

"魏晋，对不起。"盛洁在灵堂里只剩两个人的时候，终于忍不住向他道歉。

"为什么？"魏晋红肿着眼睛，没明白她的意思。

"我后悔没有让魏叔叔高高兴兴地离开，我应该和你结婚，应该给老人一个希望。"盛洁轻轻拉住魏晋的手。

"你仅仅因为我爸爸，才愿意和我结婚吗？"魏晋没有回头，轻轻地问了一句，在空荡的灵堂里甚至有回声。

盛洁沉默了。

"如果是这样，你说我是幸运还是悲哀？"

盛洁始终没有回答，却紧紧地抓住了他的手。有一种心情，只有到了某种时候，才觉得特别泛滥。

那天的葬礼以后，盛洁听说冯颂的伤势也已经差不多康复了，现在已经正式开始服刑，但鉴于他将功补过，自首态度良好，量刑不算重。

她去看过冯颂，但他始终没给她一个正面的交流，她知道这个世界上，单纯地对她好过，又单纯地永远不能原谅她的，始终只有冯颂一个。

虽然经历了这场浩劫，身上的疤痕已经不可避免了，可心灵似乎也同时受到了洗礼。但她一直在想，有一天再见到冯颂，一定是另一番场景，她只想对他说一句：庆城山依旧很美。

第二十七章　庆城山的夜晚

盛洁的计划一直搁浅着，直到秋天才真正有机会去了一趟庆城山，主要是魏晋和她的工作都很忙，她自己抽出了时间想去，却总得到魏晋的反对，他坚持要跟她一起过去。

秋天的庆城山有种别样的风情，满山遍野，各姿各色，空气干净得让人陶醉，一路开车路过绿叶满山的道路，心中像被逐渐打开了，豁朗清新。诸峰环绕状如城郭，梯田错综像一幅绝美的画卷。

一路开车到镇上，盛洁才发觉，两年时间里，这里的变化巨大。许多新落成的建筑，镇上的店面和来往的车辆都已经不同以往。

行到村口时，栏杆两旁挂了大红条幅，上面赫然写着"热烈欢迎铭城魏氏集团领导莅临指导工作"。一辆深蓝色的别克商务车在前面带路，据说是专程来接他们的。

盛洁斜睨了魏晋一眼，揶揄道："合着陪我来一趟，目的这么不单纯，还兼顾视察工作？"

魏晋笑了，眼睛被满眼的墨绿染成了青葱的颜色："我也是为了让你来看看，两年前我承诺的食品加工厂，已经建得颇具规模，成为这一个区域内最大最有影响力的厂家，解决了这里和周边近千人的就业问题。因为有了这个工厂，这边的经济发展很迅速，刚才你也看到了。"

"搞了半天，你是想让我来看看你的业绩有多突出的。"盛洁虽然乐见其成，却也不得不酸酸地挤对了两句。

"当然也是想让你看看的，不仅如此，我还有两项企划案，今年都要开始实施了。等会跟你详细说说。"魏晋自信心十足，举手投足间俨然讨论自己得意之作。

村口已经有村干部和欢迎队列出来迎接。村长已然换了人，但依旧是见了魏晋就激动得像看到救命恩人一样。这里食品加工厂的厂长边走边向魏晋汇报工作，介绍这两年来的发展状况。

他们俩真真正正地在这里得到了特级优待。接待人员在镇上最好的宾馆帮他们订了豪华大房，而盛洁却已经打定主意要去当年冯颂的半山房间居住。

村长听说盛洁的要求，反而伸出大拇指赞叹她有眼光："魏夫人果然对庆城山了解甚多，这两年魏总和咱们这边地方政府联合搞旅游业，您说的那片山，山脚下改成了农业植物园和实验基地，山上原本建的民房都改造成了倚山的天然别墅，很生态环保的，尤其今年，到这里来度假的人特别多。"

魏晋听着村长的描述跟着点头："没错，这就是我刚才想跟你说的两个项目里的一个，我打算在生态园区和镇上投资建两家四星级宾馆，供旅游观光用。"

他们说得兴致勃勃，而盛洁却满腹担忧，找了个没人的时候问道："这么说，冯颂当时的房子你也改建成生态别墅了？"

魏晋确定地点头，牵起盛洁的手，丝毫没被她已然变化的眼神影响："他的东西我搬进了别墅里，那些动物都送去了饲养站，你可以进去看看。"

盛洁跟着他朝前走，穿过一条林荫道，已经有观光旅游的电瓶车在一边等着，他拉着盛洁上车，一路看着外面的风光朝着从前她所熟悉的那座山开去。

秋高气爽的感觉，拂去了盛洁所有的压抑感。明明这里是熟悉的地方，而现在却有一种身处新境的感觉，这一带的变化之大早已经超出了盛洁的想象范围。

"在带你去别墅之前，还得带你参观一个地方。"魏晋看来今天打定主意要搞出神秘感来了，一路笑意不断。

"透露一下？"

"到了你就知道了。"

"不会这里面还有你的私人夜总会吧？"

"你怎么总把我想得这么俗气？"

"你本来就俗。"

电瓶车拐过葱葱郁郁的植物园，开进了一条漂亮的直道，迎面远远的有"庆城山农业实验基地"的门牌，规模果然很大。

他们跟着接待人员进了大门，里面错落的几座实验楼和实验大棚映入眼帘，他拉着盛洁一路往里走，在拐进第二扇门的地方，看到了有个木质小楼上面用楷体雕刻的几个字"冯颂实验室"。

盛洁整个人都愣住了，看着眼前的景象，各种酸甜苦辣涌上心头。不由自主地上了木质楼梯，进了装修一新的实验室。

里面竟有好几个技术员在工作。墙上有冯颂当年自己做的布贴，木质相框，各种手抄种子培育笔记。架子上放满了植物标本，还有一张他的书桌，只是在这样一间屋子里显得陈旧了很多，但依稀可见当年的样子。

那台破旧的电脑就放在书桌上，还有那部陈旧的电话机，整个钢丝床竖立在一边，真的和两年前一模一样。

心中逐渐泛起了酸意，一种难以言喻的感觉，喉咙里像卡了什么说不出话来。

一旁的接待人陈经理见到他们沉默，生怕冷场，连忙招呼一边工作的技术员："小吴，给魏先生魏太太介绍一下咱们这个实验室今年的工作情况。"

小吴是个毕业不久的大学生，和两年前的冯颂倒有几分相像，淳朴而斯文，笑起来还带着两个酒窝："咱们这个实验室是用一位前辈的名字命名的，他在这里搞了几年的实验，留下了很多心得笔记，原本那么艰苦的环境坚持了这么久，虽然他已经不在了，但我们现在都在师承他的精神和技术，今年已经初步改良培育出新的作物种子十余种，其中在冯颂前辈改良秋葡萄的基础上增加了一种嫁接技术，现在园区内已经有果实成熟了，味道很特别，今年计划要推广出去……"

盛洁忽然觉得心里踏实了很多，冯颂离开了这里，却有人接过了他的梦想，继续为之奋斗。一时间，心里从前的包袱都释然了。如果有一天他出狱了，能回到这里，看到这种景象一定会很开心。

陈经理显然对小吴的讲述很满意，陪同盛洁和魏晋在整个园区参观了一圈后，派了专车送他们去别墅区，并殷勤地提醒："魏总，晚上庆城河的码头，我们准备了一台晚会，请了很多专业人士精心排练的，7点钟开始，请您和夫人都去观看，算是咱们庆城山的一片心意。"

"您客气了。"盛洁点头表示谢意。

魏晋却答应得爽快："这是一定要看的，听说这边的民间舞蹈美轮美奂，以前一直没机会。"

陈经理赶忙接过话茬："今天可是邀请的专业舞蹈团队，参加过全国舞蹈大奖赛的那批人，还有时下最流行的MD组合的成员，他们今天会压轴献唱，好多他们的粉丝团大老远地赶过来，镇上的宾馆已经被包完了。"

"那看来更不能错过了。"魏晋晃了晃她的胳膊，盛洁跟着笑了笑。

坐车去生态别墅区的时候，盛洁却全程不发一言，心里塞了满满的东西，此次行程她只当是一次怀旧的旅程，而魏晋却给了她全新的感受，他似乎想用她能看到的所有东西告诉她，她可以保留自己的记忆，但他却可以用自己的方式改变那些陈旧的记忆，赋予新的意义，而那些意义都囊括了他的心思。

山区里美景宜人，湿润而透着雾气朦胧，他们所住的别墅背山

面湖，正是当年冯颂那间小屋的位置，站得高高的还能看到村口的地方，只是从前的简陋已经被华丽代替了。

"为什么把那间小屋拆了？"盛洁忍不住问他。

"整体规划的需要，这一片有很多这种小型别墅，全是新建的，设计师是从铭城那边找来的，建得很是漂亮，每个房屋都各具特色，今年要不是我提前预订了这里，这个季节早被人订光了。山下的餐饮，特产店，各种娱乐休闲很多，这个村子的人这两年都富裕起来了，全靠大笔投资和独特的发展思路。"魏晋永远显得那么自信，风吹进窗子，吹过他干净的面容和洁白的领子，盛洁突然想起两年前他来到这里找她时的样子，那感觉这么近又那么远。

"于大娘的两个儿子现在都在食品加工厂上班了，王大婶去年就开了一家餐馆，专做特色菜旅游餐，现在很红火，几乎你认识的那些人都有了着落。当年我让你信我，信我能用和冯颂完全不同的方式来把这里变得更好，现在你都看到了。"

其实盛洁一直相信魏晋，从他一来到庆城山的那天开始，因为他和冯颂完全不同的气场和行事风格，让盛洁觉得慌乱不知所措："你当年宣布在庆城山建加工厂的时候，我曾经以为那只是你显示家庭背景的方式，后来我逐渐明白，其实你说的是对的，任何想法，任何构思，任何项目的开启，最终的是资金，你利用了这一点，并且把这一点做得很到位，说实话，你让我佩服你。"

魏晋用手捏着盛洁的肩膀，似笑非笑的表情，像多年前在学校里的眼神，和这秋天的景色连成一片："我要的可不是佩服。"

"那你想要什么？"盛洁伸手捏了一把他紧致的腮肉，疼得他龇牙咧嘴。

他捉住了她两只手，低头吻住她。盛洁躲闪，他就用力抱紧她："你说呢。"

"我真的不知道。"

"忘了以前的种种，我们重新认识，重新在一起。"

228

"如果我不能忘了以前呢？"

"……那我就用新的记忆，挤走你从前的记忆。"

盛洁忽然笑了，伸手回抱住他，抱得紧紧的，什么也不想说，什么也无法表达这种情绪。

白色衬衣中忽然感觉有双手在深入，她下意识地抓住他的胳膊，却没有停止他的动作。她步步退让，他的动作却越来越狂野，直到白衬衫的纽扣散开，被他直接剥落，窗口一阵凉意袭来，皮肤瞬间收紧，盛洁脚下被绊了一跤，整个身子朝后靠去，光裸的后背贴在木质的墙板上，将灯的按钮碰灭，房间内陷入一片黑暗，感觉却和今天白天的天气一样，湿湿热热的。

湖对岸猛然绽放的烟花和超大屏幕的光亮透进屋子，照亮了黑暗中交缠的两个人。盛洁喘息着搂住魏晋的脖子，看到他挺挺的鼻梁上全是汗珠，眼睛映着烟花的光亮，深得让人想沉沦。

"好像你的眼睛会变色，之前上山还是满眼绿色。"盛洁笑了，修长的指头滑过他的眼眶。

"别说得我好像狼一样。"他不满地按住盛洁的手。

盛洁咔咔地笑，他却作势瞪着她，两手在胸前不老实。

"别别，伤口的地方轻点。"盛洁提醒着，用手护着烧伤愈合的位置。

外面忽然响起了敲门声，惊得他们不敢动弹，却听到一个礼貌的女服务员询问："魏先生，魏太太，晚会马上就开始了，车就在下面，请问现在可以走吗？"

盛洁用眼神征询他的意见，他伸手捏了捏盛洁的鼻子，小声说："我们去看看。"

今天的庆城山几乎达到了沸腾，正因为这场难得的歌舞晚会，整个河岸，整个山腰都聚满了人，秋天的夜晚，到处是狂欢的海洋，人流涌动，隔岸呼应。

下车后，魏晋直接带她挤进人群，他们的位置自然在前面，

而一路游人早已经淹没了前面的视线。两旁全是卖各类小吃小玩意的摊点，他们贪恋了一路繁华，只走到中间位置，整场晚会就开始了，大屏幕闪耀了庆城山无数美景，一群身着水莲花大摆裙的姑娘在舞台中央旋转，激扬而带有民族风情的音乐将所有人的目光聚集到台上。

魏晋说得没错，这里的民族舞蹈确实美轮美奂，确实让人心摇神醉。台下掌声雷动，欢呼叫好声一浪高过一浪。

盛洁完全沉醉在这场绝美的表演中，以至于身边魏晋什么时候消失了也没有察觉。当她发现的时候，前半场的表演已经结束了，台上渐暗，台下灯光亮起，盛洁从诧异到无措，到处寻找，大声叫他的名字。

台上只剩下一束光，无数人举着荧光棒，主持人在舞台的一角拿着话筒大声宣布："今天我们特别邀请了重要嘉宾点燃今天焰火晚会的高潮，待会儿将有惊喜送给大家，有请铭城魏氏集团总裁魏晋先生！"

所有目光都集中到了台上，音乐忽然变得动感，灯光交错变换，一时间掌声雷动。当魏晋站到台中央时，主持人也殷勤地站到他的旁边："魏先生，这两年您为庆城山的发展作出了重大贡献，今天在这台晚会上，在这么多父老乡亲和从各地赶来的旅游观众面前，您有什么想说的吗？"

盛洁惊讶地看着他，台下已经安静了，所有聚光灯都打到他的身上。

"自从两年多前，我第一次来到庆城山，这里的一草一木给了我很深刻的印象，这里民风淳朴，环境优美，更重要的是，我的妻子很喜欢这里，她对这里的认知给了我很大启发，我决定要在这里投资，在这里发展食品加工和旅游业，我不觉得这是一个多么大的贡献，因为说到底这是双赢的，这是我会坚持下去的一个非常有信心的项目！"魏晋说完环顾了台上的人。

一时间掌声四起。

"切，官方腔。"盛洁忍不住在台下笑话他。

魏晋从来都是个很会讲话的人，尤其是在人多的时候，讲话水平极有领导风范，正因为这样被盛洁笑话了多次，但每次他讲话之后，效果却是明显得很。

魏晋被保安护送下台，钻进人群里和盛洁站在一起，还不停地问她："看到刚才的我没？"

"我刚到一边买冰激凌了，什么都没注意。"盛洁故意气他。

果然他脸色微变，可过了几秒钟，忽然紧张地摸了摸浑身上下："糟了！"

盛洁不明所以："怎么了？"

魏晋苦着脸答道："钱夹没了！"

盛洁见他把外套也脱了，到处寻找，感觉情况不妙："怎么会这样？你平时都放哪儿的？再好好找找。"

魏晋从上到下摸了一遍，依旧没有收获。盛洁边帮他找边猜测："是不是刚才人多，被小偷顺手牵羊了？"

"谁知道呢，刚才没注意这个。"魏晋边说边往人群外退，盛洁跟在他身后慌慌张张，他转过身，脸上却露出一丝窃笑。

盛洁边低头帮忙找，边问道："钱夹里有什么？"

"多了，最值钱的东西都在里面了。"魏晋长出了口气，站在人群外，额上身上已经全是汗。

"你再好好想想，是不是真的放在身上了？咱们回房间再找找，到底是什么值钱的东西？"盛洁帮着他翻口袋，"你平时不是现金带得不多么？"

"要不你翻翻你身上，我是不是放你那儿了？"魏晋指了指她裙子上两个侧边的口袋。

盛洁无辜地拍了拍口袋，斜眼表示他异想天开："我两个口袋什么都没有。"

魏晋干脆盯着她，非让她来找，盛洁委屈地把手伸进口袋，边嘟囔着边左掏右掏，手指触碰到一个凉凉的东西，她奇怪地拿出来，对着夜晚的灯光，才看清是一枚戒指。

魏晋摊了摊手冲她笑："我说在你那儿吧。"

盛洁终于明白了他这半天找"钱夹"的意图，笑了笑将戒指重新塞回他手里："这东西在认识你的几年里，收到了很多个，有时候干脆就想，这东西对于我来说，已经不能代表什么了。"

魏晋没想到盛洁不仅淡定，更多了些嘲弄，一时间很不自然。

"你妈妈说得对，有时候两个人总会因为一些可笑的理由和自尊拉开距离，生怕先开口，先表示就丢了面子，执拗地过很多年，但最后得到的却是后悔，现在，我已经放下了。"盛洁握了握他的手。

魏晋这才反应过来，由尴尬逐渐转为笑容。

背后忽然间人潮涌动，所有灯光和尖叫声混杂，是今天晚上的最大明星出场，下面所有人都沸腾了，五光十色的灯光闪耀，震撼的音乐响起。欢呼声早已经将他们淹没。

魏晋说了什么，她一点也听不到，周围的欢腾已经压过了他们的情绪。

大约是身后的观众看到大明星出场的缘故，原本还在各个小摊点徘徊的人全都朝前挤，宽松的位置一下变得无立锥之地，差点将他们挤散。

魏晋奋力地抓住她，紧紧地拥住。动感的旋律响起，无数年轻人尖叫着迎合台上的明星，而魏晋和盛洁没有回头，只是在这喧闹的氛围里享受拥抱的感觉……

半个月后

看到红本上的钢印，盖得不偏不倚，魏晋傻呵呵地接过来，仔细拿在手里端详了半天，"啧啧"了两声："照得太丑了，我怎么这么不上相。"盛洁对着照片摸着下巴抱怨："你算不错了，把我的脸照得这么胖，我还不知道找谁呢。"

魏晋拿着本子比了比："真是，你平时就是一个小脸，怎么照出来显得跟大肉丸似的。"

盛洁瞥了他一眼，冲着他的照片评价："你平时被小报记者偷拍的时候，登在新闻杂志上的照片都比这好看。"

"那是因为自然，我很少摆拍，今天一听摄影师说'新郎新娘'看这边，我就特紧张，面部表情瞬间僵硬。"魏晋跟着解释。

"我也是，看着镜头，我的嘴角都不知道该抬到多少度。"盛洁摸着自己的脸哀怨地还在练习。

"也没机会再照了。"魏晋干脆合上红本，揣在皮包里，"除非二婚。"

"要不明天咱们先办个离婚，后天再来结一次，没准就能换照片了？"盛洁调侃，仔细地将红本塞进提包里，挽着魏晋的胳膊。

"我怎么听说离婚再复婚，只是在这个本子上再盖一个复婚的印章，而不是换本子。"魏晋显出一副学究相，生怕她再想出什么幺蛾子。

"真的假的？你消息不对吧，如果离婚多年再复婚，谁还保留当年结婚的红本？肯定应该再发一本，再照一次。"盛洁说着还要拉魏晋到咨询中心去问。

魏晋反力拉着她往外走，好容易办了结婚登记，他才不会因为好奇心而再折腾一次。

走到门口，排队的人已然从楼梯到大厅，一直排到民政局大门外的阶梯下，见魏晋和盛洁手牵手出来，一对穿着情侣装来登记的新人拉着他们就问道："怎么样哥们儿，紧张吗？"

魏晋见那男孩比他小几岁，耸了耸肩调侃："以大哥我过来人的经验，编外丈夫转成编内丈夫的过程很艰辛，所以结婚要趁早，错过机遇，是要多奋斗很多年的，迈过这个槛就不紧张了……"

盛洁低调地拉了拉他："你跟人家讲那么多干吗？"

　　魏晋笑了起来，看着一脸似懂非懂的小情侣，他回过头跟盛洁说道："这都是我的肺腑之言，经验之谈，说出来才能让人家少走弯路。"

　　"他们俩起码比咱们年轻五岁，说明他们什么弯路也没走，直奔婚姻殿堂了。"盛洁走远了才跟魏晋说道。

　　"婚前没走弯路，也许婚后就有弯路，人一辈子弯路很多，这一段躲过了，下一段未必能躲过，弯不弯路的，其实走过去才能知道。"魏晋拉着她往前走，像说绕口令一样。

　　两人没有开车，一人揣着一本结婚证朝家的方向慢慢走去……

　　后来盛洁听说甄珍的孩子由于早产，脑发育不全，一直在康复治疗。

　　魏晋的母亲孙明丽彻底回国了，就住在魏钦岚的那栋老房子里。

　　盛繁和父母的心理隔阂战打了很久，他带着路雪盈和轩轩去了南陵开画馆。走的那天，盛父和盛母悄悄地去送他，没让任何人知道……

尾声

三年后

盛洁挂了电话，不禁叹了口气，长长的故事讲得她口干舌燥，买了瓶矿泉水，站在机场出口的地方，看着飞机降落的行程表。一个推着行李箱，穿着休闲外套，戴了墨镜的男人从里面出来，她一眼就看出是魏晋，伸手招呼了一下，他笑着迎面过来，越走越近，在距离不足十米的地方，扔下行李上来给了她一个熊抱。

"让我看看，在家等我等得很憔悴？感觉最近瘦了。"魏晋调侃着，伸出手来捏了捏她的脸蛋。

"哪儿比得上你在国外滋润，这三个月有没有老老实实的？"盛洁扯了他的领子，故作审问状。

"我一向守规矩，不信晚上给你检查。"魏晋干脆搂住她的腰，暧昧地想贴近她。

"流氓，把你的爪子拿开！"盛洁打了他的手背一巴掌，"回去老老实实交代这三个月的行程。"

"回家躺床上慢慢说，可长了，我跟你简明扼要地说，一夜也未必能交代完。"魏晋推着行李跟上她的步伐。

两人并排走着，盛洁脸上露出了笑意。

一周后，《女人如花》杂志的当月刊如期寄到了她的手上，封面上一个穿着通勤装的女人背影成了点睛之笔，那女人回眸，鲜亮性感的红嘴唇十分醒目。大大的文字标题成了主推篇目《失忆迷途——一个女人的传奇感情经历》，盛洁不禁失笑，轻轻翻看带着墨香的杂志。

窗外的阳光照进来，满屋子灿烂温和，她转了座椅的方向，朝着落地窗外的高楼大厦，宽厚的靠背将她整个人遮挡……

（完）